REBEKAH CRANE

Contra todas as probabilidades do amor

Tradução:
Fábio Alberti

COPYRIGHT © 2016, BY REBEKAH CRANE. AGREEMENT MADE IN COLABORATION BETWEEN AMAZON PUBLISHING AND SANDRA BRUNA AGENCIA LITERARIA.
COPYRIGHT © FARO EDITORIAL, 2018

Todos os direitos reservados.
Nenhuma parte deste livro pode ser reproduzida sob quaisquer meios existentes sem autorização por escrito do editor.

Diretor editorial **PEDRO ALMEIDA**

Preparação **LUIZA DEL MONACO**

Revisão **GABRIELA DE AVILA**

Capa **ADIL DARA**

Diagramação **OSMANE GARCIA FILHO**

Dados Internacionais de Catalogação na Publicação (CIP)
(Câmara Brasileira do Livro, SP, Brasil)

Crane, Rebekah
    Contra todas as probabilidades do amor /
    Rebekah Crane ; tradução Fábio Alberti. — 1. ed. — Barueri,
SP : Faro Editorial, 2018.

    Título original: The odds of loving Groover Cleveland.
    ISBN 978-85-9581-010-5

    1. Ficção norte-americana 1. Título.

17-10758   CDD-813

Índice para catálogo sistemático:
1. Ficção : Literatura norte-americana 813

1ª edição brasileira: 2018
Direitos de edição em língua portuguesa, para o Brasil, adquiridos por FARO EDITORIAL

Avenida Andrômeda, 885 - Sala 310
Alphaville — Barueri — SP — Brasil
CEP: 06473-000
www.faroeditorial.com.br

Para Kyle —
que sabe tudo sobre a minha loucura
e me ama por isso.

O Acampamento Pádua tem o prazer de recebê-los para um verão de exploração, aventura e, principalmente, de autoconhecimento. Nossa meta é levar cada um de vocês a alcançar o mais alto nível de desenvolvimento e bem-estar. Para que vocês recebam um atendimento de qualidade, os nossos monitores concentram-se em seis qualidades essenciais que todas as pessoas deveriam possuir. Sem essas qualidades, nós perdemos o rumo.

Esperamos que nas próximas cinco semanas vocês reflitam sobre as pessoas que são agora... e as pessoas que vocês precisam se tornar.

– A Equipe

Conhecer a si mesmo

1

Mamãe e papai,
Eles me disseram que eu precisava escrever algum recado pra vocês. O acampamento é legal. A gente se vê em breve.
Z
PS: Eu também sou legal... independentemente do que vocês pensem.

A maçaneta fica travada quando a porta é trancada do lado de dentro do chalé. De pé, com minha mochila pendurada no ombro, fico olhando para a maçaneta prateada como se ela fosse me dizer qualquer coisa. Isso não me parece algo normal.

— Nós trancamos as portas à noite apenas por precaução. E eu durmo aqui no chalé com vocês — Madison diz, brincando com a chave pendurada em seu pescoço. Ela toca o meu braço e eu olho para as unhas elegantes da mão dela encostadas na minha pele. O esmalte cor-de-rosa-escuro brilha com perfeição.

— E qual seria o motivo desse excesso de precaução? — eu pergunto.

Madison não me responde imediatamente. Ela me dá um sorrisinho com o canto da boca e inclina a cabeça para o lado, como se estivesse pensando em uma boa resposta. Depois, segura a longa trança do seu cabelo castanho e examina a sua ponta.

— A porta trancada mantém os ursos do lado de fora. — Ela finalmente diz, alisando uma ponta dupla do cabelo.

— Acho que não existem ursos nessa região.

— As florestas daqui estão cheias de coisas que as pessoas não querem admitir que existem. Mas não se preocupem, estou aqui para protegê-los. — Ela põe a mão no meu braço de novo.

Madison está usando uma camiseta verde-musgo com o logotipo do acampamento na parte da frente e uma bermuda tipo cargo preta. O reluzente esmalte nas suas unhas contrasta com o uniforme básico. As duas coisas simplesmente não combinam.

— Eu me lembro da minha primeira vez no acampamento. Estava nervosa *demais* — Madison diz.

— Você já ficou neste acampamento?

— Não, não neste... — Madison se distrai por um instante, alisando o tecido da sua camiseta. — Foi num acampamento equestre na Califórnia.

Ela parece uma garota rica o suficiente para praticar hipismo e vestir camisetas polo cor-de-rosa e calças de montaria. Essas roupas, sim, combinariam perfeitamente com suas unhas impecáveis.

— Eu não estou nervosa — comento.

— Isso é bom. — Madison sorri. — Bem, vá se ajeitando por aqui e me encontre em meia hora no Círculo da Esperança.

— No Círculo da Esperança... Mas por que lá? — pergunto.

— Se não tivermos esperança, Zander, não nos resta nada. Esse é o melhor lugar para se começar. — Ela toca o meu braço e sorri mais uma vez antes de se virar e ir embora, com a trança balançando nas costas.

— Isso não é resposta que se dê — eu resmungo, e um pernilongo passa zumbindo bem perto do meu rosto. Eu o espanto, mas ele se aproxima de novo em questão de segundos. Uma porta que só pode ser trancada e destrancada pelo lado de dentro, e por uma única chave, é um sinal de que há algo errado. Com certeza. Isso é totalmente ilegal. Eu até poderia denunciar esse lugar e deixar que fosse interditado, mas se isso acontecesse, eu teria de voltar para casa.

Solto minha mochila no chão e ela bate no piso de cimento em um baque seco. Fora o concreto frio debaixo dos meus pés, tudo o mais na sala é de madeira — as camas, as paredes, os armários. Eu me sento no colchão descoberto de uma das camas e corro as mãos pelo cabelo, puxando-o com força. Alguns fios de cabelo preto acabam saindo na minha mão. Não consigo abandonar esse hábito, que deixa o meu cabelo cada vez mais fino e frágil.

— Que merda — eu digo baixinho.

A porta se abre de repente e bate com força na parede de madeira.

Uma garota vestindo a menor camiseta branca e o menor calção vermelho que eu já vi na minha vida aparece à porta.

— Falar sozinha não é um bom sinal — ela diz, girando o dedo indicador ao lado da cabeça e insinuando que eu sou louca.

A garota atira a sua mochila em cima da cama e eu fico olhando para ela. Não dá para evitar. Ela não está usando sutiã. Que tipo de garota não usa sutiã sob uma camiseta branca transparente? Através da camiseta eu consigo ver a sua pele escura. E consigo ver *tudo*, até mesmo seus mamilos.

— Que foi? — ela me questiona num tom nada amigável.

Ela é muito magra, também — o tipo de magreza que poderia exigir hospitalização. Para ser mais exata, a garota é só pele e osso.

A menina desaba sentada sobre a cama, cruzando suas longas pernas.

— Eu sou a Cassie — ela anuncia, mas não estende sua mão. — É, eu sei. Cassie é nome de gorda.

Antes que eu tenha a chance de dizer o meu nome, Cassie começa a despejar o conteúdo de sua mochila em cima da cama. Eu passo os olhos pela pilha de roupas à procura de um sutiã, mas não avisto nenhum. Tudo o que vejo é um biquíni cor-de-rosa, alguns shorts curtos e camisetas de várias cores.

— Você já deve ter conhecido a Madison — ela diz com os braços cheios de roupas. A seguir, enfia tudo numa gaveta sem dobrar nem separar nada. Ela simplesmente empurra toda aquela montanha caótica de roupas para dentro de uma única gaveta. — Que menina babaca. — Enquanto fala, Cassie pega a sua mochila vazia e a vira de cabeça para baixo. Uma enxurrada de embalagens de remédios se derrama sobre a cama. — Como eu disse, esses monitores são idiotas. Eles não checam os compartimentos ocultos das bolsas. — Ela abre um dos frascos, fazendo a tampa dele estalar. — Pare de ficar me encarando. Isso é bem desagradável — a garota diz.

— Ah, me desculpe. — Eu abaixo a cabeça e olho para as minhas mãos.

— Relaxe, é brincadeira. Todo mundo me encara, especialmente aqui. — Cassie estende para mim uma mão cheia de pílulas, oferecendo-as para mim. — Remédios para emagrecer. Quer alguns?

Balanço a cabeça negativamente:

— Eu odeio pílulas.

— Você é quem sabe, mas, no seu lugar, eu ficaria bem longe do macarrão que servem no refeitório. — Cassie estufa as bochechas e aponta para mim, fazendo-me abaixar a cabeça e olhar para o meu próprio corpo. Ninguém nunca me disse que eu sou magra, mas eu também não sou gorda. Minha mãe jamais permitiria que eu fosse.

Eu puxo a minha camiseta amarela para que não fique muito justa.

— Obrigada pelo aviso — eu digo.

Ela joga as pílulas na boca e as engole sem água.

— E então, por que você está aqui? — Cassie pergunta.

— Hein?

— Veio pra cá porque é surda? — Cassie faz uma careta zangada e repete a pergunta, dessa vez mais devagar e falando mais alto. — *Por que você está aqui?*

— Eu não sou surda.

— Não banque a ingênua pra cima de mim. Todos nós sabemos que esse não é um acampamento qualquer.

Começo a mexer na minha camiseta e mato um pernilongo que estava pousado nela. Por que *eu estou* aqui? Eu não poderia ser mais diferente dessa garota que está na minha frente. Não me identifico com ela em absolutamente nada. Eu esmago o pernilongo entre os dedos e respondo:

— Estou aqui porque meus pais me matricularam no programa.

Cassie ri tão alto que sua voz ecoa pelo pequeno chalé. O barulho me deixa nervosa.

— Então você é mais uma daquelas — ela diz.

— Uma daquelas?

— Uma garota bobinha de merda, além de mentirosa.

Eu arrumo a minha postura e a encaro. Como pode uma garota que toma pílulas para emagrecer no café da manhã e se recusa a usar sutiã me insultar dessa maneira?

— Ah, não... Você ficou bravinha comigo? — Cassie diz em tom de zombaria.

— Não — respondo.

— Bem, eu sou assim mesmo. Sou uma aberração anoréxica, bipolar e maníaco-depressiva. Eu mesma me autodiagnostiquei. Além disso, tem dias que eu sinto que sou um garoto vivendo num corpo de menina. — Ela se levanta. — Mas pelo menos sou honesta a respeito de quem sou eu. Só pra esclarecer: as pessoas que são *realmente* loucas não sabem que são loucas.

Ela enfia os frascos de remédios de volta no compartimento oculto da sua mochila e a coloca debaixo da cama. Antes de sair, ela olha para a minha bagagem e vê o nome escrito na etiqueta do lado de fora.

— Zander? É esse o seu nome? — A garota balança a cabeça negativamente. — É louca, sem dúvida nenhuma. Bom, divirta-se falando sozinha, *Zander*.

Ela sai pela porta e desaparece. Por um instante eu penso em contar a Madison que Cassie tem uma farmácia escondida em sua mochila, mas algo me diz que ter Cassie como inimiga durante as próximas cinco semanas não é uma boa ideia.

Eu respiro bem fundo e olho com atenção para o teto de madeira. Bastaria um fósforo para incendiar esse lugar, apesar da umidade. Mas, de novo, eu seria enviada de volta para casa se colocasse fogo em um chalé. E isso provaria que Cassie tem razão — que eu sou mesmo louca.

E eu não posso ser louca. Não posso dar essa satisfação aos meus pais. E, além disso, tudo o que eu menos quero é voltar para a minha casa. Pelo menos, não agora, com as coisas do jeito que estão.

Meus pais nem mesmo me perguntaram se eu desejava vir para cá. Nós nos sentamos para jantar alguns meses atrás e eles anunciaram que isso aconteceria. Eu enrolava meu espaguete no garfo enquanto meu pai e minha mãe falavam de mim como se eu não estivesse bem diante deles. Para ser honesta, eu tinha uma prova difícil de francês no dia seguinte e então fiquei conjugando mentalmente verbos no tempo *passé composé*.

J'ai mangé
Tu as mangé
Il a mangé
Nous avons mangé
Vous avez mangé
Ils ont mangé

— É exatamente por isso que ela precisa ir — minha mãe reclamou, ainda falando sobre mim como se eu não estivesse na sala de jantar.

Conjugar verbos mentalmente virou um hábito para mim. No fim do ano eu quase alcancei a nota máxima.

— Quando você voltar, tudo isso vai ficar para trás. Você será uma pessoa diferente — minha mãe disse na última noite antes da minha partida, enquanto eu e o meu namorado estávamos sentados à mesa diante de uma tigela de vegetais orgânicos, mastigando. Eu namoro Coop há dois anos. O nome dele na verdade é Cooper. Eu nunca disse isso a ele, mas, na minha opinião, tanto o nome quanto o apelido são horríveis. Coop soa como um atleta valentão da escola que esmaga latas de cerveja na cabeça. E quando eu o chamo de Cooper tenho a impressão de que estou falando com um cachorro.

Eu mordi uma cenoura e fiz que sim com a cabeça para a minha mãe. O som da minha mastigação era tão alto em meus ouvidos que chegava a encobrir o que os outros estavam dizendo.

Depois que eu comi toda a tigela, arrastei Coop até o meu quarto e nós demos uns amassos. Esse foi o ponto alto da noite. E o Coop não é nenhum especialista em matéria de beijar. Ele é meio babão, como um cachorro qualquer que também se chama Cooper.

Quando fiquei entediada, eu conjuguei verbos. Beijar e conjugar são duas coisas que combinam bem. Duas coisas bem francesas.

Não. Ir para casa não é uma opção. Então, eu escolho um armário para guardar as minhas roupas e as separo em camisetas, calças e roupas íntimas, incluindo a pilha de sutiãs que a minha mãe providenciou. Ela deixou a minha mochila ao lado da minha cama no dia da minha partida e disse "Aqui está. Tudo pronto".

Em francês, *fini*.

Minha mãe deveria ter dito essas palavras anos atrás, mas ela não sabe lidar bem com despedidas.

Eu pego a cama inferior do beliche, imaginando que assim será mais fácil escapar desse lugar se houver um incêndio; isso se eu conseguir passar pela porta trancada. Quando eu retiro da mochila os lençóis e a colcha separados pela minha mãe para fazer a cama, sinto o meu corpo inteiro fraquejar. O cansaço está de volta, como se a força da gravidade agisse sobre mim com o dobro da intensidade e meus joelhos não a pudessem suportar, mas eu resisto e me esforço para arrumar a cama da maneira mais perfeita possível, seguindo a técnica utilizada pelas camareiras de hospitais para prender lençóis — técnica que a minha mãe me ensinou.

Quando termino, eu contemplo o meu belo trabalho. Outro pernilongo zumbe perto da minha orelha e eu bato as duas mãos espalmadas na tentativa de matá-lo, mas erro o alvo. Ele não vai demorar para voltar.

— Maldito.

Balanço a cabeça com força. Mas a minha cama permanece ali, como se retribuísse o meu olhar. É como se houvesse um par de olhos, um corpo e pulmões bem debaixo dos lençóis, tentando respirar desesperadamente. Tentando muito, mas sem nenhum sucesso. Mas as coisas funcionam assim mesmo, todos nós fracassamos no final. Todos nós afundamos, não importa quantas vezes tentem nos puxar de volta para a superfície.

Quando não consigo mais olhar para a cama impecavelmente arrumada, quando não suporto mais aquela imagem, eu desarrumo tudo. Arranco os lençóis que eu havia prendido com tanta precisão e elegância e enfio de volta na mochila a colcha de tom pastel com estampas florais, dobrando-a de qualquer jeito, apenas para fazê-la sumir da minha frente. Então eu me sento na cama, respirando com dificuldade, ofegante.

Eu prefiro congelar noite após noite a dormir com essa coisa.

— *Fini* — eu digo. Falando sozinha novamente. Olho à minha volta para ter certeza de que ninguém me viu. Mas eu estou de fato sozinha. Minha família está do outro lado do país, no Arizona, e eu estou em um lugar qualquer em Michigan. Faço um grande esforço para me sentir triste por causa disso, mas é como se eu estivesse me agarrando a uma coisa que na realidade não existe. Tudo o que eu tenho é um punhado de coisa nenhuma. Eu estou simplesmente vazia.

Saio do chalé e me deparo com o dia quente típico de um pântano. Não sei bem o que fazer. Mas uma coisa é certa. Preciso parar de falar sozinha ou as pessoas daqui vão pensar coisas erradas a meu respeito.

Querida mamãe e Presidente Cleveland,

As chances de encontrar o amor são uma em 285 mil, mas a probabilidade de casar é de 80%. Parece que temos uma discrepância aqui.

Seu filho,

Grover Cleveland

Alguns meses atrás, meus pais me disseram onde exatamente eu passaria o verão. Meu pai levantou a mão e apontou a localização exata do lugar:

— É bem aqui que o acampamento está localizado, Zander — ele explicou. — Deu pra ver? Michigan tem um formato parecido com o de uma luva.

Eu não respondi, então a minha mãe fez mais algumas observações:

— De todo modo, o Arizona é insuportável no verão. A temperatura chega a um milhão de graus aqui. Você vai gostar de estar longe na época do calor. — Ela olhou para o meu pai com uma expressão aflita, franzindo os lábios com força. — Mesmo que seja desagradável e você tenha de viajar até o outro lado do mundo sem os seus pais.

— Nós tomamos essa decisão juntos, Nina, então nem comece com o drama. O acampamento não é na Índia — meu pai retrucou.

Eu fiquei observando uma mosca presa numa teia de aranha enquanto meus pais discutiam na mesa de jantar. Eu entendia bem a situação da mosca. Ela jamais conseguiria escapar, por mais que tentasse. De que adianta lutar? Você só acaba piorando as coisas.

17

— O Acampamento Pádua tem sete áreas diferentes. Os alojamentos dos rapazes, os alojamentos das garotas, o refeitório, a praia, o campo de tiro com arco, as cocheiras e o mais importante: o Círculo da Esperança. — Madison me mostrou o lugar quando eu cheguei. Ela me guiou pelas instalações do acampamento, indicando vários pontos pelo caminho. — São muitas as opções de entretenimento. Vamos ter bastante diversão neste verão também. Não vamos apenas... — Ela fez uma pausa e olhou para mim — ... trabalhar. Do que é que você mais gosta?

Eu não sabia o que responder.

— Você sabe do que estou falando. O que é que você mais curte fazer? — Madison insistiu com um sorriso.

Eu continuei sem dizer nada e depois de alguns momentos Madison desistiu de esperar por uma resposta. A verdade é que não existe nada que eu realmente goste de fazer. A vida fica mais fácil assim.

— As garotas devem ficar no alojamento das garotas e, os garotos, no dos garotos. Nós não passaremos o tempo todo cuidando de negócios; também haverá diversão, mas essa diversão terá limites, se é que me entende — Madison disse, cutucando o meu braço.

— Eu tenho um namorado — eu disse.

Madison se animou ao ouvir isso.

— É mesmo? Que ótimo. Eu me lembro do meu namorado dos tempos da escola secundária. O primeiro amor é uma coisa tão mágica...

— Nós não nos amamos — eu acrescentei. — Ele gosta dos meus peitos, só isso.

Depois disso, acabamos mudando de assunto.

Ela me mostrou onde fica o refeitório e os caminhos que levam às cocheiras. Depois fomos ao campo de tiro com arco e ao Círculo da Esperança, algo que, no fim das contas, eu já conhecia, mas com o nome de fogueira. Por fim, ela me levou até o lago.

— Esse é o Lago Kimball. Nós pedimos a todos os campistas que evitem entrar no lago até que o teste de natação seja aplicado. Não queremos que aconteça nenhum acidente. — Madison olhou para mim. — Ah, e não se esqueça de usar filtro solar. Você é como eu: bastam cinco minutos debaixo do sol para ficarmos completamente vermelhas.

Assenti com a cabeça. Minha mãe gosta de pensar que eu herdei suas características de indígena norte-americana, porque tenho cabelo negro e olhos amendoados, mas a cor da minha pele prova que as coisas não são bem assim. Madison tem razão quanto a isso. Eu realmente fico toda vermelha quando me exponho ao sol por muito tempo, e nisso eu puxei ao meu pai. Mas Madison está totalmente errada quando diz que eu sou como ela. Nós somos completamente diferentes uma da outra.

Só de pensar em água fria eu já sinto a temperatura do meu corpo diminuir. Se o acampamento fosse na Índia eu acho que não sentiria tanto calor. Neste momento, o meu cabelo está grudando no meu pescoço e eu posso sentir o suor escorrendo pelas minhas costas.

Eu pego um desvio em minha caminhada até o Círculo da Esperança e sigo na direção do lago. Todo o Acampamento Pádua é repleto de árvores. Quando me trouxe para cá, meu pai ficou impressionado com o verde exuberante que cerca todo o lugar.

— Tudo parece tão vivo por aqui — ele comentou quando passamos de carro pelos portões do Acampamento Pádua.

Eu concordei com um aceno de cabeça, mas não disse nada. Minha atenção estava quase toda voltada para a alta cerca de arame farpado que rodeava a propriedade do acampamento. Ramos verdes e arbustos forçavam passagem através dos vãos na tela.

Perguntei ao meu pai por que o acampamento tinha uma cerca dessas dimensões.

— Para assegurar que todos fiquem em segurança — foi a resposta dele.

— Segurança... — repeti baixinho. Meu pai e eu sabemos que é impossível manter uma pessoa em completa segurança, por mais que se tente. Mesmo que você faça essa pessoa cruzar o país para passar o verão em Michigan.

A escadaria que segue até a praia fica logo depois do grande refeitório que separa a área das garotas da área dos rapazes. Não há a menor agitação nas águas do lago, nem mesmo uma única onda. Eu seco uma gota de suor que corre pelo rosto.

Muitos campistas ainda estão na companhia dos pais, despedindo-se deles. Mas meu pai, depois de me registrar na recepção, deu o fora na primeira oportunidade.

— Preciso voltar ao aeroporto ou não chegarei a tempo para o meu voo — ele disse, e me deu um beijo no rosto.

Mas eu não me importei com o fato de ele não ter ficado. Uma despedida é sempre uma despedida, seja ela rápida ou demorada.

Eu vou até o lago, tiro meus tênis surrados e minhas meias e mergulho os pés na água. Meus dedos afundam na areia, que é mole como lama e muito fria. Sinto um arrepio, que vai dos meus pés até as pernas, passa pelos meus quadris e chega ao topo da minha cabeça. Quase que instantaneamente, eu paro de transpirar.

Avanço mais um pouco, até a água bater quase nos meus joelhos. Já não consigo enxergar os meus pés no fundo; a água é muito turva e cheia de algas. Uma pessoa poderia se afundar ali e simplesmente... desaparecer.

Eu fecho os olhos e me imagino descendo em meio à lama fria até o fundo. Como se eu afundasse num daqueles sucos grossos de espinafre que minha mãe costuma fazer. Dou mais um passo adiante e os meus joelhos ficam ainda mais próximos da água. Sob os meus pés existe apenas um imenso nada — um vasto espaço vazio dentro do qual uma pessoa pode simplesmente se lançar. A princípio, um sentimento opressivo, mas depois o sentimento de que nada existe além da escuridão. Eu conheço esse lugar. Já estive lá antes.

— Ei, você aí! — alguém berra do alto da escadaria.

Eu me viro rapidamente na direção da voz, assustada. Vejo um monitor com cabelo loiro na altura dos ombros parado como um carcereiro diante da cela, com as mãos apoiadas nos quadris.

— Os campistas não têm permissão para entrar no lago no primeiro dia.

— Ah, me desculpe — eu digo enquanto tento colocar de volta as meias nos meus pés molhados.

— Por favor, saia daí e vá até o Círculo da Esperança. — Ele aponta na direção da fogueira antes de se retirar.

Cassie está ao lado de Madison quando eu chego. Ela está puxando um grande pedaço de chiclete cor-de-rosa para fora da boca e enrolando-o no dedo. Quando percebe que estou olhando para ela, Cassie gira o chiclete ao redor do dedo médio e sorri. Mas aquele não é propriamente um sorriso. É mais um aviso revestido de chiclete.

— Venha cá, Zander — Madison me chama em voz alta. — Zander, estas são Katie, Hannah e Dori. Cassie me disse que vocês duas já se conheceram.

Cassie aponta seu longo dedo magro para uma garota com cabelo cinza-chumbo e olhos castanho-claros.

— A Katie aqui tem um problema com bulimia — Cassie comenta.

— Cassie! — Madison a repreende.

— O que foi? — Cassie olha zangada para Madison e agarra a mão de Katie. — Está vendo estes dedos de forçar vômito? Eles são cheios de calos e feridas de tanto que ela os enfia garganta adentro. Eu reconheço uma pessoa com distúrbio alimentar a quilômetros de distância.

— Ela tem razão — Katie diz com uma careta de desgosto.

— Viu? Eu devia ser monitora daqui. — Cassie volta a olhar para mim. — A Hannah se automutila. Percebe que ela está usando roupa de manga comprida neste calor do caramba? Aposto que esses braços gorduchos estão cheios de cicatrizes.

Hannah cruza os braços, que de fato estão cobertos por uma camisa de manga comprida azul-marinho.

— Eu não sou gorda — Hannah diz, mas não nega a automutilação.

— E a Dori tem depressão. Grande coisa. Que graça tem isso? Todo adolescente é deprimido. É a nossa especialidade.

— Eu acho que já chega. — Madison coloca a mão no ombro de Cassie, mas a garota a ignora.

Cassie então se volta para mim.

— E a *Zander* está aqui porque, bem, "os pais dela a matricularam no programa". — Ela inclina a cabeça para o lado e arregala os olhos, e todas as quatro garotas começam a rir. — Mas eu a flagrei falando sozinha, por isso acho que podemos ter um caso de múltipla personalidade aqui.

— Eu não tenho múltipla personalidade — respondo.

— Esquizofrenia? — Hannah pergunta. Ela fixa seus olhos castanhos em mim como se eu fosse um rato de laboratório.

— Não. — Eu olho irritada para Cassie.

— Já chega, meninas. — Madison se aproxima de mim por trás e coloca as duas mãos nos meus ombros. Eu noto mais uma vez a perfeição das suas unhas. Eu não preciso da ajuda dela. Não preciso dela nem de ninguém. Na verdade, eu adoraria que todos sumissem da minha frente e me deixassem em paz.

Eu sacudo os ombros para afastar as mãos de Madison e vou para outro ponto do círculo. Não quero fazer parte desse grupo. Não gosto de sangue, muito menos de automutilação. E essa história de forçar o vômito? Eu odeio quando vomito e restos de comida ficam grudados nas minhas narinas. Por que alguém faria isso de propósito?

Eu caminho entre a multidão de campistas separados em grupos, tentando achar um espaço onde eu possa ficar sozinha e longe de todo mundo. Provavelmente não é isso que os meus pais querem para mim nesse verão — que eu me isole —, mas acontece que eles nunca me perguntaram o que eu realmente queria. Se tivessem me perguntado, tudo isso poderia ter sido evitado. Eu não precisaria estar aqui, no meio de quase cinquenta adolescentes com um monte de monitores e assistentes nos rodeando. Mas não tenho para onde correr. Eu estou presa nessa armadilha.

Usando uma camiseta do Acampamento Pádua, igual à de Madison, um cara mais velho fica em pé em cima de um banco e bate palmas três vezes, e então todos os integrantes do círculo ficam imediatamente em silêncio. Eu fico parada no lugar onde estou.

— Nós só conseguiremos nos encontrar... — ele grita.

— Quando admitirmos que estamos perdidos — bradam em uma só voz todos os monitores.

— Sejam bem-vindos ao Acampamento Pádua — ele continua em meio ao silêncio. Seu cabelo castanho despenteado cai sobre a testa e ele o engancha atrás das orelhas antes de prosseguir. O sujeito parece mais velho do que Madison, mas mais jovem do que os meus pais. Provavelmente está na casa dos trinta anos, e a sua aura de líder de jovens acentua a sua beleza. — Eu sou Kerry, o proprietário do Acampamento Pádua. Quero dar as boas-vindas a todos os que estão aqui hoje. — Kerry sorri, e isso torna a sua aparência ainda mais interessante. — Eu fundei este acampamento há mais de dez anos com a intenção de ajudar adolescentes como vocês a encontrar uma saída em tempos difíceis. É legal ver uma mistura de rostos conhecidos e novos por aqui. Se vocês precisarem de alguma coisa, não hesitem em vir falar comigo. Esta será uma temporada para vocês se abrirem e se libertarem das suas amarras, e também para se reencontrarem e se reconciliarem com quem são de verdade. Cada um dos monitores daqui passou por um rigoroso programa de treinamento para ajudar vocês durante a sua permanência no acampamento. Mas, acima de tudo, nós queremos que vocês se divirtam nesse verão. E para que haja diversão vocês precisam seguir as regras de segurança.

Uma onda de cansaço toma conta de mim quando Kerry começa a falar sobre as regras. Minhas pernas fraquejam, meu corpo se entorpece e, por um momento, eu penso na possibilidade de dormir em pé. É a melhor sensação que eu tive o dia inteiro: simplesmente mergulhar em um torpor paralisante. Quando ele avisa que é proibido comer no chalé, eu quase pergunto se engolir pílulas para emagrecer como se fossem doces conta como "comer", mas para fazer isso eu teria de levantar a mão. Em vez disso, eu olho fixamente para o chão, escavo a terra com meu tênis e conjugo.

J'ai fini
Tu as fini
Il a fini

— Regra número quatro: Quem estiver tomando algum tipo de medicamento deve continuar a fazê-lo aqui no acampamento. A enfermeira vai providenciar todos os remédios nos períodos da manhã e da tarde no Centro de Saúde. Procure a nossa enfermeira imediatamente se você tiver alguma alteração no humor ou se achar que poderá causar ferimentos em si mesmo.

Nous avons fini
Vous avez fini

— Do jeito que esse cara está falando, parece que esse acampamento é para loucos — diz um garoto que está bem ao meu lado. Levanto a cabeça para olhar para ele. O garoto deve ter uns dez metros de altura. Para conseguir enxergá-lo, sou obrigada a colocar a mão sobre os meus olhos para poder bloquear a luz do sol.

— Eu não *acho* que esse lugar seja para loucos, eu tenho *certeza* disso — respondo baixinho.

— "Adolescentes com estado mental ou emocional alterado", é o que diz o folheto de propaganda, acho eu. Tecnicamente, todo adolescente se encaixa nessa situação, de estado mental ou emocional alterado. Os garotos com certeza se encaixam. Eu penso em sexo umas cem vezes por dia e isso sem dúvida nenhuma se encaixa na definição de estado emocional alterado. Aliás, de estado físico alterado também. — O garoto olha para a própria virilha.

— Você pensa mesmo em sexo tanto assim?

— Penso.

Volto a prestar atenção em Kerry. Eu não sei o que dizer a esse garoto. De repente, nós estamos falando sobre sexo e eu nem sei o nome dele.

— E em comida — o garoto sussurra.

— O quê?

— Comida. Nós, garotos, pensamos muito em comida também. — Ele se inclina para falar mais perto do meu ouvido. — Se é que você tem algum interesse em saber disso.

Faço que sim com a cabeça e me pergunto que rumo essa conversa vai tomar.

— Você quer que eu diga a você no que as garotas geralmente pensam?

— Não. Se você me dissesse eu teria de pensar nisso também, e eu já estou ocupado demais pensando em comida e em sexo. A mente só pode lidar com uma quantidade limitada de coisas. — Ele dá uns tapinhas na própria testa. — E eu não quero forçá-la. Estado emocional alterado, lembra-se?

— Certo — eu respondo, e então olho novamente para o chão. Mas, sem poder evitar, volto a olhar para o garoto a todo instante. Ele é muito magro e comprido. Provavelmente vai estar mais encorpado quando for para a faculdade, mas agora o metabolismo dele é tão acelerado que seu corpo certamente exige mais energia do que ele é capaz de comer. Seu cabelo castanho pende na frente dos olhos, que são grandes demais para o rosto, fazendo com que ele se pareça um personagem de desenho animado. Mas não necessariamente com herói; ele está mais para o amigo estranho do herói.

— Regra número dez — Kerry diz, quase aos gritos. — Os meninos dormem nos alojamentos dos meninos. As meninas dormem nos alojamentos das meninas.

O garoto ao meu lado levanta a mão para fazer uma pergunta.

— E o que acontece com as meninas que acham que são meninos? Onde elas vão dormir?

Kerry cruza os braços na frente do peito.

— No alojamento das meninas — ele responde.

— Certo. Só pra saber. — O garoto faz um aceno com a cabeça na direção de Kerry, e então se volta para mim e sorri. Eu sinto o meu estômago doer. Doer como se eu tivesse feito uma sequência de vinte e cinco abdominais. E essa sensação me deixa um pouco assustada.

— A propósito, o meu nome é Grover — o garoto sussurra. — Grover Cleveland.

3

Cher Papa,
J'ai été enlevé par des étrangers. S'il te plaît, envoie de l'aide.
Cordialement,
Alex Trebek

Kerry nos informa de que todos os dias haverá uma gama de atividades que nós poderemos escolher, desde artes e trabalhos manuais até equitação; porém, quanto mais ele fala, mais difícil se torna para mim me concentrar em qualquer coisa que não seja o garoto ao meu lado.

— Vocês são os responsáveis pelas suas próprias escolhas — Kerry diz. — Os monitores estão aqui para orientá-los, mas vocês têm idade suficiente para tomar as suas próprias decisões. A única exigência que fazemos é que vocês compareçam todos os dias às sessões de terapia em grupo dos seus chalés. — Ele encerra o seu discurso e avisa que uma refeição será servida dentro de uma hora. O sol ofusca os meus olhos quando eu os levanto na direção do garoto ao lado.

— Grover Cleveland? Como o presidente? — eu comento.

Grover faz que sim com a cabeça e leva a mão ao bolso de trás. Ele tira do bolso um pequeno caderno de anotações e uma caneta.

— E você é? — ele pergunta.

Eu me afasto dele dando um passo para trás e repasso na minha mente os distúrbios que Cassie havia elencado.

— Você pensa que é Grover Cleveland ou esse é o seu nome real?

— Ser real é o ponto principal aqui. Você *é* real?

— Sim, eu sou real.

Grover dá umas pancadinhas no seu queixo com a caneta e balança a caneta.

— Mas se você fosse imaginária, mesmo assim você diria que é real, apenas para me fazer *acreditar* que você é real. Então essa linha de raciocínio não funciona muito bem.

— Quê?

— Eu só estou tentando determinar se você é real.

— Eu já lhe disse que sou real.

— Mas isso não prova nada. Pise no meu pé.

— Como é? — pergunto.

— Pise no meu pé.

— Eu não vou pisar no seu pé. Por que eu faria isso?

Grover estala a língua.

— Merda. Você é imaginária.

— Eu não sou imaginária.

— Então por que você não quer pisar no meu pé?

— Porque isso pode machucar você.

— Fisicamente, talvez. Mas esse tipo de coisa logo sara. Por outro lado, você pode me machucar *por tempo indeterminado* se for imaginária — Grover responde. E, então, coloca um pé à frente. — Vamos lá, faça o que tem de fazer. Eu posso aguentar.

— Eu não vou pisar no seu pé — repito com um tom de voz firme. — E você não respondeu à minha pergunta. Você pensa que é Grover Cleveland ou você *é* Grover Cleveland?

— Eu *sou* Grover Cleveland.
— O presidente?
— Tecnicamente, sim.
Eu cubro o rosto com as mãos.
— Ah, Deus.
— Não, não, meu nome é *Grover*. — Ele começa a escrever em uma folha de papel.
— O que você está fazendo? — eu pergunto, espiando por entre as minhas mãos e me erguendo na ponta dos pés para tentar ver o que ele escreve folha.
— São só algumas anotações.
— Sobre o quê?
— Sobre você. — Grover me olha de cima a baixo e começa a escrever de novo: — Cabelo negro. Olhos castanhos. Parece ter uns dezesseis anos. De onde você é?
— Arizona.
— Que estranho. Eu não conheço ninguém do Arizona — ele diz, enquanto escreve.
— E por que isso é estranho?
— Acho interessante que minha primeira alucinação seja do Arizona.
— Eu *não sou* uma alucinação — eu insisto, dessa vez com mais ênfase.
Grover dá uma risadinha.
— Um sorriso bonito — ele diz, ainda escrevendo.
— Você acha que eu tenho um sorriso bonito?
— Eu não sei. Você ainda não sorriu. Isso é uma hipótese. Eu pretendo realizar vários testes para decidir se isso é ou não um fato. — Ele rabisca mais algumas coisas no seu caderno. — Você sabia que as chances de uma pessoa ter olhos genuinamente verdes são de uma em 50?
— O quê?
— É verdade. — Grover coloca a caneta na boca. — Vai ser uma grande pena se você não for real.
Eu fico sem graça e olho para o chão.
— Eu já lhe disse. Eu sou real.
— Nós precisamos de ajuda para resolver essa questão, venha!
Grover agarra o meu braço e me puxa até as quadras de espirobol perto do refeitório. Ao redor de uma das quadras, um grupo de crianças assiste a Cassie bater em uma bola amarrada na ponta de uma corda presa a um poste, fazendo a corda se enrolar cada vez mais no poste. O adversário dela é um garotinho que

não deve ter mais de 13 anos. Com um sorriso malvado no rosto, ela bate na bola repetidamente, acertando a cabeça do menino. O garoto já não consegue mais golpear, está sendo massacrado.

— Acabei com você, seu merdinha! Seu Otário! — Ela grita quando dá a partida por vencida.

O menino cai no choro e sai correndo da quadra.

— Ei, Magrela! — Grover chama em voz alta. — Preciso da sua ajuda.

— Que ótimo — Cassie responde.

Grover ainda está segurando o meu braço, mas eu dou um puxão para tentar me desvencilhar dele. Cassie vem correndo na nossa direção, com os peitos sem sutiã pulando debaixo da camiseta.

— O que foi, Cleve?

— Vocês já se conhecem? — eu pergunto.

Cassie me olha com descaso e não se dá ao trabalho de responder.

— Por que precisa da minha ajuda, Cleve? — ela diz.

Grover sorri e aponta para mim:

— Você pode ver essa garota, Cassie?

— Sim... infelizmente. — Cassie apoia o corpo em uma das pernas e projeta o quadril para o lado. — A Zander é real, Cleve.

— Zander? Ela é real e tem um nome. É um prazer conhecer você, *Zander*. — Ele estende a mão para um cumprimento. Fico olhando para Cassie sem saber se quero de fato *conhecer* alguém nesse acampamento. Quando eu estou quase decidida a apertar a mão dele, volto a sentir aquele nó no estômago. É uma coisa desagradável, desconfortável, e por isso eu desisto do aperto de mão e apenas aceno para ele. Uma única vez.

— Bem, agora que nós já definimos que você é real... — Grover balança para trás e para frente nos calcanhares, olha para a palma da sua mão vazia e então a abaixa. — O que traz você a este belo acampamento em Michigan, Zander?

— A Zander está aqui porque "os pais dela a matricularam no programa" — Cassie responde, rindo.

— Interessante. — Grover coloca a tampa de volta na caneta.

— Você não vai anotar essa informação no seu caderninho? — eu pergunto.

— Eu só anoto as coisas que não quero jamais esquecer.

— Você anda por aí carregando um caderno de anotações para não se esquecer das coisas?

— Não — Grover responde. — É que desse modo eu consigo ter certeza de que vou me lembrar.

— Se lembrar de quê? — pergunto.

Grover corre os olhos pela paisagem ao redor e respira fundo, como se estivesse cheirando um buquê de flores.

— De como as coisas eram antes — ele diz.

Cassie se aproxima de Grover e para bem ao lado dele. Ela realmente parece se importar com alguma coisa por um momento.

— Cleve é PL — ela diz.

— PL? O que significa isso? — eu pergunto.

— Pré-louco — Grover responde, enfiando o caderno no bolso traseiro da calça. — É como eu me considero nessa fase que antecede o meu primeiro surto esquizofrênico propriamente dito, que vai acabar acontecendo qualquer dia desses.

— Como você sabe?

— Meu pai conversa com presidentes mortos.

— E eles falam com o seu pai? — indago.

Grover ri, inclinando a cabeça para trás.

— Algumas pessoas herdam os olhos verdes dos seus pais. Outras herdam a esquizofrenia. Bem, eu certamente não herdei os olhos verdes.

— Quer dizer que o nome...

— O meu pai tem um amor profundo pelos antigos presidentes. Para sorte dele, ele tinha o sobrenome apropriado.

— Mas não há nada de errado com você agora. Então por que você está aqui?

Grover fixa em mim seus grandes olhos azul-escuros de desenho animado.

— Algumas pessoas gostam de esperar pelo inevitável. Mas esperar nunca foi o meu forte. E você, Zander?

Eu engulo em seco. *Fini.* É isso e mais nada. O fim é o fim, não importa quando aconteça. Esperar apenas torna tudo mais doloroso. Uma mecha de cabelo faz cócegas na minha nuca e eu coço a pele no lugar com uma força excessiva e desnecessária.

— Eu odeio esperar — respondo.

— Esperar só faz você ficar mais apegado às coisas. — Grover continua me olhando nos olhos por mais alguns instantes, e então enfia as mãos nos bolsos. — Se esse vai ser o meu futuro, eu posso muito bem me acostumar com ele a partir de agora. Meu pai era PL até o dia em que estava assistindo a uma aula de história na faculdade e Teddy Roosevelt entrou pela porta da sala. Com um pouco de sorte, eu acredito que ainda terei mais uns bons anos pela frente.

— Como você conheceu a Cassie?

Grover passa o braço em torno do pescoço dela.

— A Magrela e eu frequentamos o acampamento desde a sétima série. — Ele sorri para Cassie e sussurra algo no ouvido dela tão baixinho que não consigo escutar nem uma palavra. Depois, Grover dá uns tapinhas no bolso da frente do seu jeans.

— O que foi? — eu pergunto.

— Não é da sua conta. — Cassie me lança um olhar penetrante. — Em nome da nossa amizade, Cleve, eu preciso alertar você. As chupadas da Zander devem ser terríveis.

Grover leva a mão ao bolso para pegar o seu caderno de anotações, mas eu o detenho.

— Eu não sei do que ela está falando e você não vai escrever isso!

Ele ri.

— Eu só ia escrever que a Zander fica uma graça com o rosto todo vermelho de vergonha.

— Eu não estou com vergonha — digo, colocando as mãos no rosto.

— Mas você admite que já fez um boquete? — Cassie pergunta.

— Eu tenho namorado — respondo com impaciência.

— Que coisa mais sem graça — Grover comenta.

— O nome dele é Coop.

— Sem graça ao quadrado. Só falta você me dizer que ele joga futebol.

— Joga — eu respondo.

— Então você está dizendo que eu devo desistir desde já?

Eu olho bem dentro dos grandes olhos de Grover e ele não desvia o olhar. Seus olhos refletem a luz do sol, dando a impressão de que a qualquer momento lágrimas começarão a escorrer.

— Alguém me mate — Cassie diz quando toca o sino do refeitório. Eu levo um susto com o barulho repentino.

— E por que você acha que precisaria da ajuda de alguém para morrer? Já está fazendo um ótimo trabalho em si mesma — Grover diz a Cassie, apontando para o seu corpo esquelético. — Vamos lá. Minha mente altamente perturbada precisa ser alimentada. Vamos comer.

Grover sai andando na direção do refeitório, seguido de perto por Cassie. Eu fico parada no lugar e um pernilongo pica a minha perna. Eu o acerto com um tapa e coço o local da picada.

Grover olha para trás e sorri. O que eu estou esperando?

Se eu quiser ter alguma chance contra esses pernilongos nas próximas cinco semanas, é melhor comprar um inseticida.

* * *

Nós entramos na fila da comida no refeitório e eu pego os talheres — que estão embalados juntamente com um guardanapo — e uma bandeja de plástico. A comida está disposta em uma mesa comprida para que as pessoas possam se servir por si próprias e, então, eu começo a escolher entre as opções. Todos os vilões estão presentes: macarrão, batatas fritas, pão branco, xarope de milho lotado de açúcar. A minha mãe ficaria escandalizada. Sempre que vai à minha casa, Coop reclama que meus pais nunca têm nenhuma comida lá. Minha mãe gosta de corrigi-lo, dizendo: "Nós temos, sim, muita comida nesta casa. Só não são as porcarias que você está acostumado a comer". E então ela oferece ao Coop uma tigela com uvas ou uma barra de cereais.

Eu ignoro toda essa parte do cardápio e sigo para o bufê de saladas no fim da mesa. Encho meu prato com alimentos das mais variadas cores — folhas verdes, pimentão amarelo, tomates vermelhos, azeitonas pretas e, em vez de molho para salada, uma colher de queijo cottage. Eu também deixo o leite de lado e opto por um copo de água, para fins de hidratação.

Eu passo por uma cesta de maçãs e paro diante dela na mesma hora. Olho com atenção para a pilha de frutas, pego uma e a seguro perto do meu rosto. O vermelho lustroso da casca brilha sob a trêmula luz amarela do refeitório, fazendo com que se pareça muito apetitosa. E além de parecer deliciosa é nutritiva. Por um instante, eu fico tentada a colocá-la na minha bandeja.

— Pensando em comer o fruto proibido? — Grover pergunta, logo atrás de mim.

— Nós nunca temos maçãs na minha casa — eu respondo sem tirar os olhos da fruta.

— Alergia?

— Não.

— Uma espécie de antipatia pela fruta, talvez?

Eu não posso fazer isso, não importa o quanto eu adore a ideia de comer uma. Eu recoloco a maçã na cesta imediatamente. A fila está aumentando atrás de nós.

— Mais ou menos isso — eu digo a Grover, e pego um pãozinho integral. Sem manteiga.

Grover, Cassie e eu nos sentamos em uma mesa vazia. A bandeja de Grover tem porções generosas de macarrão, queijo e filé de frango; já a de Cassie tem uma porção miserável de alface e cinco cenouras.

— Essa alface não tem valor nutricional. — Eu aponto para a bandeja dela. — Tudo isso aí é praticamente água.

— Você acha mesmo que eu estou interessada em valor nutricional? — Cassie pega um pedaço de alface e o enfia na boca.

— Não, eu acho que não — respondo, e começo a partir o meu pão em três pedaços. Quando eu era pequena, minha mãe me ensinou que todo pão deve ser partido em três partes, de acordo com as regras de etiqueta. Eu não sei com certeza o que há de tão errado em cortar em dois pedaços, ou em sete, ou mesmo em três milhões de pedaços, mas a minha mãe é muito exigente quando se trata de boas maneiras e de coisas verdes e cheias de folhas. Ela se agarra a essas coisas como se elas fossem um colete salva-vidas que a salvaria de se afogar, mas a verdade é que partir o pão em três pedaços não vai salvá-la de nada. E quando você agarra uma coisa com força exagerada, ela acaba se desmanchando em suas mãos.

Eu olho novamente para a cesta cheia de maçãs. Pensando bem, nem mesmo a minha mãe ficaria desapontada se eu deixasse de viver assim.

— Zander — Grover diz.

— O quê?

— Você está esmigalhando o pão como se fosse João e a Maria, dos contos de fadas. Vai usar isso para marcar o caminho de volta pra casa? — Ele sorri e aponta para as minhas mãos. Eu então me dou conta de que acabei despedaçando o meu pãozinho, reduzindo-o a pequenos pedaços minúsculos que agora estão espalhados pela mesa. Eu recolho os pedaços rapidamente, puxando-os com as mãos, e os coloco de volta na minha bandeja.

— Eu não quero ir para casa — respondo sem conseguir olhar para o Grover.

Depois que todos passam pela fila do bufê, Kerry, o proprietário do acampamento, levanta-se na frente do refeitório e pede silêncio a todos.

— É uma tradição do nosso acampamento rezarmos para Santo Antônio de Pádua antes de fazermos a refeição. Ele é o santo das causas perdidas. Peço que abaixem a cabeça por alguns momentos em sinal de respeito.

Em vez de seguir essas orientações, eu olho em volta da mesa. Todos os monitores estão de cabeça baixa. Quando Cassie levanta uma faca e finge cortar a própria garganta, eu solto uma risada abafada. Não consigo evitar.

— Nós rezamos a Santo Antônio de Pádua para pedir três coisas. Que o que foi perdido seja encontrado. Que a alma seja livre. E que a vida seja duradoura.

— E que eu consiga transar — Grover completa.

Kerry levanta a cabeça, visivelmente irritado com a interrupção.

— Ora, ele não é o santo padroeiro das causas perdidas? — Grover continua. — O que eu quero é perder a virgindade.

— Leve isso a sério, por favor — Kerry diz.

— Eu estou levando, pode acreditar. — Ele junta as duas mãos diante do peito em sinal de oração.

— Bem, vamos comer. — Kerry balança a cabeça e vai se sentar junto dos outros monitores.

— Mandou bem, Cleve — Cassie diz, pegando mais um pedaço de alface.

— Eu não posso evitar. É culpa do meu estado de extrema perturbação. Eu simplesmente acabo dizendo coisas que não deveria. Coisas do tipo: a Zander tem olhos lindos. — Grover abaixa o garfo e olha para mim. Ou melhor, ele me encara de verdade, com direito a sorrisinho de canto de boca e tudo o mais.

— É só um par de olhos castanhos — comento. — Quase todo mundo tem olhos castanhos.

— Uma em cada duas pessoas, para ser exato.

Cassie solta um gemido mal-humorado.

— Ela não vai fazer você perder coisa nenhuma, Cleve. A Zander já disse que tem namorado. Tudo o que você vai conseguir com ela é dor nas bolas, porque ela é um pé no saco.

Os olhos de Grover não se desviam dos meus.

— Alguém aí disse "bolas"? — Ele pisca.

Eu abaixo a cabeça e olho para a minha bandeja cheia de migalhas de pão, enquanto sinto o rubor subir pelo meu rosto. Coop não provoca essas reações em mim. Aliás, a única coisa que ele provoca em mim é um melhor desempenho nas conjugações dos verbos em francês, e eu gosto das coisas assim.

Olho furtivamente para o Grover e me sinto constrangida por estar tão perto dele. De repente, alguém se joga na cadeira ao lado da minha. É um menino baixo e gordo, com cabelo loiro cortado rente à testa. Ele está bastante ofegante e me encara com os olhos arregalados.

— Eles estão tentando me matar — o garoto diz.

— Eles quem? — eu pergunto.

— Os monitores.

— Por quê? — Intrigado, Grover se debruça sobre a mesa na direção do garoto.

O garoto corre os olhos pelo refeitório, com expressão atônita. Em seguida se recosta na cadeira, um pouco mais calmo.

— Tá certo, eles não estão tentando me matar. Mas eu ouvi dizer que estão realizando experiências secretas com os campistas no meio da noite.

— Sério? — eu pergunto, e o menino faz que sim com a cabeça.

— É por isso que eles nos deixam presos aqui. — Ele me dá um soco de leve no ombro e ri. — Que nada, é só brincadeira.

— Qual é o seu nome, cara? — Grover tira o seu caderno do bolso.

— Tim. — O garoto pega um pedaço de pão da minha bandeja e o enfia na boca.

— É um prazer conhecer você, Tim. — Grover estende a mão para ele. — Eu sei que você é real porque as garotas podem vê-lo. Mas por que veio parar aqui no acampamento?

— Eu matei uma pessoa — Tim responde com a boca cheia de comida, enquanto aperta a mão de Grover. — E na verdade o meu nome é Pete.

— E quem você matou, Pete? — Grover indaga.

Pete pega a minha água e bebe um gole sem qualquer cerimônia.

— Ninguém, eu só estou brincando de novo. Meu nome mesmo é George.

— Certo, George. — Grover faz uma anotação. — Vamos ver se eu adivinho... — Ele põe a caneta nos lábios. — Mentiroso compulsivo?

— Eu não sou um mentiroso compulsivo. — Balançando a cabeça insistentemente, o garoto cruza os braços e se encosta no espaldar da sua cadeira, com a cara amarrada. — Tudo bem. Talvez eu seja. Mas eu também posso estar mentindo sobre isso.

As palavras do garoto me deixam totalmente confusa.

— Mas qual é o seu nome verdadeiro, afinal? — eu pergunto a ele.

Tim-Pete-George me olha diretamente nos olhos. Deve estar começando a cursar o ensino médio, com suas bochechas rosadas de bebê e sua pele extremamente branca — que, assim como a minha, ficaria vermelha se fosse exposta ao sol por cinco minutos sem proteção.

— Alex Trebek — ele responde.

— Como aquele cara, o apresentador de *Jeopardy*? — pergunto.

— Esse não é o nome dele, porra — Cassie resmunga.

— É o meu nome, sim.

— E quem nos garante que você não está mentindo? — eu digo.

— Eu não estou mentindo.

— Mas você é um mentiroso compulsivo, por isso tudo o que você disser pode ser mentira — Grover argumenta, batucando com sua caneta na lateral da mesa.

— Talvez eu esteja mentindo sobre ser um mentiroso compulsivo. — Alex Trebek bebe mais um gole da minha água.

— O que faz de você um mentiroso compulsivo. — Grover olha para o garoto com expressão séria, como se estivesse muito compenetrado.

— Mas sobre o nome eu estou falando sério. Eu realmente me chamo Alex Trebek.

Grover balança a cabeça numa negativa e responde:

— Só que você pode estar mentindo sobre isso.

— Então, no fim das contas, nós não podemos confiar em uma palavra do que você diz — eu interfiro.

— Correto. — Alex assente com a cabeça.

— Mas e se ele estiver mentindo sobre isso? — Grover aponta o dedo para Alex e estala a língua. — Então temos de concluir que, na verdade, *podemos* confiar no que ele diz.

— Estou com dor de cabeça. — Eu me inclino para a frente e pressiono a testa contra o tampo frio da mesa.

— Isso é fascinante — Grover diz, dando uns tapinhas nas minhas costas. Ele continua falando, mas eu só consigo prestar atenção na mão dele encostando em mim. Sinto o calor que emana do seu toque através da minha roupa. Quando não consigo mais suportar, levanto bruscamente a cabeça da mesa e arrasto a minha cadeira para fora do alcance de Grover.

Alex Trebek permanece na nossa mesa até o final da refeição. Eu como um pouco do que resta do meu pão e a minha salada. O espinafre deixa fibras espessas nos meus dentes, mas eu não toco na minha água porque Alex bebeu metade dela. De todo modo, com o nível de umidade desse lugar, eu não tenho tanta certeza de que preciso beber água para me manter hidratada.

Quando todos terminam de comer, Kerry nos explica o rigoroso procedimento de limpeza do refeitório.

— Coloquem as suas bandejas aqui. Joguem todos os restos de comida aqui. Empilhem os pratos aqui. Os copos descartáveis vão para o recipiente de lixo reciclável. E entreguem os talheres ao monitor no final da fila. — Kerry aponta para o monitor em pé atrás de uma mesa, com um grande recipiente plástico na frente dele.

— Deixem comigo — Grover diz, fazendo menção de colocar todas as nossas bandejas sobre a dele. Cassie e Alex Trebek, ou seja lá qual for o nome real dele, entregam as suas bandejas sem hesitar, mas eu fico com a minha.

— Eu mesma faço isso.

— Isso não é nada. — Grover sorri para mim.

— Não, obrigada. — Eu seguro a bandeja com mais força.

— Ah, sim, uma feminista. Eu gosto de você cada vez mais, Zander.

Grover inicia o procedimento de descarte, mas eu me mantenho distante dele. Não sei ao certo o que esperar de um acampamento como esse, mas até esse momento o primeiro dia me parece mais do que esquisito. Entre Cassie, Alex e Grover, não vejo claramente onde posso me encaixar. Em lugar nenhum, provavelmente, o que é bom. Se os meus pais conseguissem compreender que *lugar nenhum* de fato existe, apesar de não ser o lugar que eles querem para mim, tudo estaria perfeito. Lá eu me sinto bem. Bem mesmo.

Poucos minutos depois, uma confusão irrompe no outro lado da fila, onde o monitor está recolhendo os talheres.

— Eu só estou vendo oito talheres aqui. — O sujeito encara Grover com um olhar acusatório. — Está faltando um. Onde ele está?

Grover dá de ombros, com os braços levantados e as palmas das mãos voltadas para cima, sem dizer nenhuma palavra. Quanto mais tempo ele permanece em silêncio, mais irritado o monitor parece ficar. Eu me sento novamente e olho para Cassie, que está tranquilamente acomodada na sua cadeira, como se estivesse apreciando o espetáculo. Kerry logo aparece para ajudar a resolver o impasse dos talheres. Quando se dá conta de que Grover é o campista acusado, Kerry bufa ostensivamente, com vigor, deixando bem clara a sua irritação.

— Onde está o garfo, Grover?

— Eu não sei.

— Ah, você sabe, sim. Tenho certeza de que você sabe exatamente onde esse garfo está.

— Kerry, você sabe melhor do que ninguém que às vezes as coisas somem sem explicação. Nós simplesmente as perdemos. Se não fosse assim, eu teria certeza de que jamais perderia as minhas faculdades mentais, mas as estatísticas mostram que há uma grande chance de que a minha mente me abandone sem aviso. E então eu a terei perdido. Para sempre. — Grover respira fundo. — Mais ou menos como aconteceu com esse garfo.

Kerry balança a cabeça negativamente, com expressão de desgosto.

— Onde você estava sentado, Grover?

Grover aponta para a nossa mesa, enquanto todo o acampamento observa em silêncio. Kerry vem imediatamente na nossa direção. Eu fico olhando fixamente para as minhas mãos.

— Cassie. — Kerry bufa de raiva novamente. — Eu devia ter imaginado.

— Imaginado o quê? — ela retruca.

— Que você tinha alguma coisa a ver com isso.

— Mas por que você está fazendo tanto barulho por causa de um garfo? — Cassie pergunta.

— Para começo de conversa, o dinheiro não dá em árvore neste acampamento. — Kerry levanta o dedo polegar no ar enquanto fala, e em seguida levanta o indicador. — Em segundo lugar, como foi prometido no programa, nós garantimos a segurança de todos os nossos campistas. E contar os talheres é um procedimento de segurança. Agora, ande logo com isso, onde está o garfo?

— Eu não sei — Cassie responde com descaso, parecendo despreocupada.

— Sabe, sim! — O rosto de Kerry começa a ficar vermelho de ira e uma veia salta em sua testa.

Cassie não desvia o olhar e o encara com uma expressão tranquila no rosto. Os dois estão praticamente face a face.

— Esses talheres somem o tempo todo. O mundo é um lugar imperfeito — ela diz.

Extremamente irritado, Kerry cerra os dentes e fecha os punhos com força. Então ele dirige o seu olhar zangado para Alex Trebek.

— Você não vai conseguir tirar nada dele. Principalmente se quiser a verdade — Grover diz, sentando-se novamente na sua cadeira e estendendo as pernas sob a mesa.

— Sabe onde está o garfo? — Kerry pergunta a Alex.

— O que é um garfo?

Kerry solta um grunhido de indignação e então se volta para mim.

— Você é a Zander, não é? — ele diz.

— Como você sabe o meu nome? — eu pergunto.

— Eu faço questão de conhecer todos os campistas. — Kerry olha para Cassie de relance. — É por isso que pedimos uma fotografia junto com a matrícula da pessoa. Por razões de segurança, mais uma vez.

Eu volto a me sentar na minha cadeira, sentindo-me um tanto traída. Meus pais enviaram para Kerry uma fotografia minha? O que mais teriam revelado a ele? Eu me contorço no meu assento, incomodada com o fato de que um homem que eu não conheço — um total estranho para mim — provavelmente sabe coisas sobre mim que eu não quero que ninguém saiba. E o pior, ele sabe dessas coisas porque meus pais contaram a ele.

— *Você* sabe onde está o garfo, Zander? — Kerry pergunta.

— Eu... — Eu olho para o Grover, depois para o Alex e então para a Cassie. Ela está sentada, com os lábios franzidos e os braços cruzados na altura do peito. Eu sei que Cassie está com o garfo, mas também sei que não quero que o administrador o pegue de volta, assim como não quero que Madison me ensine a andar a cavalo ou a pintar as unhas. Cassie me lança um olhar expressivo, estreitando os olhos, como se tudo isso fosse um grande teste. — Eu não sei do que você está falando — digo por fim.

— Tudo bem. — Kerry olha de novo para Cassie. — *Alguém* vai ter que ficar sem um garfo pelo resto da temporada.

— Como se eu precisasse de garfo para comer o que eu como — Cassie comenta em tom sarcástico.

Quando Kerry se afasta da nossa mesa, então Grover, Alex, Cassie e eu trocamos olhares como se tivéssemos acabado de escapar impunes de um crime. Os lábios de Grover se abrem num largo sorriso.

Kerry anuncia em voz alta para todos os campistas que o jantar está oficialmente encerrado.

— Não é fácil encontrar o que nós perdemos — ele diz. — Principalmente quando temos de encontrar a nós mesmos. Bem, é hora de dormir. Aos que precisam de medicamentos, não se esqueçam de passar no Centro de Saúde.

Cassie se levanta rapidamente e vai embora do refeitório sem dizer uma palavra. Ela nem se dá ao trabalho de nos agradecer por termos livrado a cara dela.

— Você parece preocupada, Zander — Grover diz, aproximando-se e parando bem ao meu lado.

— Eu não estou preocupada.

— Que bom.

Grover faz menção de se retirar, mas eu o detenho.

— E se houver um incêndio? — pergunto. — Nós estamos todos confinados.

— Não precisa se preocupar — ele responde. — Barreiras físicas não são nada se comparadas às barreiras mentais. Agora, repita comigo: "Nós rezamos a Santo Antônio de Pádua para pedir que o que foi perdido seja encontrado. Que a alma seja livre. E que a vida seja duradoura".

4

Tia Chey,

A minha monitora é a Madison. Eu ouvi dizer que ela fez "aquilo" com uma banana nanica na época da escola. Eu espero que ela esteja lendo isso neste momento porque eu sei que ela está XERETANDO atrás de mim enquanto eu escrevo!

Beijos,

Cassie

A fila para receber os medicamentos no Centro de Saúde é grande. Dori, Hannah e Katie estão todas nela. Quando eu passo pela fila, Dori me chama. Ela está segurando um pequeno copo de papel descartável.

— Você não toma nada? — ela me pergunta.

— Não.

— Ah, sim, claro. — Dori balança a cabeça. — Você só está aqui porque "os seus pais a matricularam" — ela diz com sarcasmo, e então engole as suas pílulas num movimento rápido.

— É Prozac — Hannah diz, mostrando-me o conteúdo do seu copo.

Cassie se aproxima para se juntar a nós.

— Nossa, que demaaaaaais — ela ironiza. — Vocês são um tédio. Todo mundo toma Prozac.

— E quanto a você? — pergunto a ela. — Nenhum medicamento?

— Você acha que eu deixaria um médico chegar perto de mim? Eles não me dão o que eu quero. Além do mais, eu tenho comigo todos os medicamentos de que preciso.

Ela começa a se afastar, mas eu a agarro pelo braço.

— Onde está o garfo?

Cassie puxa o braço com força e se livra de mim, mas não responde. Ela balança a cabeça enquanto se distancia, e as suas pernas finas parecem ainda mais raquíticas sob a luz do crepúsculo.

No chalé, nós escovamos os dentes e nos vestimos para dormir. Dori divide um beliche comigo, ela na cama de cima e eu, na de baixo. Cassie está na cama de baixo do beliche ao lado do nosso, e Hannah, ocupa a de cima. Katie é a otária que tem de dividir um beliche com a Madison. Eu dou uma olhada na grande mochila enfiada debaixo da cama de Cassie, recheada com os "medicamentos" dela.

— As luzes vão ser apagadas em 15 minutos, meninas — Madison avisa. — O sono é muito importante.

Eu me deito na cama e folheio a revista *Seventeen* que comprei no aeroporto antes da viagem para cá. Na realidade, eu comprei a revista para não precisar conversar com o meu pai no avião, mas na verdade não li nenhum artigo. Eu abria uma página, contava até cem mentalmente e então passava para outra página. Funcionou. Ele passou a viagem inteira ouvindo um *podcast* no celular e me deixou em paz para fazer a minha contagem silenciosa.

Esse pensamento me traz à lembrança os lençóis dentro da minha mochila e eu sinto um gosto amargo de bile subir pela minha garganta.

Eu procuro me concentrar na revista. A luz tênue do pôr do sol rasteja através da janela acima da minha cama, mas mesmo assim é difícil conseguir ler. Hannah e Katie colocam seus fones de ouvido e ligam a música num volume tão alto que eu consigo escutá-la. O acampamento não permite telefones celulares e eu fiquei aliviada quando os meu pais me disseram isso. Foi ótimo saber que eu passaria um verão sem ouvir uma única chamada da minha mãe.

Ela escreve mensagens de texto compulsivamente.

Vc se lembrou de pegar o sanduíche que eu preparei pra vc?
Eu marquei hora no cabeleireiro pra vc na sexta.
Vamos praticar direção depois da escola.
Eu estou fazendo lasanha para o jantar.
Não se esqueça de beber pelo menos dois litros de água hoje.
Hoje o sol vai se pôr às 17:45.

Num determinado momento do ano passado, a coisa ficou tão feia que o meu professor de inglês confiscou o meu telefone celular e me passou uma advertência. O sr. Ortiz disse que não conseguia dar sua aula com o meu celular apitando o tempo todo.

Ele até chegou a conversar com a minha mãe usando o *meu próprio* celular numa das vezes em que ela me ligou. Ela pediu mil desculpas e acabou chorando. Eu podia ouvi-la soluçando de longe. No fim das contas, o sr. Ortiz se sentiu tão mal que me devolveu o telefone e me disse que se o aparelho morresse eu poderia usar o do departamento de inglês. E logo depois ele se desculpou por ter usado a palavra *"morresse"*.

— Se por acaso a bateria acabar, foi isso o que eu quis dizer — ele se corrigiu.

A proibição de telefones celulares foi a única regra do Acampamento Pádua que desagradou de verdade os meus pais. Minha mãe chegou a gritar que era um absurdo não permitirem que eu tivesse um celular. Ela ficou tão exaltada que eu consegui ouvir a sua voz aguda do meu quarto, mesmo com a porta fechada. E pude ouvir também que ela atirou alguma coisa na parede. Quando eu saí do quarto para jantar, percebi que a coisa atirada contra a parede havia sido recolhida, fosse lá o que fosse. Nessa noite, a mamãe preparou estrogonofe vegano de cogumelo fresco e meu pai disse que foi um dos melhores pratos que ele já havia experimentado.

O programa do Acampamento Pádua foi fixado com um ímã à porta da nossa geladeira, e nunca mais foi retirado de lá.

O artigo em destaque na capa da revista é "Como paquerar de maneira discreta". Leio o texto até sentir sono e as palavras começarem a ficar fora de foco. E então eu ouço o zunido. O ruído irritante e intermitente de um pernilongo, que parece voar em torno da minha cabeça sem parar. Eu enrolo a revista, seguro-a na mão como se fosse um porrete e me sento na cama. Quando vejo o pernilongo pousar no colchão eu o acerto em cheio com a revista, esmagando o inseto contra o tecido. E com um peteleco eu atiro o minúsculo falecido no chão.

— É por essas e outras que os seus pais matricularam você aqui, com certeza — Cassie diz. Mais uma vez, ela gira o dedo indicador ao lado da cabeça e rola na cama, voltando o rosto para a parede. Todas as outras garotas caem na risada.

Eu viro a cabeça para a direção oposta à de Cassie, colocando entre nós o máximo de distância possível. Não estou nem aí para o fato de que ela dorme na cama ao meu lado. Não quero ter nada a ver com essa garota. Não quero ter nada a ver com ninguém neste acampamento; aliás, nem com ninguém fora deste acampamento.

A maçaneta prateada da porta do chalé brilha refletindo a luz fraca que atravessa a janela. E eu estou trancada aqui dentro e sou obrigada a conviver com essas pessoas. Volto a me deitar, cubro o rosto com a revista *Seventeen* e começo a conjugar palavras no francês *imparfait*.

Verbo falar:
Je parlais
Tu parlais
Il parlait
Nous parlions
Vous parliez
Ils parlaient

Aos poucos, vou relaxando, distanciando-me cada vez mais da realidade e sentindo o sono me invadir suavemente. Dormir é tão prazeroso. Eu posso mergulhar dentro da escuridão sem que ninguém se importe com isso. Não só posso como devo, aliás.

A um passo de pegar no sono, tenho a vaga sensação de que algo está tocando em minha cabeça, como se uma goteira no teto estivesse pingando bem em cima de mim. Mesmo incomodada, eu ignoro a sensação e viro para o outro lado.

O som da minha revista caindo no chão aciona algo no meu subconsciente que me faz lembrar que não é um teto o que está sobre a minha cabeça, mas sim a cama da Dori. E o gotejamento, ou seja lá o que for, volta a me incomodar com mais força. Eu me sento na cama em meio à escuridão e quase bato a cabeça na estrutura do beliche. E então eu me deparo com Cassie a centímetros do meu rosto, com seus olhos negros arregalados, quase pulando para fora do rosto.

— O que você está fazendo? — eu pergunto, recuando num sobressalto. Agora está escuro no chalé, mas mesmo assim eu posso ver que Cassie parece mais doida que o habitual.

— Estou acordando você porque preciso da sua ajuda, sua anta — ela diz.

— E por que eu moveria um músculo para ajudar você? Você acabou de me chamar de anta.

— Porque você não gosta daquela tranca, assim como eu. — Cassie aponta para a porta.

Olho na direção de Madison, que está confortavelmente acomodada debaixo do seu edredom; no seu travesseiro há um minúsculo fio de baba que escapou da sua boca ligeiramente aberta. A chave continua pendurada no pescoço delicado dela. Eu devo ter dormido por mais tempo do que imaginava.

— Vai me ajudar ou não, retardada?

— Não me chame de retardada — respondo. — Eu tirei nota máxima em francês.

Cassie bufa e faz uma careta de tédio.

— Eu estou muito perto de estrangular a Madison com o colar dela. Então, é o seguinte: ou você me ajuda a dar o fora daqui ou vai se tornar cúmplice de assassinato.

— Eu vou é voltar a dormir. — Eu me deito.

— Você é quem sabe — Cassie diz. Ela se afasta até parar diante da cama de Madison e tira do bolso de trás uma coisa pontiaguda e metálica.

— Ficou louca? — eu sussurro assustada, levantando imediatamente o corpo para me sentar de novo.

— Não, não fiquei. Eu *sou* louca. E você também é, mesmo que não queira admitir isso. Há um segredo guardado dentro de você, Zander. E ele virá à tona nesse verão, quer você goste disso ou não. — Cassie se agacha diante de mim. Seu rosto está tão próximo do meu que posso sentir o seu hálito açucarado. Até consigo perceber um indício de limão. Gostaria de empurrá-la para longe de mim. Quem ela pensa que é para fazer comentários a respeito da minha vida? Ela nem mesmo me conhece. Mas eu não consigo reagir e nem afastá-la, porque sei que em parte Cassie está certa. — Sabe qual é o seu problema, Zander? Na verdade, você não tem medo de mim. Você tem medo de *ser como eu* — ela diz.

— Não. — Eu luto com a palavra que sai da minha boca como se estivesse lutando fisicamente com a verdade. E quanto mais eu me forço a falar, mais difícil fica. — Eu só tenho medo de que você acabe matando a Madison com essa coisa que está na sua mão, seja lá o que isso for.

— Você nunca quis matar alguém num momento de raiva?

Eu não consigo responder porque a pergunta de Cassie é ridícula, mas sinto um nó se formar na minha garganta. E é tão grande que parece ser capaz de me engasgar. Eu faço um esforço e engulo em seco, e, na sequência, aspiro o hálito estranhamente doce dela. Cassie ergue no ar o objeto pontiagudo.

— É só um garfo, sua anta. O que acha que posso fazer com isso? Espetá-la até que ela morra?

— Eu sabia que isso estava com você.

— Dã. — Cassie faz uma careta de desdém. — De que importa? É um garfo. As pessoas andam comendo mais do que devem mesmo.

Eu me recosto na cama.

— Como você está planejando sair daqui? O que pretende fazer com a Madison?

— *Com* a Madison? Absolutamente nada. Eu pretendo é ficar o mais longe possível dela.

— Mas e a chave? — Eu aponto para o pescoço da Madison.

— Você realmente acredita que uma chave vai tirar a gente dessa? Uma chave não pode fazer nada por você, nem por mim.

— Certo, então me diga: o que é que vai tirar você dessa?

— Você. — Cassie aponta para a porta do banheiro. — Minha tia sempre diz que quando Deus fecha uma porta, em algum lugar ele abre uma janela.

— Eu acho que essa fala é de algum filme. — Ou será que eu li isso em um dos ímãs pendurados na geladeira de casa?

— Bom, não importa de onde isso vem — Cassie diz. — Eu nem acredito nisso mesmo. Na minha opinião, todas as janelas e portas apenas levam a mais janelas e portas.

— Então não existe saída para lugar nenhum? — pergunto.

— Claro que existe — Cassie responde. — A morte é a saída.

— Morte. — Eu fico estática enquanto pronuncio essa palavra.

Cassie faz um aceno afirmativo com a cabeça e a sua sombra encobre a luz da lua que banha o meu lençol branco.

— E então? Afinal de contas, você vai me ajudar ou não vai?

— Eu acho que tentar escapar não é uma boa ideia.

— E *o que* seria então uma boa ideia? — ela retruca.

Fico em silêncio por um bom tempo, procurando uma resposta, em vão.

— Eu não sei — respondo por fim.

— Esse é outro problema seu. Você *não sabe* de nada. — Ela balança a cabeça e esboça um sorriso. — Meu Deus, o Cleve está tão errado a seu respeito.

— O que foi que o Grover disse sobre mim?

— O nome dele é *Cleve*. — Cassie enfia o garfo no bolso de trás da calça. — E estamos perdendo muito tempo aqui. Eu vou dar o fora.

Ela vai até o banheiro andando na ponta dos pés e eu volto a me deitar na cama. Se Cassie quer sair escondida, ela que faça isso sozinha. Eu não sou sua cúmplice nem sua confidente, muito menos sua amiga. Não tenho nada a ver com a Cassie e prefiro que as coisas continuem assim.

E então, sem me dar conta do que estou fazendo, eu enrolo no dedo um pequeno tufo de cabelo na altura da minha nuca e o torço com tanta força que acabo arrancando alguns fios.

— Merda! — eu sussurro, olhando para os fios de cabelo na minha mão. Vai levar anos para que meu cabelo cresça o suficiente na parte de trás da minha cabeça. Eu não aprendo mesmo. Eu só preciso deixar o meu cabelo em paz, parar de puxá-lo com tanta força. Foi o que eu tentei fazer durante todo o ano passado: deixar as coisas seguirem seu rumo naturalmente, sem interferir em nada. Sem buscar nada. Mas os meus pais não compreendem isso. Eles querem que eu busque alguma coisa, porque alguma coisa é melhor do que coisa nenhuma. Mas eu discordo. Se o destino final de todos nós é o nada, então não faz diferença. Mas é difícil ignorar esses dois — Cassie pegando no meu pé e Grover tocando em mim. Eu junto os patéticos fios de cabelo e os deixo cair no chão.

Tento me distrair com a revista, mas não suporto mais ver a modelo da capa e o seu cabelo longo, volumoso e perfeito. Então eu arranco a capa. E começo a rasgá-la. Rasgo e rasgo sem parar, até que não reste mais nada a não ser minúsculos pedaços de papel que nunca mais poderão ser colados novamente. Eu os empurro para fora da minha cama, sorrindo.

Vou ao encontro de Cassie no banheiro. Ela está usando o seu garfo para desparafusar a janela. Um parafuso longo se solta e cai na mão dela, e a janela fica frouxa o suficiente para dar passagem ao corpo de uma adolescente; ainda mais fácil se for o de uma garota que não come.

— Guarde bem essa coisa — diz Cassie, entregando-me o parafuso.

— Eu não quero ficar com isso. — Mas eu não o devolvo a ela.

Depois que ela passa para o lado de fora eu a ouço dizer:

— Se disser uma palavra sobre isso a alguém, eu vou ser forçada a usar o meu garfo em você.

Eu não fecho a janela na cara dela. Em vez disso, enfio o parafuso na minha mochila e volto para a minha cama.

Papai e mamãe,
 Mandem inseticida para mim, por favor. Vocês esqueceram de colocar isso na minha bagagem.
 Pois é, quem diria que os pais também cometem erros?
 Z

— Eles servem café aqui? — Dori pergunta a Madison enquanto nos servimos do café da manhã no refeitório. — Eu preciso de café.

— Não servimos nenhuma substância que possa alterar o estado mental ou físico — Madison responde, como se estivesse lendo o próprio texto do programa de novo.

— Café não é substância química. É uma necessidade básica.

Quando eu acordei esta manhã, a Cassie estava dormindo, com uma perna para fora da cama inferior do beliche. De início, eu fiquei aliviada, mas em seguida frustrada por me importar com ela. Então fiquei ali deitada, olhando para a cama em cima da minha, deixando a mente vagar de volta ao Arizona, pela minha tediosa casa de gesso de dois andares cheirando a desinfetante com perfume de *grapefruit*. Porém, quanto mais tempo eu permanecia assim, mais silencioso ficava o chalé e mais crescia a minha vontade de ouvir algum barulho novamente. Felizmente, Cassie acordou poucos minutos depois e arrumou uma discussão com Madison, e durante o bate-boca Cassie ameaçou dizer a sua tia Chey que havia pegado uma infestação de piolhos no acampamento.

— Nós vamos trabalhar para que *você mesma* consiga suprir as suas necessidades básicas — Madison diz, segurando nos ombros de Dori, como um mestre dando um conselho a um aprendiz.

Eu coloco algumas uvas sem caroço nos meus flocos de aveia e bocejo com a mão na frente da boca. Quanto mais as duas falam, mais aumenta o zumbido nos meus ouvidos.

— Bem, então a minha máquina vai ficar quebrada. Porque ela precisa de café para continuar funcionando — Dori responde.

— É por isso que eu estou aqui. Para ajudar você a consertar a sua máquina quebrada. — Madison sorri.

— Necessidades básicas apenas mantêm você vivo — eu digo em voz baixa, olhando para o lado. — Elas não ajudam você a viver.

— E o que há de errado em estar quebrado? Você é perfeita por acaso? — Dori pergunta a Madison.

— Não — Madison responde, um tanto embaraçada. — Claro que não.

Grover e Alex Trebek sentam-se na mesma mesa do dia anterior. Eu hesito um pouco em ir até eles, mas a essa altura me parece inútil escolher qualquer outro lugar para me sentar. Além do mais, algo me diz que isso chamaria ainda mais a atenção de Grover e de Cassie.

Eu coloco as minhas coisas ao lado de Grover e puxo para cima as alças grossas do maiô apertado que estou vestindo por baixo da roupa. Grover tira uma maçã da sua bandeja e a lança para mim. Por pouco ela não escapa da minha mão e cai na mesa.

— Você sabe que sementes de maçã são um veneno? — Grover diz.

— Nossa — eu comento sem interesse.

— Mas uma única maçã não vai matar você. Pra isso acontecer você teria de comer uma montanha de maçãs ou coisa do tipo.

— Hum, que interessante. — Eu ponho a maçã de volta na bandeja dele.

— Esta é para você. — Grover estende a maçã de volta para mim.

— Está tentando me envenenar?

— O que foi que eu acabei de dizer? Uma maçã não vai matar você.

— Eu não quero — respondo.

— Eu sei que você disse que não gosta delas, mas não precisa ter medo.

— Eu já disse que não quero! — eu grito com ele e me ajeito na minha cadeira, sentindo desconforto. Por que a minha mãe me mandou um maiô tão apertado?

A tensão entre nós se mantém até Cassie chegar e se sentar conosco.

— Estou vendo que você vai tomar o seu rotineiro desjejum. Ar e pílulas para emagrecer — Grover diz a Cassie.

— E eu nem preciso de um garfo pra isso. — Cassie sorri sem muito entusiasmo.

Por trás das minhas costas, Grover passa para ela algo que faz um barulho muito parecido com o de comprimidos num frasco.

— Não acredito que você está mesmo dando isso a ela — eu comento.

— Não é o que você... — Cassie começa, mas Grover a interrompe.

— E por que eu não daria? — ele diz. — Isso a deixa feliz. E ela precisa ter mais felicidade na vida.

— Mas faz mal pra ela.

— Só um pouquinho. E, no fim das contas, tudo o que nos faz feliz também acaba nos fazendo mal — Grover rebate.

— E eu achei que você se preocupasse de verdade com ela. — Olho para a minha tigela de cereal.

— É *claro* que eu me preocupo com a Cassie — Grover diz.

— E é assim que se preocupa? Dando a ela mais remédio para emagrecer?

Cassie ri e me mostra o que Grover tinha dado a ela.

— São balas, sua imbecil. — Ela sacode uma caixa de pastilhas de limão na minha cara.

— Balas? — eu balbucio.

— Eu preciso comer alguma coisa para me manter viva — Cassie diz.

— Balas. — Eu fuzilo Grover com os olhos e um sorrisinho de canto de boca se insinua no rosto dele.

— Eu também nunca como nada — Alex Trebek declara. Ele sorri, e suas bochechas redondas ficam ainda mais gorduchas. Ele abocanha uma porção generosa dos ovos mexidos que estão em sua bandeja. — Nunca — ele repete com a boca cheia de comida.

— Boa, Bek. — Grover dá um tapinha nas costas dele.

— Por que o mentiroso veio se sentar com a gente de novo? — Cassie resmunga.

— Porque ele me contou que tem câncer e só restam a ele mais alguns poucos dias de vida. Eu acabei ficando com pena.

Cassie despeja a caixa inteira de pastilhas na boca. Eu posso sentir o cheiro de açúcar se espalhando pela mesa.

— Você não se cansa de comer isso? — eu pergunto. — São doces demais.

Cassie se inclina na minha direção com as bochechas estufadas de pastilhas.

— Elas são a única coisa doce que tenho na vida. Então, não, eu não me canso disso.

—Tudo bem. — Eu amasso o meu cereal e como um pouco, mas não estou com fome.

Quanto todos terminamos de comer, Kerry se levanta diante do grupo e bate palmas três vezes.

— Nós só conseguiremos nos encontrar — ele grita.

— Quando admitirmos que estamos perdidos — os demais monitores completam em voz alta.

— O primeiro passo para encontrar a si mesmo é admitir aquilo que você já é — Kerry diz em voz alta.

Ele está vestido com muita elegância, de uma maneira sexy, mesmo sendo ainda tão cedo. Eu não tinha reparado nisso ontem no jantar. Acho que estava concentrada demais na veia saltada em sua testa.

— Antes de começarmos o dia — Kerry prossegue —, alguém gostaria de admitir alguma coisa essa manhã?

Ninguém se manifesta. Eu olho para baixo, enrolo o meu guardanapo em torno do dedo até o dedo ficar azul e bocejo. Com o canto do olho, vejo Grover levantar a mão e então ficar em pé.

— Eu gostaria de admitir que a Zander não come maçãs — ele diz.

— Quê? — Eu olho espantada para ele.

— A ideia é cada um admitir algo sobre *si mesmo*, não sobre o outro — Kerry avisa.

— Ah. — Grover faz que sim com a cabeça. — Então eu admito que estou admitindo que a Zander não gosta de maçãs.

Eu engasgo de indignação e me levanto.

— Eu gostaria de admitir que a minha alimentação não é da conta do Grover.

— E eu gostaria de admitir que isso provavelmente é verdade. — Grover balança a cabeça em sinal de concordância.

— Obrigada. — Eu começo a me sentar.

— Mas... — Grover começa a falar novamente e eu fico imóvel. — Eu gostaria de admitir que o fato de eu admitir que isso não é da minha conta não significa que deixei de admitir que a Zander não come maçãs.

— Por favor, Grover, dê o exemplo e leve isso a sério — Kerry pede.

— Eu *estou* levando a sério. Acho que você quis dizer "por favor, fale a respeito de você mesmo". Mas eu estou muito mais interessado na Zander.

— Assim você está fugindo dos seus verdadeiros problemas. — Kerry cruza os braços sobre o peito. — Você sabe disso, Grover.

— Sim, concordo. Mas problemas deprimem a gente e já temos depressão demais por aqui.

— Amém — Cassie diz em um tom cantado.

— Acho melhor encerrarmos esse exercício, já que você evidentemente não vai se beneficiar dele. — Kerry então se senta.

— Mas a Zander pode se beneficiar — Grover diz.

— Você pode me deixar fora disso? — eu reclamo em voz alta.

— Tarde demais. — Grover dá de ombros. — A admissão já aconteceu.

Eu jogo o meu corpo na cadeira, com o guardanapo todo amassado entre os meus dedos.

— Obrigado, Grover — Kerry diz sem o menor entusiasmo.

— Mais uma coisa. — Grover ergue o dedo indicador no ar e a seguir apanha o seu caderno e começa a escrever nele. — Só para constar. Eu gostaria de admitir também que a Zander está usando um maiô preto e que eu adoraria vê-la nele. Mesmo diante do fato de ela não gostar de comer maçãs.

— Relacionamentos entre garotas e garotos não são permitidos no acampamento. — Kerry repete uma de suas regras como se fosse um robô.

— Bem, então eu gostaria de admitir que essa é uma regra estúpida. Além disso, Zander e Grover soa como um casal gay.

— Certo. — Kerry balança a cabeça.

Bek levanta a mão e fica em pé ao lado de Grover.

— Eu gostaria de admitir que a Cassie é linda e que eu gostaria de vê-la sem roupa. Dispenso o maiô — Bek declara com voz meio trêmula, e olha para Cassie do outro lado da mesa, com os olhos azuis brilhando.

— Ele está mentindo, Cleve? — ela ruge, com uma expressão ameaçadora.

— Não sei dizer — Grover responde.

— É melhor você sentar essa sua bunda gorda na cadeira, Bola — Cassie diz.

— Você é quem manda, coisa linda — Bek responde, dando uma piscadinha para Cassie.

Eu continuo imóvel na minha cadeira, mesmo depois de Kerry ter interrompido o exercício matinal. Queria estar anestesiada, não sentir nada, mas estou agitada, tremendo, quase balançando na cadeira. Quando Grover recolhe as suas coisas, ele se inclina perto de mim e deposita na minha bandeja os restos da maçã que ele acabou comento.

— Peço desculpa pelo comentário a respeito do maiô, mas eu precisei dizer aquilo. Estado emocional alterado e tal, você entende, né?

Eu não consigo olhar para ele.

— Eu sou um saco. Reconheço isso. E eu tenho problemas — ele diz, tocando o meu ombro.

— Não encoste em mim — eu o repreendo.

— Sabe, uma em cada duas pessoas vai contrair alguma doença sexualmente transmissível no decorrer da sua vida, mas a possibilidade de pegar essa doença através do toque é, tipo, zero.

Eu me levanto bruscamente, sem dizer absolutamente nada, mas antes de ir embora do refeitório eu pego um envelope com açúcar na fila da comida. Olho com desgosto para a minha tigela quase intocada de farelos de aveia; comer isso é como comer flocos de papelão.

"A aveia é um alimento saudável." A voz da minha mãe ecoa nos meus ouvidos. "Não a estrague adicionando porcarias sem valor nutritivo."

Mas o que Cassie disse sobre coisas doces está correto. Eu rasgo o envelope de açúcar e despejo todo o seu conteúdo na minha boca. E, na sequência, como outro envelope. Depois disso, eu sinto ânsia de vômito. Mas antes que alguém apareça na minha frente com um purgante, eu respiro fundo e controlo a ânsia.

Fico em pé, segurando os envelopes vazios na mão, e a duras penas sou obrigada a admitir que Cassie estava certa a respeito de alguma coisa.

✳ ✳ ✳

— Sempre que vocês vierem à praia terão de pendurar sua argola neste painel, para que o monitor responsável possa saber quem está na água e quais são os seus níveis de habilidade. Cada um de vocês vai receber uma cor diferente.

— Madison diz isso posicionada diante de um grande painel de madeira. No topo, estão escritas as palavras "NO ACAMPAMENTO PÁDUA A DIVERSÃO É UMA REGRA". O painel é coberto de ganchos e dividido em três seções de cores diferentes: vermelha, amarela e verde. Madison gira um apito entre os dedos enquanto fala. — Se a sua cor for o vermelho, você terá de usar um colete salva-vidas e não poderá passar da parte rasa delimitada pelo cais. — Ela aponta para a área mais próxima do lago que está cercada por uma estrutura de metal. Vocês encontrarão os coletes salva-vidas no depósito de equipamentos. Se a sua cor for o amarelo, você poderá ir até o fim do cais, que é demarcado por aquela fileira de balizas. E se a sua cor for verde, você tem permissão para ir até aquela plataforma flutuante. É naquele ponto que termina a propriedade do Acampamento Pádua.

A plataforma a que Madison se refere é quadrada, tem uma escada de acesso e fica a uma distância não muito grande do cais. Parece ter capacidade para comportar cerca de cinco pessoas.

Eu olho atentamente para a água verde. Exceto pelos poucos passos que dei dentro do Lago Kimball ontem, eu não entro na água desde que fui convidada a deixar o time de natação da escola no ano passado. O lago está calmo de novo hoje — só algumas ondas pequenas, quase insignificantes, chegam à praia. E eu começo a contar as ondas que vêm lamber a areia.

— Zander — Madison diz.

— O quê? — eu respondo num sobressalto.

— Isso é importante, preste atenção. — Ela continua com seu discurso entediante. — O teste tem a intenção de avaliar as suas habilidades. Vocês terão de mostrar o estilo de nado que dominam, boiar na água por cinco minutos e realizar um teste de mergulho. — Por fim, ela sorri e diz: — Tenho certeza de que vocês todos vão se sair muito bem. Vamos começar!

Nós começamos a nos despir, olhando umas para as outras com bastante apreensão; só Cassie parece totalmente despreocupada enquanto tira suas roupas. As coisas ficam ainda mais estranhas quando Hannah deixa claro que vai continuar vestida com sua camisa de mangas compridas.

— Eu não quero me queimar — ela diz, embora seja bem morena e eu duvide que o sol já tenha causado algum dano à pele dela. Aliás, muito pelo contrário, ela deve é ficar com um bronzeado lindo. Eu engulo em seco, quase certa de que ela está mais preocupada em esconder os machucados que causou em si mesma.

Nós nos postamos na beira do lago e esperamos por Cassie; mas ela, em seu biquíni cor-de-rosa, senta-se em sua toalha e inclina o rosto para trás, expondo-o ao sol.

— Cassie, que tal se juntar a nós agora? — Madison diz.

— Eu não vou participar do teste — ela responde sem mudar de posição, com o rosto voltado para o céu.

— Então vou ser obrigada a colocá-la no nível vermelho, e eu realmente não gostaria de fazer isso.

— Até parece que você se importa. E até parece que eu vou querer entrar nessa água. Deve estar cheia de sanguessugas.

— Eu me importo, sim, e essa água não tem sanguessugas — Madison retruca.

— De todo modo, eu prefiro pegar um bronzeado.

— Pegar um bronzeado? — Madison tenta disfarçar o sarcasmo em sua voz. Cassie é mais morena que nós três juntas. — Tudo bem. Se quer que seja assim, eu não vou obrigá-la. A decisão é sua. — Madison tira uma argola vermelha de uma bolsa e a joga na toalha de Cassie, junto de uma caneta preta. — Por favor, escreva aí o seu nome e pendure no painel de madeira. Quanto ao resto de vocês, vamos começar o teste.

Os dedos dos meus pés afundam na areia quando nós caminhamos na direção da água, mas a sensação é boa. O ar está quente e úmido hoje, como uma esponja molhada. Vou caminhando até a água chegar à altura da cintura. Eu deslizo as mãos pela água e sinto o líquido correr entre os meus dedos.

— No teste de nado, vocês precisam nadar de uma extremidade à outra do cais duas vezes, usando o estilo que desejarem. Escolham o estilo com o qual se sintam mais confortáveis — Madison diz.

Quando eu mergulho a cabeça na água fria, prendo a respiração para me adaptar à temperatura. É como entrar na piscina pouco aquecida da minha escola às cinco e meia da manhã — coisa que fiz todas as manhãs durante dois meses. Sinto-me como se estivesse de volta à equipe de natação do colégio. Mas quando abro os olhos debaixo d'água, tudo ao meu redor parece verde e marrom. A água é turva demais e não consigo enxergar praticamente nada.

Eu me projeto para a frente utilizando a modalidade de nado de peito, mas evito gastar mais energia do que o necessário. Quando sinto que cheguei à extremidade, giro o corpo debaixo da água a fim de inverter a direção. Demoro um pouco para completar esse movimento. As minhas viradas já não têm a mesma velocidade que costumavam ter. Meu treinador ficaria desapontado comigo.

— Ótimo trabalho, Zander — Madison diz quando eu termino essa etapa do teste.

A próxima é a de flutuação.

— Vocês terão de permanecer flutuando na água por cinco minutos, sem deixar em nenhum momento que o rosto fique totalmente imerso. Se ficarem cansadas, venham para o cais. Não se arrisquem — Madison avisa.

Eu me posiciono para flutuar de costas, olhando na direção do sol, com as pernas chutando de leve a água e os braços abertos nas laterais, movendo-se como se fossem asas.

Eu sempre gostei de fazer isso nas aulas de natação. A possibilidade de me entregar ao ritmo. Eu ganhei todas as competições de flutuação. Todas até a última em que participei. Depois dela, meu pai dependurou na geladeira o folheto publicitário do Acampamento Pádua, prendendo-o com um dos ímãs personalizados da mamãe — esses com mensagens positivas, de autoajuda. Eu me deparava com esse folheto diariamente, de manhã e à tarde, quando ia para a escola e quando chegava em casa. Um dia, eu parei bem na frente dele e olhei para os rostos sorridentes dos campistas que posavam na foto.

— O que é isso? — Coop perguntou, mastigando os chips de couve crespa que a minha mãe havia preparado mais cedo naquele dia. — Tem gosto de bunda.

Eu toquei o papel-cuchê e quase peguei o folheto nas mãos, mas o tempo todo os meus olhos se voltavam para o ímã com a palavra "ESPERANÇA". Mas que palavra mais ridícula. Em vez de ler o folheto, fui dar uns amassos em Coop no sofá. Os chips de couve não deixaram gosto de bunda nele; o gosto parecia de ervas.

Fecho os olhos e deixo que as lembranças tomem a minha mente. Meu queixo começa a submergir.

Meu pai chorou quando eu fui tirada da equipe de natação. Ele implorou para que o técnico me deixasse ficar. Disse que eu me esforçaria para melhorar, que eu não faria mais bobagens nem colocaria tudo a perder novamente; mas essas palavras eram dele, não minhas. A vida não passa de um constante risco. No fim das contas, meu treinador disse que não podia mais confiar em mim.

Meu pai gritou comigo quando nós chegamos em casa, na volta da competição; mas como eu estava distraída conjugando verbos em francês, não prestei muita atenção ao que ele disse. Quando ele levantou a mão para bater em mim, minha mãe agarrou o braço dele. Foi nesse momento que o meu pai começou a chorar. Ele caiu de joelhos e envolveu a minha cintura num abraço. Meu cabelo ainda estava molhado e isso fazia com que as minhas costas ficassem geladas; então, quando ele finalmente me soltou, fui ao banheiro para secar o cabelo com secador.

Verbo esperar em francês: *espérer*.

Eu olho para o céu. A minha boca está tão perto da superfície da água que eu posso sentir o gosto dela. Um som de apito abafado me tira do meu transe.

Dori, Katie e Hannah estão agarradas à estrutura do cais e Madison acena para mim chamando-me de volta.

— Ótimo trabalho — Madison me diz novamente. Meu treinador sempre me dizia isso também. "Ótimo trabalho, Zander". E passava a mão na minha cabeça, como se faz com um cãozinho.

— Acho que pra mim chega — Hannah diz, saindo da água.

— Tem certeza? Você está indo tão bem — Madison elogia.

— Eu não pretendia nadar muito nesse verão mesmo — Hannah responde, e pega uma argola amarela.

Madison parece desapontada ao ver Hannah deixar o lago e ir sentar-se na praia ao lado de Cassie.

— Certo, meninas, o próximo teste é o de mergulho. Vocês precisam mergulhar até o fundo do lago, encontrar um dos bastões amarelos e trazê-lo de volta para mim aqui no cais. São mais de três metros de profundidade, por isso não hesitem em voltar à superfície se acharem que não vão conseguir. Vocês farão esse teste uma de cada vez. Quem gostaria de começar?

Primeiro Dori, depois Katie realizam o mergulho com sucesso, e trazem o bastão amarelo até a superfície. Quando chega a minha vez e Madison me chama, eu me levanto e curvo os dedos dos meus pés para que abracem a beirada do cais. Então, Madison joga na água um bastão amarelo.

Minhas mãos batem na água como se estivessem atravessando gelo. A friagem se espalha pelo meu corpo e, quanto mais fundo eu desço no Lago Kimball, mais fria a água me parece. Avisto o bastão amarelo na areia e o pego; mas então eu paro. Flutuando a poucos centímetros do fundo, eu deslizo a mão pela areia. Ela é lisa e escorre entre os meus dedos, e eu imagino que poderia ficar aqui, flutuando no escuro do fundo do lago.

Quando o ar começa a escassear nos meus pulmões, eu bato os pés na areia e subo de volta à superfície.

— Zander! — Madison grita na beira do cais. Tenho a impressão de que ela estava prestes a pular na água. — Por um segundo eu pensei que você não fosse conseguir. Você me assustou.

— Desculpe. — Eu entrego a ela o bastão amarelo.

— Seus pais contaram ao Kerry que você tinha um problema com natação. E Kerry me avisou sobre isso.

— Meus pais contaram isso a ele? — eu digo. Madison faz que sim com a cabeça. É evidente que a expressão de preocupação no semblante dela é sincera e isso só faz aumentar a minha irritação. Eu não quero que ela sinta pena de mim, nem que se preocupe comigo.

Eu não digo mais nada. Escrevo o meu nome na argola verde que ela me entrega e a penduro no painel de madeira. *Fini*.

6

Cher Papa,
    Je pense que j'ai un cancer.
    Cordialement,
    Alex Trebek

Quando me dirijo ao campo de tiro com arco, o meu cabelo ainda está molhado e meu ouvido está um pouco entupido. Balanço a cabeça para o lado na tentativa de tirar a água do ouvido enquanto caminho até o grupo de campistas reunido ao redor do monitor Hayes. Eu fiquei surpresa quando Madison me mostrou o campo de treino de arco e flecha. Achei aquilo um tanto perigoso, tendo em vista a clientela do acampamento. Eu tenho uma colega de chalé que gosta de provocar lesões corporais *em si mesma*. E Kerry não havia ficado tenso e irritado por causa de um garfo na noite anterior?

— Quando zelamos pela segurança nós conseguimos nos divertir mais — Hayes diz, erguendo um arco. Acontece que o equipamento que ele tem em mãos é de plástico. Do tipo feito para criancinhas brincarem. As flechas, na realidade, não são pontiagudas, têm apenas ventosas de borracha nas pontas.

— Era só o que me faltava — eu reclamo baixinho e levanto a mão para perguntar se ainda dá tempo para mudar de atividade.

— Pois não, Durga, como posso ajudar você? — Hayes estende o arco para mim e sorri. Ele tem uma vasta cabeleira cheia de *dreads* e tem a pele tão morena quanto a de Cassie. Alguns dos tufos de cabelo têm até uma sineta pendurada na ponta.

— Durga? Meu nome é Zander.

Hayes sorri ainda mais.

— Durga é uma temível deusa guerreira hindu. Ela derrotou o poderoso Mahishasura depois de todos os *homens* não conseguirem fazê-lo. Eu sinto que pode haver uma pequena guerreira dentro de você.

Eu pego os arcos e as flechas, sem saber ao certo o que dizer. Eu não me sinto como uma guerreira, nem hindu nem de nenhuma outra origem. Eu só me sinto cansada, mas agora é tarde demais para ir embora.

— A prática de tiro com arco tem a ver com precisão e paciência. — Hayes pisca lentamente. — Mais ou menos como a vida. Nós inspiramos e miramos. E então nós expiramos e disparamos. No tempo certo. Não tem a ver com acertar o alvo, nem com o caminho que nos leva ao alvo. Assim como acontece na vida, depois que você atinge um alvo sempre haverá outro diante de você. — Hayes solta todo o ar dos pulmões e sorri. — Vamos fazer o movimento de respiração juntos.

— E então o grupo de campistas respira profundamente.

— Isso é só o começo. Agora vamos tentar mais uma vez. Quando respiramos juntos, nós nos tornamos parte de algo maior do que nós mesmos. Dê apoio à pessoa ao seu lado e deixe que ela lhe dê apoio também — Hayes diz. — Concentre-se na viagem, não no destino.

Nós respiramos fundo mais uma vez, e mais outra.

— Inalem. Mirem. Soltem. Disparem. Tentem acertar o alvo. Aproveitem a viagem. — Ele levanta e abaixa os braços no ar, acompanhando com gestos os movimentos da nossa respiração. — Muito bom. Agora, vamos para a prática. Por enquanto, apenas com os arcos. Lembrem-se de continuar respirando. E tomem isso como uma lição para tudo na vida: continuem sempre respirando.

"Continuem sempre respirando. Por favor. É tudo o que eu peço." As palavras percorrem o meu corpo quando a voz da minha mãe soa ao meu ouvido. Eu não a quero aqui comigo. Eu só quero ficar sozinha com o zumbido na minha cabeça, como um cobertor quente que me protege do frio. Um cobertor com o qual eu posso me cobrir inteira e desaparecer.

— Você ainda está usando o seu maiô.

Eu me volto e vejo Grover ao meu lado. Perco o foco e derrubo o meu arco.

— O que você está fazendo aqui? — pergunto.

— Bek insistiu que eu viesse. — Grover aponta para o outro lado do grupo, onde Bek está praticando os movimentos de mirar e respirar. — Você ainda está usando o seu maiô — ele repete.

Eu não respondo, mas ajeito a minha camiseta para que não fique tão colada no corpo.

— Você não está respondendo porque continua zangada comigo? — ele pergunta.

— Não estou zangada. Mas não tenho a obrigação de responder nada.

— Você é esperta, não é? — Grover tenta cutucar o meu ombro, mas eu me esquivo do toque dele.

— Isso não importa.

— É claro que importa. — Grover me olha de lado. — Isso é por causa do seu namorado que joga futebol?

— Não — eu digo, numa reação subitamente protetora, embora, na realidade, eu não me importe muito com o Coop. Se ele estivesse transando neste momento com Miley Ryder, a garota mais popular da nossa turma, eu provavelmente não ficaria chateada. A traição dele me incomodaria menos do que ver as minhas notas no francês baixarem por não estar praticando conjugação durante os nossos amassos.

Hayes se aproxima de nós.

— Vocês estão respirando juntos? — ele pergunta.

— Sempre. — Grover balança as sobrancelhas. Ele lambe a ponta de ventosa de sua flecha e a gruda no meu braço. — Mire. Dispare. Acerte o seu alvo.

Eu olho com indignação para a flecha com o cuspe do Grover grudada em mim. É quente e meio repugnante... mas nem tanto assim.

Eu puxo a flecha do braço e o repreendo:

— Seu nojento — eu digo, e a atiro de volta para ele.

Hayes nos coloca diante dos alvos de plástico para praticarmos. Grover não sai do meu lado, e a água não sai do meu ouvido, me deixando cada vez mais incomodada e distraída. Tento desentupir o ouvido com o dedo. Sacudo a cabeça. Mas nada adianta.

— Deus, como você é *sexy* — Grover diz quando eu inclino a cabeça para o lado e bato com a palma da mão no ouvido.

— Cara, você não bate bem.

— Eu sei bem disso.

— Não diga isso de novo — eu me zango.

— Entendi. Eu só queria que você soubesse que eu sei que não bato bem.

Praticamos os movimentos de mirar e disparar, e a maioria de nós erra o alvo repetidas vezes. A certa altura, Grover joga no chão o seu arco, inconformado.

— É impossível! — ele grita. — A minha mente não me obedece. Nos últimos dez segundos eu pensei em sete tipos diferentes de sanduíches, e pensei em Zander comendo os sanduíches e gostando deles.

— Pare de pensar em mim — eu digo, e a minha voz ecoa dentro da minha cabeça. A água não sai de jeito nenhum.

— Isso seria impossível.

Hayes apanha do chão o arco de Grover e o entrega a ele.

— Apenas respire — Hayes diz.

Olho à minha volta e percebo que os outros campistas continuam errando e se saindo tão mal quanto nós dois; mas então eu vejo Bek acertar na mosca com a sua flecha de plástico. E depois, eu não sei como, ele repete a façanha e acerta em cheio novamente.

Fico tão maravilhada com Bek e sua habilidade que me esqueço da água no meu ouvido e de Grover me imaginando comendo sanduíches. Os olhos de Bek nunca se desviam do alvo diante dele. Ele segura o arco na altura do rosto, puxa a corda e inspira, e, antes de soltar o ar e disparar, eu noto que o garoto diz alguma coisa baixinho. Mais uma vez, consegue acertar bem no alvo sem dificuldade alguma.

Eu me aproximo mais de Bek para ouvir o que ele está dizendo, mas é apenas um murmúrio e eu não ouço quase nada por causa do maldito ouvido entupido. Então eu sacudo mais uma vez a cabeça para o lado na tentativa de me livrar da água. Eu finalmente consigo e então ouço as palavras de Bek com clareza.

— Você está falando francês — eu digo.

Bek se assusta com o som da minha voz e deixa o arco cair no chão.

— Não — ele responde.

— Claro que está.

— Talvez esteja.

— E qual é esse seu segredo? — pergunto.

— Eu não tenho nenhum segredo.

— Ah, você tem, sim. Eu escutei muito bem. Você disse: *"Voici mon secret"*.

— Você sabe francês? — Eu faço que sim com a cabeça, e então Bek repete:

— Eu não tenho nenhum segredo.

— Então por que você disse aquilo? — insisto.

Ele apanha o arco do chão.

— Ok, Zander, você me pegou. Sim, eu tenho um segredo. Tenho visão de raio X. Aliás, esse seu maiô é uma beleza. Grover vai ficar com ciúme quando souber que eu a vi de maiô antes dele.

Tento esconder meu corpo com os braços, mesmo sabendo que ele está mentindo.

— Falando sério, Alex. O que é que você estava dizendo?

— Eu não sei do que você está falando. Eu nem sei falar francês.

Vejo gotas de suor na testa de Bek, sob o seu cabelo loiro. Nesse exato momento ouvimos o sinal para o almoço.

— Parece que está na hora de comer — diz Hayes. — Por favor, tragam aqui para mim todos os equipamentos.

— *Voici mon secret* — digo a mim mesma enquanto observo Bek caminhando pelo campo na direção do refeitório. — Eis o meu segredo.

— Que segredo? — Grover pergunta, aproximando-se para ficar ao meu lado.

— Nada.

— Você está mentindo — Grover diz, piscando para mim. — Sempre há alguma coisa.

* * *

— Não pensem nisso como uma terapia. Pensem nisso como... uma chance para desabafar — Madison diz quando nos sentamos em volta do Círculo da Esperança. — Essa é uma reunião informal para vocês conversarem uns com os outros sobre aspectos da vida de cada um. Eu estou aqui para lhes dar assistência sem julgá-los por absolutamente nada. — Madison mantém uma estatueta em seu colo enquanto fala ao grupo.

E aqui estamos nós, sentadas ao redor do Círculo da Esperança: uma bulímica, uma garota que se automutila, uma adolescente que sofre de depressão, uma calamidade anoréxica, bipolar e maníaco-depressiva (autodiagnosticada) que às vezes sente que é um garoto vivendo em um corpo de menina, Madison e eu.

— Foi isso que vocês aprenderam no treinamento? — Cassie diz com escárnio.

— Sim. — Madison balança a cabeça para enfatizar. — E foi o próprio Kerry quem nos treinou.

— Será que ele tem qualificações para preparar vocês?

— Kerry é doutor em psicologia e em serviço social. Ele escreveu vários artigos sobre o trabalho que desenvolve no acampamento. É um verdadeiro gênio.

— E você está a fim de transar com ele, não é? — Cassie dispara, com os olhos brilhando.

A indignação fica clara no rosto de Madison, mas ela não responde ao comentário. Em vez disso, a monitora ergue a estatueta.

— Este é Santo Antônio de Pádua. Ele será a nossa "licença para falar". Nós o passaremos de um para o outro. E aquele que receber a estatueta saberá que é a sua vez de compartilhar suas histórias com o grupo. E os demais deverão escutar.

Eu escavo o chão com o pé e empurro a terra com a ponta do tênis. Não tenho intenção nenhuma de dizer qualquer coisa. Já tenho falado demais ultimamente, além de nadar e de participar dessa e daquela atividade. Tudo o que eu gostaria agora era de tirar uma soneca. Um impulso incontrolável de bocejar toma conta de mim enquanto ficamos à espera de que alguém comece.

— Tudo bem, eu mesma começo — Madison diz. — Eu cresci em Birmingham, que fica a poucas horas daqui. Estou começando minha pós-graduação em serviço social na Michigan State e vou me formar em psicologia.

Cassie e eu bocejamos ao mesmo tempo.

— Você não está compartilhando nada — Cassie diz. — Está apenas se gabando. Traga alguns problemas reais pra nós, Mads.

— Não me chame de Mads, por favor.

— Entendi, Mads — Cassie responde.

Madison se endireita no assento e oferece a estatueta de Santo Antônio a Cassie.

— Quer ser a próxima a compartilhar, Cassie?

Cassie cruza os braços sobre o peito.

— Eu não tenho nada do que me gabar.

— Alguém se prontifica? — Madison percorre o círculo com o olhar. — Que tal você, Dori?

Girando a cabeça, Dori passa rapidamente os olhos por nós e pega a estatueta com relutância.

— Eu tenho 15 anos. Sou de Chicago. Minha mãe e meu pai são divorciados e eu moro com a minha mãe.

— Muito bom. — Madison balança a cabeça em sinal de aprovação.

— Na verdade não é tão bom assim. Eu odeio o meu padrasto.

— Eu quis dizer que compartilhar isso é bom para você.

— Não, nada é bom. É tudo uma droga. — Dori brinca com a parte inferior da camisa, enrolando a estatueta no tecido.

— Você não quer nos contar por que é uma droga? — Madison se inclina na direção dela.

— Eu não sei. — Dori não desgruda os olhos da camisa. — Meu padrasto é um babaca. Minha mãe presta mais atenção nele do que em mim. E eu queria morar com o meu pai, mas ele se mudou para o Oregon para ficar com a nova mulher dele.

— E como você se sente a respeito disso?

— Esqueça — Dori resmunga, mas Madison continua esperando uma resposta. Nós todos ficamos esperando que Dori fale mais. — Eu acho que deveria estar feliz pelos meus pais, mas não estou.

Madison dá um tapinha no joelho dela.

— A questão não é o que você *deveria* fazer, Dori.

— A questão não é o que ela deveria fazer? — Cassie interrompe a comunicação das duas bruscamente, de modo quase histérico. — Será que eu ouvi direito?

— Eu não quero mais fazer isso. — Dori empurra a estatueta de Santo Antônio na mão de Madison e olha para o chão fixamente, como se um buraco pudesse se abrir a qualquer momento debaixo dela e engoli-la.

Madison olha feio para Cassie.

— Não me olhe assim, Mads. Você é que está dando palpite na vida das pessoas.

— Você nunca pensa antes de falar? — Madison retruca. — Ela mencionou o que *deveria* sentir, o que é contraproducente e não ajuda a pessoa a lidar com o que ela *de fato* sente.

Cassie olha para cima com desdém, mas Madison se volta novamente para Dori.

— Eu sei o que você quer dizer. Meus pais também se separaram e eu me lembro de que isso não foi fácil para mim. É uma droga mesmo.

— Seus pais são divorciados?

Madison faz que sim com a cabeça, e isso parece despertar o interesse de Dori.

— Muito bem. Quem gostaria de ser a próxima? — Madison pergunta.

Hannah e Katie contam que são de Indiana, mas não da mesma cidade. Os pais de Katie também são divorciados, mas ela gosta mais do padrasto do que do seu pai verdadeiro. Enquanto as garotas falam, Cassie não para de rir, resmungar e até de bufar sarcasticamente.

— Cassie, você pode parar de fazer isso, por favor? — Madison reclama.

— Eu? Eu não sou o problema aqui.

— Bem, então qual é o problema?

Cassie estreita os olhos numa expressão hostil. O ar em torno do círculo começa a ficar denso. É como se uma nuvem carregada se instalasse sobre nós e fizesse a temperatura cair.

— Por que você não pergunta a Katie o que realmente quer saber? — Cassie diz.

— Eu só quero saber quem ela é — Madison retruca. — Quem ela é de verdade. É o que nós estamos tentando buscar nessa primeira semana: conhecer a nós mesmos. Nosso *verdadeiro* eu.

— O que você quer mesmo é saber por que ela enfia os dedos na garganta. Para depois ficar toda orgulhosa por ter feito Katie admitir coisas que não são da sua conta.

— Isso não é verdade — Madison diz. Ela oferece o Santo Antônio a Cassie. — Por que você não conta ao grupo o que está esperando encontrar? Compartilhe isso com a gente.

Cassie arranca a estatueta das mãos de Madison num movimento ágil, pegando todas nós de surpresa.

— O que eu espero encontrar? — ela diz em tom de zombaria. — O que *você* espera encontrar aqui, Madison? Uma doença venérea?

— Já chega, Cassie. — Madison estende a mão para pegar de volta a estatueta.

— Não. — Cassie se esquiva. — A gente não passa de mais uma linha no seu currículo perfeito. Você não quer nos ajudar. Nós só somos o seu experimento científico. Depois você vai voltar para a faculdade e se vangloriar de ter ajudado um bando de adolescentes perdidas neste verão, enquanto trepava com um cara com cecê e cabelo mais longo que o seu.

— Isso não é verdade.

— Eu vou lhe dizer o que é verdade. — Cassie se volta para o grupo, com o dedo em riste. — Katie força o vômito porque a sociedade a define como gorda e ela não se ama o suficiente para não se importar com isso. Dori odeia o seu padrasto porque o seu verdadeiro pai a abandonou por causa de outra mulher. E eu tenho que admitir: isso deve doer.

— Cassie, você já foi longe demais. Sente-se, por favor — Madison pede.

— Hannah se corta porque prefere sentir dor física a ter de enfrentar sua dor emocional. Eu só não sei bem o que é que a fere tanto. E Zander talvez seja a mais ferrada de todos nós, porque ela se recusa a admitir que tem algum problema.

Eu engulo em seco quando ouço o meu nome.

— O quê? — pergunto.

— É isso aí, Z, você é mais ferrada que eu. — Com um sorriso cruel na boca, Cassie me oferece a estatueta. — Por que não conta ao grupo o motivo que a trouxe a este lugar?

— Me-meus pais me matricularam — respondo gaguejando.

— Isso é balela — Cassie responde cantarolando.

— Não, não é.

— Eu acho que você tentou se matar.

— Eu não tentei me matar — respondo, olhando para as outras garotas.

— Seu namorado bate em você, mas você não consegue largá-lo. Ou então você está indo mal na escola. Estou chegando perto? — Cassie provoca.

— Não — eu digo com mais ênfase. — Eu só tiro notas altas.

— Sei. Talvez... — Cassie vem até mim e para bem na minha frente. — Talvez você não passe de uma pirralha egoísta que sempre foi poupada de tudo na vida, mas sua mamãe e seu papai flagraram você transando com o namorado em cima do sofá de couro fino e não acreditaram que sua filhinha preciosa tivesse deixado um cara colocar o pau no seu buraquinho de menina inocente.

Sinto o meu estômago se contrair, como se um rolo compressor estivesse esmagando o meu corpo para fazer saltar para fora tudo o que há dentro de mim. Aperto o banco de madeira com tanta força que as minhas unhas chegam a doer, mas fico em total silêncio. Finjo bocejar na cara da Cassie e a musculatura do meu pescoço se distende quando eu inspiro o ar.

— Ou talvez a coisa seja ainda pior. Talvez você seja só um esboço apático de ser humano. Uma embalagem inútil jogada no meio do caminho, esperando para ser recolhida — Cassie dispara sem piedade. — E você acha que eu sou louca! Pelo menos eu sinto as coisas e não tenho medo de falar dos meus problemas. Será que você é capaz de sentir alguma coisa, Zander?

Apática. Em francês: *apathique*.

A srta. Nunez, a psicóloga da escola que orienta alunos que perderam entes queridos, disse a mesma coisa. Meu pai quis me enviar para o que ele chamou de "profissional de verdade" num hospital em Phoenix, mas a minha mãe insistiu que com os cuidados dela e a assistência da psicóloga eu ficaria bem. Mamãe não gosta de hospitais. Meu pai concordou, desde que eu passasse uma temporada no acampamento Pádua.

— Você me parece bastante apática, Zander — a srta. Nunez disse. — Sabe o que significa "apático"?

— Eu tirei A nos testes de interpretação de texto — respondi, olhando para fora pela janela.

— Sim. — Ela mexeu nas folhas do meu arquivo escolar espalhadas em sua mesa. — Você tirou A em todas as matérias. É por isso que me pergunto como tudo isso aconteceu. Eu estou confusa. Você é inteligente, Zander. Deve saber bem disso.

— Não vai acontecer de novo — eu disse.

— Sei que você deve estar passando por momentos difíceis depois do que houve com a sua irmã, mas tomar medidas tão radicais... — Ela colocou a mão sobre a minha perna.

— Não vai acontecer de novo — repeti, aumentando o tom de voz.

— Você tem chorado muito desde que tudo aconteceu?

— Claro — eu disse.

Algumas semanas antes, Coop estava fazendo cócegas em mim na minha cama; isso significava que seu próximo passo seria tentar tirar a minha blusa. Eu relaxei e fiquei olhando para o teto, conjugando verbos em francês. Eu mal sentia as mãos dele em mim.

Coop se sentou na cama de repente.

— Puta merda. Você está chorando. Que coisa mais broxante, Zander!

Ele se foi e eu não me importei.

— Eu choro o tempo todo — eu disse à srta. Nunez.

Ela pareceu satisfeita com essa resposta e deu um rumo diferente à conversa depois disso.

— Eu sou boa em elaborar planos. Vamos planejar o seu futuro, desde que você me diga que pretende ter de fato um futuro — ela me disse. E então eu levei para casa uma lista de possíveis universidades e a minha mãe a prendeu na porta da geladeira com um dos seus ímãs com mensagens motivacionais. A mensagem nesse ímã diz: "O presente é um presente."

Neste exato momento, porém, o presente não me traz nada de bom. Cassie continua me provocando.

— Está me ignorando, Zander? Tentando se concentrar em alguma outra coisa enquanto eu falo? Fingindo que eu não existo? Só que eu existo, sim, para o seu grande azar. Eu sou 100% real, e não adianta você tentar negar esse fato.

— Cassie! Agora chega! — Madison volta a dizer.

Eu fico me remexendo no meu assento no Círculo da Esperança. Cassie começa a se sentar de novo em seu lugar. Estou apertando o meu banco com tanta força que poderia quebrá-lo com as minhas próprias mãos. Ou poderia, quem sabe, usar o garfo da Cassie para espetá-la bem nos olhos.

— Eu acho que a mentirosa aqui é você — digo sem pensar.

— O quê? — Cassie volta a caminhar na minha direção lentamente.

— Você não compartilhou coisa alguma sobre si mesma. Nós nem sabemos se você *tem* algo a ser compartilhado. Como saberíamos? Você pode estar mentindo sobre tudo — eu digo.

— Então quer que eu compartilhe algo a meu respeito? — Cassie chega bem perto de mim, tão perto que consigo sentir seu hálito doce. Ela põe o pé em cima do meu banco. — Está vendo isso? — Ela aponta para uma grande e saliente cicatriz em sua perna. Uma cicatriz muito extensa. Custo a acreditar que não percebi isso antes. Mas isso vem acontecendo muito ultimamente; eu tenho deixado de reparar em um monte de coisa. — Eu ganhei isso quando fui lançada escada abaixo pelo namorado da minha mãe. Ele achou que seria engraçado arrebentar uma criança de cinco anos enquanto a minha mãe assistia à cena. Alguma vez você já sentiu um prego enferrujado rasgando a sua pele, *Zander*?

A cor desaparece do meu rosto e eu não consigo dizer uma palavra, nem mesmo balbuciar.

— Sinto muito que isso tenha acontecido com você — Madison diz por fim.

— Será que sente mesmo, Mads? Pois eu acho que você sente muito desgosto por ter que lidar comigo. — Cassie joga a estatueta de Santo Antônio no chão, aos meus pés. — Eu já terminei aqui.

Depois disso, ela se retira do Círculo da Esperança. Eu enfio meu pé de novo no solo, o mais fundo que posso, empurrando a terra até liberar toda a enorme raiva que consome as minhas entranhas. Seria tão bom se tudo simplesmente desaparecesse da minha frente num piscar de olhos.

— Eu acho que já é o suficiente por hoje — Madison declara, recolhendo o Santo Antônio do chão.

7

Querida Mamãe, Querido Presidente Cleveland,
  Eu conheci uma garota. E ela é real. Vou mantê-los informados a respeito.
  Seu filho,
  Grover Cleveland

Cassie não aparece para jantar. Eu pego uma salada de espinafre, mas não tenho muita fome. Meu estômago está todo dolorido, como se alguém tivesse dado socos nele. Paro diante de uma bandeja de *cookies* do tamanho da minha cabeça, que sem sombra de dúvida não são de fabricação caseira. Parece um alimento industrializado, com data de vencimento a perder de vista.

Comer comida industrializada é a mesma coisa que comer produtos químicos, minha mãe sempre diz.

Eu coloco um *cookie* na minha bandeja e me sento ao lado de Grover.

— Onde está a magrela? — ele pergunta.

— Não sei — eu respondo de modo seco. Dou uma garfada na minha salada e enfio um tomate-cereja na boca. Sinto a acidez do tomate quando ele desce pela minha garganta.

— Ela fugiu — Bek diz.

— Fugiu mesmo? — eu digo quase gritando.

— E levou o meu coração. — Bek sorri, mas Grover não diz nada. E fica olhando para mim de um modo estranho.

— Que foi? — eu pergunto.

— Nada. — Ele dá de ombros.

Eu continuo comendo, tentando ignorar o sentimento ruim dentro de mim. É isso que os meus pais não entendem. Sentir-se bem só faz você se sentir ainda pior. Bem pior. Tudo o que eu desejo é ser indiferente. Não há nada de errado nisso. Mas isso é impossível neste momento. Cassie me pressionou tanto que eu não consigo ignorar a raiva que sinto, mas ao mesmo tempo estou triste por ela. E o que eu quero sentir é indiferença. Quando você se importa — seja muito ou seja pouco — você sofre.

Quando eu não suporto comer nem um pedaço mais do jardim que está no meu prato, eu desembrulho o *cookie*. Mas logo o embrulho de novo. E volto a desembrulhá-lo. E então eu lambo as migalhas do doce que caíram entre os meus dedos. Olho ao redor do refeitório e me pergunto se alguém percebeu os meus movimentos, mas ninguém está prestando atenção. Exceto Grover. Sentado ao meu lado, vez por outra ele encosta o joelho no meu debaixo da mesa. Sempre que isso acontece eu afasto a perna, mas ele sempre encontra um modo de me tocar de novo.

No fim do jantar, ele coloca uma maçã na minha bandeja.

— Para o caso de você ter mudado de ideia — ele diz. Mas eu lhe devolvo a maçã. — Sabe, algumas pessoas gostam de tirar a casca porque fica mais fácil comer.

— E daí? — pergunto.

— Daí que o veneno continua dentro, mesmo que você tire a casca.

— Eu não vou comer isso — digo.

— Quem falou em comer? Eu não quero que você coma, quero que compreenda. — Grover toca o assento vazio de Cassie. — Muitas vezes há um recheio doce debaixo de uma casca dura.

Capto rapidamente o significado bastante óbvio dessa frase.

— Mas e quando o veneno está nas sementes?

— Todas as maçãs contêm veneno. Mas se formos cuidadosos podemos retirar as sementes. O problema é que isso requer paciência.

— Mas você já disse que não gosta de esperar, pelo que me lembro — eu argumento.

— Eu odeio esperar. — Grover sorri para mim. — Mas a paciência, sem dúvida, é o que combate o veneno.

— Mas então me diga: qual é o seu veneno? — eu pergunto, cruzando os braços.

Grover apanha a maçã e a lança no ar, pegando-a facilmente quando ela cai.

— Talvez eu lhe diga... amanhã — ele responde.

Cassie está no chalé quando nós voltamos. Ela cheira a pastilha de limão. Ninguém diz nada a ela e Cassie também não comenta coisa alguma. Ela simplesmente mexe em sua mochila e retira dela um esmalte. Ela se senta na beirada da cama e começa a pintar as unhas dos pés, e de tempos em tempos coloca uma bala de limão na boca.

Quando me deito, a cama de Cassie entra no meu raio de visão, e eu não consigo deixar de olhar para a cicatriz em sua perna. Por que diabos não percebi isso antes?

— Se continuar olhando para mim, Z, vou encher a sua testa de esmalte na calada da noite.

Eu acordo em algum momento no meio da madrugada e noto que a cama de Cassie está vazia. No banheiro, eu me deparo com a janela aberta. Subo na tampa da privada e tento fechar a janela, mas não consigo.

Então, em vez de fechar a janela eu a abro ainda mais, para que Cassie não tenha problemas para entrar quando voltar.

Tia Chey,
Tem uma coisa que você precisa saber: eu já transei na sua cama... com o seu namorado.
Beijos,
Cassie

Eu experimento jogar voleibol, fazer artes e trabalhos manuais e andar a cavalo. Certa tarde eu até acabo jogando espirobol com o Bek, depois de mais uma torturante sessão de "terapia em grupo". Em uma atividade que praticamos com o objetivo de conhecer melhor a nós mesmas, Madison pede que cada uma de nós compartilhe com o restante do grupo alguma coisa sobre nós mesmas que jamais contamos a ninguém. Hannah diz que já beijou o namorado da sua melhor amiga. Dori diz que na maior parte do tempo tem total certeza de que Deus não existe, e isso tira do sério o seu padrasto, um evangélico fervoroso. Eu digo que odeio espinafre.

— Então por que você come aquela merda de salada de espinafre toda noite? — Cassie pergunta em tom de censura.

Eu olho para os meus pés e tento me lembrar da palavra em francês para *espinafre*, mas nada me vem à mente.

— E quanto a você, Cassie? Tem algo a contar que nunca disse a ninguém? Cassie estala a língua no céu da boca.

— Eu nunca disse a ninguém que acho estranho que a Zander odeie espinafre mas coma a verdura assim mesmo.

Depois dessa sessão eu vou direto para as quadras de espirobol. Gosto da sensação de bater em algo, mas isso me pegou de surpresa — o sentimento de realmente gostar de alguma atividade a ponto de querer repeti-la. Não consigo me lembrar da última vez em que isso aconteceu. Para o meu espanto, eu acabo ganhando de Bek. Hayes vibra à margem da quadra, gritando: "Durga! Durga! Durga!". Bek não parece muito chateado pela derrota e alega que seu braço artificial atrapalha o seu desempenho.

— Por que você mente o tempo todo? — pergunto.

— Eu não minto. — Ele esfrega o braço, que é bem verdadeiro, e vai embora.

Na tarde do dia seguinte, eu me deito sozinha na plataforma flutuante, secando-me ao sol depois de nadar. Essa é outra coisa que eu havia esquecido — eu adoro estar na água. Ou talvez eu não tenha me esquecido; acho que simplesmente não fazia questão de me lembrar. Quando estou dentro do lago é quase como se eu não estivesse no acampamento. Meus olhos se perdem e a minha mente se apaga; mas então eu me dou conta de que se não estivesse no acampamento eu estaria em casa, e volto a sentir raiva. Aperto as unhas contra as palmas das mãos. Como eu temia, esse é o lado ruim de descobrir que realmente gosto de uma coisa: isso faz com que eu me lembre de algo que *não* gosto também.

A plataforma começa a se mover quando Grover sobe a escada e sacode o cabelo molhado em cima de mim. Pequenas gotas de água caem no meu rosto.

— Até que enfim posso pôr os olhos no lendário maiô preto. Os meus sonhos se tornaram realidade. — Ele coloca uma maçã diante de mim. — Você se esqueceu de pegar uma dessas no almoço.

— Quantas vezes vou ter de dizer que não quero isso? — Eu giro o corpo para ficar deitada de lado.

— Bom, ninguém pode dizer que eu não tentei. — Ele atira a maçã na água e a fruta desaparece sob a superfície, mas volta à tona segundos depois e flutua.

— Vai jogar a fruta fora assim, sem mais nem menos? — eu indago.

— Ah, deixa pra lá. Eu não compro mesmo essa conversa de que "comer uma maçã por dia traz saúde e alegria". — Grover observa a fruta boiar em meio às ondas.

— Como você *sabe* que vai ter um surto de esquizofrenia?

— Eu não sei. Mas sinto isso.

Sentir. Eu faço um aceno com a cabeça ao ouvir essa palavra.

— O que exatamente você sente? — pergunto.

— É como estar sentado em uma cadeira bamba que um dia fatalmente vai quebrar com a pressão. — Grover olha para a fruta flutuante por mais um momento antes de se voltar para mim. — Mas não vamos falar de mim. Vamos falar de você.

— Não. — Eu me deito de costas novamente e volto o rosto para o sol. Um instante depois, sinto uma sombra bloquear a luminosidade. Abro os olhos e me deparo com o rosto de Grover bem próximo do meu.

— Você é uma garota bem bonita. O seu namorado jogador de futebol já lhe disse isso?

Eu não me movo. Apenas observo os enormes olhos de Grover.

— Ele realmente devia dizer — ele insiste.

— Ele não se importa comigo de verdade — eu respondo. — Apenas gosta dos meus peitos.

— Eu não posso culpá-lo por isso. — Grover sorri. — Mas como você sabe que ele não se importa com você?

Sinto a raiva revirar o meu estômago. De novo. Quando tento me livrar dessa sensação, ouço a voz de Cassie em meu ouvido. "Esboço apático de ser humano". Isso faz a minha raiva aumentar, e eu não consigo evitar isso.

— Porque ele sempre se esquece do aniversário da minha irmã — eu digo. Eu nunca contei isso a ninguém.

— Você tem uma irmã? Como ela se chama? — Gotas de água correm pelo cabelo de Grover e pingam na minha testa.

— Molly.

Que estranho voltar a falar o nome dela para alguém.

— Quando Molly faz aniversário?

— No dia 16 de setembro.

— Vou anotar isso na minha agenda quando voltar para a praia. Eu posso enviar um cartão para ela. Ei, por que você não dá logo um pé na bunda desse seu namorado?

— Não precisa mandar cartão nenhum.

— Não preciso, mas quero mandar — ele responde.

— Mas acontece que ela não vai receber.

— Ela faz faculdade longe de casa?

— Não, ela é mais nova que eu.

— Ela está num internato? Eu posso enviar o cartão para lá.

— A minha irmã morreu, Grover.

No instante em que as palavras saem da minha boca eu tenho a sensação de que um peso foi tirado do meu peito. Eu me sinto esvaziar como um balão furado. Grover fica imóvel, sem nem mesmo piscar.

— Você definitivamente devia mandar o seu namorado passear — ele diz.

— Sim, eu sei disso. — Eu fecho os olhos. Estou olhando para Grover tão de perto que consigo ver os poros do seu nariz e as sardas ao redor dos seus olhos, e essa proximidade deixa a minha visão embaçada. Não dizemos nada um ao outro durante um longo momento. Tento escolher um verbo para conjugar mentalmente em francês, mas não consigo pensar com clareza.

— Por que você se importa tanto com a Cassie? Ela é tão cruel — eu digo por fim.

— Como você se sente a respeito dela?

Sentir. Essa palavra está me perseguindo.

— Cassie sempre me deixa enfurecida — eu admito.

— Então está tudo certo.

Eu olho para Grover sem entender nada.

— Se você fica brava com ela, então ela pode ficar brava com você. Entendeu? — Ele diz, sorrindo.

— E ficar bravo é uma coisa boa?

— O que há de errado em ficar bravo? — Grover pergunta. Mas me falta energia para responder. Ficar bravo é uma *reação* a algo, e há dias em que eu simplesmente não quero reagir. — Você pode não querer ficar brava, Zander, mas talvez você precise ficar.

— Como você sabe disso?

— Eu não sei. Só você pode saber sobre si mesma. — Grover se inclina para mais perto de mim, como se fosse me contar um segredo. — Eu me importo com a Cassie porque sei que ela não quer que eu me importe — ele diz.

— Mas se a Cassie não quer que você se importe com ela, por que você simplesmente não faz o que ela quer?

— Não se trata de fazer o que as pessoas querem que você faça. Trata-se de dar às pessoas o que elas precisam. — Grover chega mais perto ainda de mim e o nariz dele fica a centímetros do meu rosto. Por um momento penso que ele vai me beijar e então os meus batimentos cardíacos se aceleram. — Eu quero me lembrar de você assim para o resto da minha vida.

E então ele endireita o corpo e volta a se sentar na posição anterior. O sol bate direto nos meus olhos, fazendo com que lacrimejem.

— Você deveria pensar seriamente em despachar esse seu namorado — Grover diz.

— E o que tem a dizer sobre você? — Eu me sento. — O que faz com que você fique bravo?

Grover sorri e mergulha na água, que acaba respingando em mim. A minha pele fica arrepiada com a sensação de frio. A cabeça dele logo surge na superfície do lago novamente.

— Eu posso esperar por você, Zander! — ele grita.

— Mas você disse que odeia esperar.

— E odeio mesmo. — O rosto de Grover está cheio de água. — Mas quando é preciso esperar, eu espero.

Ele se afasta nadando e eu fico onde estou, aproveitando o sol da tarde. Quando o calor aperta eu também mergulho. Meu cabelo flutua ao meu redor quando eu me sento no fundo do Lago Kimball. Agarro um punhado de areia e a deixo escapar da minha mão lentamente, como grãos correndo por uma ampulheta. Tento não pensar em nada. Quando os primeiros sinais de asfixia surgem nos meus pulmões, eu bato em retirada para a superfície em busca de ar. Se eu tivesse demorado um segundo mais para subir, talvez não conseguisse voltar a tempo.

Na praia, eu encontro Cassie sentada em sua toalha. Ela está inclinada para trás, apoiando as mãos no chão, o nariz apontando para o céu. Eu me seco e tranço o meu cabelo molhado num rabo-de-cavalo. Alguns fios de cabelo saem na minha mão e ficam grudados nos meus dedos úmidos.

— Que saco! — eu sussurro.

— Falando sozinha de novo, Z?

Passo a toalha nas mãos para remover os fios, conformada com a perda.

— Eu puxo o meu cabelo com força quando estou frustrada. Tenho medo de acabar careca — admito. — Além disso, tenho uma irmã.

— Como se eu me importasse — Cassie diz.

— E ela está morta.

Cassie olha para mim com uma expressão impassível.

— Sabe — eu continuo —, poucas vezes eu disse isso em voz alta. — Estendo as mãos ao longo do meu corpo e resisto à ânsia de cerrar os punhos. — Posso ensinar você a nadar, se quiser — eu digo.

— E quem disse que eu não sei nadar? — Cassie responde, mostrando-se subitamente irritada.

— Ninguém. Foi só um palpite.

Cassie bufa longa e demoradamente.

— Aprender a nadar? E por que eu iria querer isso? Se isso significa que eu teria de vestir um maiô igual ao seu, prefiro morrer afogada.

— Tudo bem, então — eu digo, chutando um pouco de areia na toalha dela. — Mas se você mudar de ideia e quiser a minha ajuda, sabe onde me encontrar.

Trabalho em equipe

9

Papai e Mamãe,
Obrigada pelo inseticida.
Z

Depois de uma semana de acampamento, Dori decide lançar uma bomba na sessão de terapia em grupo: ela revela que já tentou se matar uma vez.

— Aconteceu há alguns anos, logo depois que a minha mãe se casou de novo. Eu me tranquei no banheiro e engoli um frasco inteiro de pílulas. Eu simplesmente peguei a primeira coisa que vi e engoli tudo — ela diz.

— Meu Deus — Hannah diz em voz alta.

— Mas não foi assim tão horrível. — Dori balança a cabeça. — Eu estava chorando tanto que não consegui ler o rótulo do frasco. Era um remédio para azia. No final das contas, não me aconteceu nada de ruim.

Cassie cai na gargalhada.

— Bom, você já começou mal ao tentar se matar com pílulas — Cassie diz. — Que merda de suicídio mais babaca.

— Pensando bem, foi bom ter acontecido isso — Dori continua, ignorando-a. — Eu percebi que não queria realmente morrer. Estava apenas fazendo drama.

— Dori, isso é assustador — Madison comenta. — Você colocou a sua vida em risco e tudo poderia ter acabado muito mal.

— Eu não tinha muita noção disso na hora — Dori retruca. — Mas se eu de fato tivesse morrido, ao menos eu teria deixado a minha mãe em paz com seu marido troglodita. — Ela olha depreciativamente para Madison, que parece não dar importância a essa reação.

75

— Obrigada por compartilhar sua história conosco — Madison diz, tocando a perna de Dori. Depois ela se dirige ao resto do grupo. — Alguém mais aqui já pensou em atentar contra a própria vida?

— Essa é uma pergunta idiota, Mads. Claro que já pensamos. Nós estamos aqui.

— Eu nunca tentei me matar — Hannah diz.

— Não. Você só mutila o próprio corpo. Isso para mim é atentar contra a própria vida, Giletinha.

— Eu não me corto com lâmina de barbear.

— Você quer julgar a Dori porque ela tentou se matar com remédio pra azia, mas é igualzinha a ela — Cassie dispara.

Depois disso, a sessão transcorreu tranquilamente até o fim.

No dia seguinte, sentada na beirada da minha cama, eu me concentro batendo de leve os pés no chão num ritmo compassado. Marcar o ritmo sempre me ajuda a manter o foco.

— *Devenir, Revenir, Monter, Rester, Sortir* — eu sussurro para mim mesma, e os dedos dos meus pés lentamente vão ficando dormentes. *Venir, Aller, Naître, Descendre, Entrer, Rentrer...* — De repente eu paro, confusa. Meus pés, suspensos perto do chão, estão prontos para marcar a próxima batida, mas a palavra some da minha mente. Não consigo entender por quê. Eu sou especialista em usar o esquema de memorização de verbos em francês "Dr. e Mrs. Vandertramp". Conheço esse recurso de memorização tanto quanto conheço o cheiro da minha própria casa.

Corro as mãos pelo meu cabelo, mas me detenho no instante em que começo a puxar os fios com força. Tateio meu couro cabeludo com cuidado, examinando a sua consistência. Eu teria mais cabelo se simplesmente parasse de puxá-lo com tanta força. Isso não me ajuda em nada, só me machuca. Eu abaixo as mãos, apoio a cabeça nelas e olho em volta do chalé, como se o verbo em francês que sumiu da minha memória estivesse escondido em algum canto daquele quarto.

— Que diabos me falta acontecer agora? — eu murmuro.

Dori entra no chalé momentos depois, com um punhado de envelopes nas mãos. Ela me entrega uma das cartas.

— O correio chegou. E a Madison quer que a gente esteja no Círculo da Esperança em 50 minutos.

— Obrigada. — Eu pego a carta e reconheço a letra e o endereço do remetente. *Nina Osborne.*

— Você não vai abrir? — Dori pergunta.

— É da minha mãe.

Dori agita uma das cartas dela no ar.

— Sei. A minha mãe acabou de me contar que está grávida. Ela me contou isso por carta. Significa que está transando com o meu padrasto nojento. Dá vontade de vomitar. — Dori se joga na cama ao lado da minha. — Não acredito que os mesmos genes que eu possuo vão se misturar com os dele e formar uma pessoa. Eu o odeio.

Certas tardes, Dori diz que vai participar de alguma das práticas, mas no fim das contas eu a encontro dormindo no chalé no horário em que ela deveria estar na tal atividade. Eu nunca a acordo.

— Eu lamento muito que a sua mãe vai ter um bebê com uma pessoa que você odeia — eu digo.

— Tudo bem. — A pele ao redor da sua boca parece flácida e pesada.

Quando Dori está prestes a sair do chalé, eu digo subitamente:

— Como você sabe quando está deprimida?

Dori para e toca a fechadura da porta, passando o dedo em torno do metal.

— Bem, é que há dias em que eu não vejo sentido nenhum nisso.

— No acampamento? — eu pergunto.

— Não, Zander. Na vida.

Dori fecha a porta lentamente e vai embora. Eu fico observando a carta na minha mão por alguns instantes. Penso em queimá-la, mas mudo de ideia porque isso faria sujeira e eu teria de limpar tudo depois.

Por fim, acabo abrindo a carta.

Querida Zander,

Tudo fica tão parado por aqui sem você. Seu pai formou um "clube do podcast". Eu não sei bem se dá pra chamar isso de clube, já que só tem dois membros, eu e ele, mas eu não digo isso para não desanimá-lo. Ele me faz assistir a palestras sobre tecnologia e entretenimento e discussões sobre economia em podcasts do Freakonomics Radio. Além de outras coisas que você acharia terrivelmente chatas. Mas até que não é ruim. Na verdade, eu até acho que estou aprendendo alguma coisa.

Então eu decidi que o principal objetivo do meu verão seria esse: aprender. Você está aprendendo em Michigan e o seu pai e eu estamos aprendendo aqui em casa. Só não sei se algum dia vou aprender a me acostumar com o silêncio de não ter você por perto. Eu gostaria tanto que o pessoal do acampamento abrisse uma exceção para você quanto à regra de não usar telefone celular. Nós passamos por tanta coisa, parece cruel demais ter de ficar longe da minha filha.

Seja como for, espero que você esteja gostando da experiência. Não consigo nenhuma informação sobre isso nas suas cartas. Elas são muito curtas.

Eu vi o Cooper trabalhando na mercearia na semana passada. Ele parecia ocupado demais para me dar um olá, mas acenei para ele. Espero que estejam alimentando você bem aí no acampamento. Eu acabei de ouvir um podcast sobre o excesso de açúcar na nossa comida. Principalmente naquela comida gordurosa, a "comida amarela". Fique longe do amarelo. E do laranja também. Nada é naturalmente laranja, a não ser uma laranja de verdade ou uma cenoura. Essas você pode comer.

Estou sentindo a sua falta.

Com amor,

Mamãe

Olho incomodada para as letras angulosas dela, como se as palavras tivessem espinhos nas extremidades. Cada frase previsível me angustia. Eu amasso a carta numa bola e, depois, pego um pedaço de papel e uma caneta na minha mochila.

Eu escrevo:

Devenir

Revenir

Monter

Rester

Sortir

Venir

Aller

Naître

Descendre

Entrer

Rentrer

Marco o ritmo batendo os pés no chão enquanto repito mentalmente as palavras, várias e várias vezes, mas a todo instante os meus olhos procuram a carta toda amassada ao meu lado.

Quando não consigo suportar mais, eu jogo fora a carta da minha mãe e começo a vasculhar o amontoado de roupas na cama de Cassie. Sei que o que eu procuro está aqui em algum lugar. Sacudo um par de calças curtas e ouço algo chacoalhar — pastilhas de limão. Ponho três na boca, como se fossem pílulas. Pílulas doces, açucaradas, *amarelas*. A minha boca saliva quando eu mordo o doce. Dobro o meu esquema de memorização do francês e o enfio em um envelope endereçado à minha mãe.

No caminho até o Círculo da Esperança, vou até a caixa de correio perto do refeitório e jogo a carta dentro dela.

— Terminando com o namorado? — Grover diz logo atrás de mim.

O susto com a chegada repentina dele faz o meu coração se acelerar.

— Não. É uma carta pra minha mãe.

— Falou de mim pra ela? — ele pergunta.

— Não, eu falei de *mim* pra ela. Mas ela não vai entender.

Ele faz que sim com a cabeça, e ficamos os dois em silêncio. Não sei o que dizer, porque nunca é fácil conversar com Grover. Seus grandes olhos sempre me dão a impressão de que ele está prestes a chorar. Cada palavra que ele diz parece soar como se fosse a sua última e eu tenho vontade de agarrá-lo e fazer tudo isso desaparecer. Neste momento, o cabelo de Grover está molhado, e ele está usando uma sunga para natação toda molhada e uma camiseta com os dizeres "É divertido pra valer ir à biblioteca para ler".

Ele inclina o corpo na minha direção.

— Isso é o que eu estou pensando, Zander?

— O quê? — eu digo, recuando.

— Açúcar — Grover responde, olhando para a minha boca.

Cubro a boca com a palma da minha mão e cheiro o meu próprio hálito.

— Por favor, não conte para a Cassie — eu peço.

Grover sorri, junta o polegar e o indicador e faz o sinal de fechar o zíper na boca. Nenhum de nós dois se move.

— Eu odeio quando a minha mãe diz as coisas sem realmente dizer as coisas — eu finalmente desabafo.

— Como assim?

— A mamãe odeia as cartas que eu envio para casa, mas não diz isso com todas as palavras. Ela só diz que as cartas são breves demais, mas o que realmente quer dizer é que são decepcionantes pra ela. Existe uma diferença entre essas duas coisas. — Grover me fita com aquele olhar de quem está quase chorando e o meu estômago se enrijece, como se eu estivesse prestes a explodir. — É como se a minha mãe quisesse que tudo fosse demorado, prolongado, porque para ela qualquer barulho é melhor do que o silêncio. Mas você não precisa escrever milhares de palavras quando pode simplesmente dizer "eu amo você" a alguém.

— Eu amo você — Grover diz.

— Exatamente. "Eu amo você".

— Melhor contar tudo ao seu namorado.

— Espere aí. O quê? Eu estava fazendo uma analogia — respondo.

— Para mim pareceu mais que você estava admitindo algo. — Grover pisca.

Eu bufo e começo a me afastar dele, balançando a cabeça. Que se danem os seus olhos hiperativos.

— Ei, espere — ele diz, alcançando-me e tocando o meu braço. Eu recuso o toque.

— Eu disse a você. Odeio esperar — reclamo.

— E eu já lhe disse que algumas vezes esperar é inevitável. Então pare de fazer jogo duro.

— Eu não estou fazendo jogo duro.

— Sim, você está — Grover insiste.

— Não, eu não estou. — Eu não desvio o olhar quando ele me encara. A pele do seu rosto está molhada e brilhante, refletindo o sol. Eu noto que a ponta do nariz dele é perfeitamente redonda e lisa. — E quanto a você, Grover? O que me diz?

— Quanto a mim? O que quer dizer?

— Você nunca admite nada da sua vida.

— Mas é claro que admito. Aliás, eu gostaria de admitir que você cheira bem. Açúcar combina com você.

— Isso não conta.

— Claro que conta.

— Não conta, porque não é sobre *você*! — retruco.

— As pessoas são tão egoístas. Você sabia que se as pessoas tivessem a chance de escolher entre ganhar na loteria e curar a AIDS, a maioria delas ia preferir ganhar na loteria?

— Ah, esqueça. — Eu começo a andar novamente.

— Sabe, você é tão difícil quanto a sua mãe — Grover grita para mim.

Eu dou meia-volta imediatamente.

— Como pode dizer uma coisa dessas? — eu grito.

Ele caminha até mim.

— Você disse que ela costuma adiar as coisas. Que ela é resistente. E você também é exatamente assim.

— Eu não sou assim, não. — Tento de novo sair de perto de Grover, mas ele acompanha a minha movimentação.

— Você é, Zander. E está fazendo isso neste exato momento.

Dou alguns passos para trás e acabo batendo em uma árvore. A minha cabeça atinge a sólida casca da árvore num baque seco e eu fico imóvel.

— Tudo bem com a sua cabeça? — ele pergunta.

— É óbvio que não. Por que acha que vim parar aqui?

— Estou falando dessa cabeça. — Grover toca a parte macia atrás da minha cabeça. Depois disso, ele se afasta de mim, e é nesse momento que o ar se torna frio, como quando o sol se põe no deserto. — Tenho certeza de que a sua mãe vai gostar de receber a sua carta, de qualquer maneira. Ela provavelmente está esperando por isso.

Grover vai embora, e eu me sento bruscamente debaixo da árvore, abraçando os meus joelhos para esconder o rosto neles. Sinto a minha energia desaparecer e os meus olhos ficarem cada vez mais pesados. Penso em seguir o exemplo de Dori e fugir da terapia em grupo para tirar uma soneca. Mas quanto mais eu penso em Coop, mais o cansaço diminui, dando lugar a um sentimento de raiva. Queria poder ligar para ele e lhe dar uma grande bronca por não falar com a minha mãe na mercearia. Por mais que ela se negue a lidar com a realidade, deve ter percebido que Coop não estava ocupado demais para dar atenção a ela. Coop a evitou, isso sim.

A caminho do Círculo da Esperança, passo por uma das quadras de espirobol. Sem hesitar, dou um tapa na bola com toda a força, lançando-a bem para o alto. A bola se enrola inteira ao redor do poste rapidamente. Então eu bato nela mais uma vez com a outra mão.

— Durga, Durga, Durga — eu digo com os dentes cerrados. Sem dúvida as minhas habilidades no espirobol se aprimoraram muito, embora este lugar não tenha tirado de mim a tendência de falar sozinha.

10

Tia Chey,
  Não olhe debaixo da minha cama.
  Beijos,
  Cassie

— Quando eu digo "trabalho em equipe", o que vem à cabeça de vocês imediatamente? — Madison pergunta.

— Uma cara cheia de Botox — Cassie diz. Ela está fazendo tranças com pequenas mechas de cabelo. Os fios se entrelaçam caoticamente, como antenas quebradas. Eu conto sete tranças no total. De repente, ela para de mexer no cabelo e continua: — Ah, me desculpe. Eu devia ter sido mais específica. Eu quis dizer *a sua* cara cheia de Botox.

— Eu não aplico Botox no rosto.

— Não ainda, mas com certeza vai aplicar. — Cassie volta a trabalhar na sua trança. — Eu já estou até vendo. Em 20 anos você vai ser uma dessas mulheres com a testa lisa e brilhante e a cara congelada. E lábio de cima paralisado. No seu aniversário de 25 anos, quando você encontrar a sua primeira ruga, aposto que irá correndo até o dermatologista.

— Isso não é uma brincadeira, Cassie. A pergunta é séria.

— Eu não estou tentando ser engraçada, Mads — Cassie diz com expressão séria, amarrando um elástico na extremidade de uma trança. — Estou tentando ser *honesta*. Quando você fala, a primeira coisa que me vem à mente é o seu futuro rosto plastificado.

— Bom, obrigada pela sua honestidade, mas ela não está me agradando.

— A verdade não agrada a maioria das pessoas — Cassie responde, inclinando-se para trás e voltando o rosto para o alto. — Quando você estiver toda enrugada depois de apanhar tanto sol durante tantas férias passadas na Cidade do Panamá, transando com um cara que tem uma tatuagem de águia e que você só consegue achar atraente depois de tomar uns bons goles... Bem, nessa hora você vai sentir inveja da minha pele. Eu vou chegar aos 80 anos sem uma única ruga. — Cassie se endireita no assento e sorri. — Se é que eu vou querer viver tanto tempo.

Pela primeira vez desde que chegamos ao acampamento, Madison parece derrotada. A garota de unhas perfeitas e cabelo longo e sedoso, que aparenta ser indestrutível, talvez esteja a ponto de se abater.

— Não existe "eu" em uma equipe — eu opino, torcendo para que o mal-estar entre Cassie e Madison tenha terminado. Todos voltam a atenção para mim. — Quer saber o que vem à minha cabeça quando você diz "trabalho em equipe"? O que vem à minha cabeça é "não existe 'eu' em uma equipe". Era o que o meu treinador sempre nos dizia.

— O seu treinador de natação? — Madison pergunta, já mais relaxada.

Faço que sim com a cabeça.

— Obrigada pela iniciativa, Zander — Madison sussurra, entregando-me o Santo Antônio.

Eu giro a estatueta de um lado para o outro nas minhas mãos. Até este momento eu não havia falado muito nas sessões de terapia em grupo.

— Fale mais sobre a equipe de natação da qual você fazia parte — Madison pede.

— O meu treinador cheirava a alho. Você alguma vez já esteve num ambiente úmido e fechado com uma pessoa que fede a alho? — faço a pergunta olhando para o Santo Antônio, como se estivesse falando com ele. — É como se cada molécula de ar estivesse carregada com o pior caso de mau hálito do mundo.

— Isso é *tão* nojento — Dori diz.

— Uma vez eu até tentei respirar pela boca, achando que não sentiria o cheiro de alho, mas aí foi como se eu estivesse sentindo o gosto de alho — eu comento.

— Meu Deus do céu, Z, assim eu vou vomitar. — Cassie enfia o dedo na boca até alcançar a garganta, retira-o e olha para Katie. — Quer me acompanhar nessa, Dedos?

— Ah, cale essa boca. — Katie olha irritada para Cassie.

— O trabalho em equipe torna os sonhos possíveis — eu continuo. — Essa era outra coisa que ele costumava dizer.

— Meu treinador de voleibol costumava dizer isso também. — Madison sorri. — Os treinadores devem ter algum tipo de manual cheio de frases desse tipo, não é?

— Pois é, assim como os monitores de acampamento — Cassie observa com sarcasmo.

Eu ignoro essa provocação e a rusga entre as duas. Agarro com força a estatueta de Santo Antônio, tentando lentamente sufocar o homem de plástico no meu punho cerrado.

— Ele sempre dizia isso antes de uma sessão de treinamento — eu continuo. — E eu ficava lá, tentando não respirar com muita intensidade para não ter que descobrir o que ele havia comido no jantar da noite anterior e pensando: *Mas de que sonho ele está falando, afinal? O sonho de ganhar a competição de revezamento? Toda a maldita competição de natação?* Isso não é um sonho. É uma realização. E uma realização bem estúpida, aliás.

— E você já ganhou alguma vez? — Dori pergunta.

— Todas as vezes — eu respondo, e então me corrijo. — Bem, na verdade, quase todas as vezes.

— Ganhar uma competição não é uma realização estúpida, Zander. A sensação da vitória é boa. Você devia estar orgulhosa por ser uma boa nadadora — Madison diz.

— Aí é que está, a minha sensação de vitória não era uma sensação boa — eu digo.

— Mas então *como* era essa sensação? — ela pergunta.

Eu coloco a estatueta de Santo Antônio ao meu lado no banco.

— Bom, a verdade é que não havia nenhuma sensação. — Olho bem para Cassie antes de finalmente conseguir dizer: — Eu não sentia nada.

O círculo fica em silêncio por alguns momentos. Quando não consigo mais aguentar o silêncio dentro da minha cabeça, eu repito a oração do Acampamento Pádua várias e várias vezes, pois não consigo me lembrar das minhas palavras em francês e qualquer coisa é melhor do que o silêncio.

Nós rezamos a Santo Antônio de Pádua para pedir que o que foi perdido seja encontrado. Que a alma seja livre. E que a vida seja duradoura.

Sem parar, várias e várias vezes. Ignorando a total ausência de som.

Por fim, Madison volta a se manifestar e nos propõe um exercício de dinâmica de grupo. Um desafio. Nós estamos todas em um avião e ele está caindo, mas há um barco que vai nos resgatar e nos levar para uma ilha deserta. Podemos optar por um único desejo, mas todas precisam concordar.

— Vocês têm cinco minutos para decidir o que fazer. Agora é hora de trabalharem juntas, garotas. — Madison olha para o seu relógio e então nos avisa para começarmos.

Ninguém se arrisca a dar início ao jogo, até que Cassie resolve começar:

— Nós não precisamos de cinco minutos, porque eu sei do que nós precisamos.

— Nós precisamos levar água conosco — Katie diz.

— Não, Dedos, nada disso. Nós estamos cercados por água.

— Você não pode beber água salgada — Katie retruca.

— A gente ferve a água. — Cassie dá de ombros.

— Então precisaremos de fósforos — Dori diz.

— Não há necessidade disso. Nós podemos simplesmente esfregar dois pauzinhos — Cassie sugere.

— Três minutos, pessoal — Madison avisa.

— Que tal um telefonema? — Hannah opina.

— Ah, sim, com certeza teremos três ou quatro empresas de telefonia com torres de celular instaladas na tal ilha deserta. Você é genial, Giletinha. — Cassie balança a cabeça.

— Não me chame de Giletinha.

— Por que não? Você se corta para chamar a atenção. Eu só estou lhe dando atenção.

— Eu não me corto para chamar a atenção.

— Então por que você se corta? — Cassie cruza os braços e olha fixamente para Hannah, mostrando curiosidade.

Hannah se volta para o grupo.

— Eu ainda acho que um telefone é uma boa ideia.

— 30 segundos — Madison alerta.

— É uma ideia péssima e eu já disse a vocês que sei exatamente do que precisamos.

— Então fale logo — eu peço.

Um sorriso cheio de malícia se desenha no rosto de Cassie e ela responde sem pressa:

— Se eu estivesse em um avião, e esse avião estivesse caindo...

— 15 segundos — Madison diz.

— E só me restasse a opção de viver numa ilha deserta com vocês quatro... — Cassie se inclina levemente para a frente e fala com uma voz quase sussurrada. — Eu pegaria um frasco de remédio para indigestão para tentar me matar.

— Acabou o tempo — Madison declara com um suspiro. — Todas vocês estão mortas.

Cassie sorri.

—No fim das contas, acho que nem vou precisar da overdose de remédio.

11

Mamãe,
    Clube do podcast me parece horrível.
    Z
P.S.: Desculpe-me pela carta.

Começa a chover bem na hora do jantar. Um estrondo de trovão ecoa pelo céu no instante em que eu chego ao refeitório. Eu estendo o braço e deixo algumas gotas de chuva tocarem a minha pele. A fogueira que Kerry nos havia prometido para essa noite provavelmente será cancelada. Mas não posso dizer que isso seja ruim. Eu levei 20 picadas de pernilongo poucas noites atrás, quando nos sentamos em volta do Círculo da Esperança, com Hayes ao violão, para cantar velhas canções de caubói e músicas de acampamento.

Uma gota de chuva cai no meu braço, em cima de uma das minhas picadas avermelhadas. Eu esfrego a água na pele. Que bom que está chovendo.

Bek, que chegou ao refeitório antes de todos nós, está sentado sozinho na nossa mesa de jantar. Eu pego uma salada e um copo de limonada, e então volto e acrescento ao meu prato uma porção de macarrão cheio de queijo bem amarelo.

— Preciso da sua ajuda — digo a Bek quando me sento.

Ele morde um pedaço do seu frango frito.

— Quem é você? — Bek pergunta.

— Zander.

— Não conheço nenhuma Zander.

— Ah, não comece, Bek. Estou com problemas para me lembrar das minhas palavras em francês. — Eu belisco o meu macarrão. Sem dúvida combina muito bem com o queijo.

— Quem é Bek?

— Você — eu digo.

— Não conheço ninguém com esse nome.

— Tudo bem. Alex, eu preciso da sua ajuda. Você é a única pessoa aqui que fala francês.

— Mas você não disse que o meu nome é Bek?

— Sim.

— Então por que me chamou de Alex? — ele diz.

— Porque você se chama Alex Bek.

— Eu acho que você está me confundindo com um antigo namorado seu. Aliás, se quer saber, esse não me parece um nome francês. Qual é o seu nome mesmo? — Bek pergunta.

— Nós nos sentamos na mesma mesa há mais de uma semana, Bek. Meu nome é Zander.

Nesse momento, Grover se senta ao meu lado com seu prato lotado de comida. Olho para ele de lado e sinto o estômago revirar só de ver a montanha na sua bandeja.

— Bem-vindo à nossa mesa — Bek diz a Grover. — Por acaso você é o Alex Bek? A Zander aqui está procurando o seu ex-namorado francês.

— O meu nome é Grover Cleveland. — Ele estende a mão para cumprimentar Bek. — Sou o futuro namorado da Zander.

Todo o sangue que há no meu corpo se desloca para o meu rosto. Sinto vontade de bater em Grover, mas não consigo fazer isso. Eu não poderia machucá-lo. Eu simplesmente não sei *o que* eu quero dele.

— É um prazer conhecer você, Grover Cleveland, futuro namorado da Zander. — Bek aperta a mão dele como se tivessem acabado de se conhecer.

— O prazer é todo meu — Grover responde.

— O que está acontecendo aqui? — eu pergunto.

— Eu não sei — Bek diz.

— Claro que não sabe. — Grover dá um tapinha nas costas dele. — Você foi atingido na cabeça por uma bola de beisebol e, agora, por causa da pancada, está sofrendo de amnésia traumática.

— Como você sabe disso? — Bek pergunta a Grover.

— Eu vi quando tudo aconteceu.

Eu bufo com impaciência.

— Vocês dois são ridículos. — Levo uma generosa garfada de macarrão à boca.

— Eu admito isso. — Grover pisca para mim.

— Mas eu não — Bek diz.

Eu devia ter imaginado que seria inútil pedir ajuda a Bek. Nós nem sabemos se Alex Trebek é o nome verdadeiro dele. Mas a minha frustração começa a desaparecer quando o rico e amanteigado sabor do macarrão com queijo toma conta da minha boca e a textura cremosa adere aos meus dentes e à minha língua.

— Ah, meu Deus! — eu exclamo num gemido.

— Ei, os mais íntimos podem me chamar de Grover.

Eu ignoro o comentário e coloco outra garfada na boca, e mais outra em seguida.

— Pode ir com calma, a comida não vai fugir do seu prato. — Cassie se joga em sua cadeira e coloca uma bandeja cheia de tomates-cereja e pepinos na mesa.

— Não me enche — eu respondo com a boca cheia. — Isso é bom demais.

— É só macarrão com queijo, Z, e não é motivo pra um orgasmo. — Cassie dá uma dentada num pepino.

— Você já teve um orgasmo? — Bek pergunta. — Conte-me mais sobre isso.

— Pode esperar sentado, Zé Bola.

— Eu pensei que o meu nome fosse Bek. Aqui!

— E é. — Grover dá outra batidinha nas costas de Bek, e depois se volta para mim. — Você nunca comeu macarrão com queijo antes?

Eu paro de mastigar e todos na mesa voltam sua atenção para mim. Eu engulo a comida antes de responder.

— Claro que já comi. — Eu limpo a boca com meu guardanapo.

— Você está mentindo — Bek provoca, apontando para mim e rindo.

— Em matéria de mentir eu sou café com leite se comparada a você — devolvo na mesma moeda.

— Macarrão com queijo é a comida mais comum dos Estados Unidos. Todo o mundo come isso. Que diabos há de errado com a sua família, Z? — Cassie pergunta.

As palavras de Cassie me pegam de surpresa e eu não sei o que responder. O que há de errado com a minha família? Como posso dizer a Cassie que o que está errado é tudo e nada ao mesmo tempo?

— Falando sério, você nunca tinha comido macarrão com queijo antes? — Grover me pergunta inclinando-se sobre a mesa, olhando-me nos olhos.

Eu imploro em silêncio para que ele não pisque, porque uma lágrima poderia rolar do meu rosto e eu teria de secá-la com o dedo e admitir que não me lembro da última vez na vida que vi queijo ralado.

Kerry bate palmas três vezes para chamar a atenção de todos.

— Nós só conseguiremos nos encontrar — ele grita.

Eu desvio o olhar, ignorando-o. Abaixo o meu garfo e empurro a bandeja, afastando-a de mim.

— Quando admitirmos que estamos perdidos...

— Por causa da chuva, nós precisaremos mudar nossos planos para esse fim de tarde. Então, em vez de fogueira, nós teremos jogos aqui dentro essa noite.

— Kerry aponta para um canto do recinto onde há um grande armário cheio de jogos de tabuleiro. — Depois que terminarem de comer e deixarem tudo em ordem, sintam-se à vontade para escolherem o jogo que desejarem e divirtam-se muito. Aqueles que precisarem de medicamentos no horário da noite devem procurar a enfermeira no Centro de Saúde.

Até o final do jantar eu não toco mais no macarrão na minha bandeja. Quando termino, eu jogo tudo no lixo.

Paciência. É o que eu quero jogar essa noite. Eu tento pegar um estojo de cartas no armário de jogos quando Grover aparece na minha frente.

— *Cara a cara?*

— Lá vem você. Essa é mais uma de suas investidas sem noção? — eu pergunto, e tento me desvencilhar dele, mas ele não sai do meu caminho.

— Não.

— Então o que é?

— *Cara a cara.*

— Eu não vou ficar cara a cara com ninguém! — retruco. — Eu já disse que tenho um namorado.

— Não — ele diz com um sorriso malicioso no rosto, e então me mostra uma caixa. — Estou falando do *jogo Cara a cara*. Quer jogar comigo?

Olho em volta e constato, irritada, que as pessoas estão olhando para mim.

— Tudo bem, eu jogo. — Eu arranco a caixa das mãos de Grover.

— Só para constar, você fica uma graça quando está assim bravinha.

— Eu não estou brava, só frustrada. — Ponho o jogo na mesa e abro a caixa.

— Isso é bom.

— Bom em que sentido? — pergunto.

— Você faz ideia de quantas pessoas no mundo *não sabem* como realmente se sentem? Quero dizer, com o meu estado emocional alterado eu tenho dificuldade até em distinguir entre o presunto e o peito de peru nos meus sanduíches, imagine então identificar os meus sentimentos. A propósito, os dois cairiam muito bem neste exato momento.

— Pois você deveria experimentar, Grover.

— O quê? Presunto ou peito de peru?

— Nada disso. Experimentar admitir como você se sente de verdade.

— Você sabe como eu me sinto. — Grover ergue as sobrancelhas e dispara outro sorrisinho malicioso.

— Sobre mim, talvez. Mas não sobre você.

— Bom, acho que o que eu estou sentindo agora mesmo é fome.

— Nós acabamos de comer.

— Quer saber o que é bem gostoso? Bolacha de água e sal. Você sabia que é praticamente impossível comer seis dessas bolachas em menos de um minuto?

— O quê? — pergunto, confusa diante da brusca mudança de assunto.

— A boca da gente fica seca demais. — Grover balança a cabeça. — Vamos tentar?

Ele se levanta da cadeira e se afasta antes que eu possa dizer que não tenho vontade de comer nem bolacha de água e sal e nem coisa nenhuma. Eu devia ter permanecido firme na decisão de jogar paciência, mas Grover sempre acaba conseguindo me manipular. Ele não aceita um "não" como resposta. Uma parte de mim gosta disso, mas outra parte quer desesperadamente que ele me deixe em paz.

— Achei algumas. — Grover se joga de volta em seu assento. Ele tira dos bolsos um punhado de bolachas salgadas embaladas em pequenas porções, do tipo que os restaurantes servem como tira-gosto. Ele se debruça sobre a mesa para esconder as bolachas com os braços.

— Onde você encontrou isso? — eu indago.

— Na cozinha.

— E como foi que conseguiu entrar na cozinha?

— Eu tenho meus truques. — Grover sorri. — Vamos lá? Quem começa?

— Eu não vou fazer isso.

— Ah, não me venha com essa. Não quer saber se consegue fazer isso, Zander?

— Quem se importa se eu consigo ou não comer seis bolachas em menos de 60 segundos?

— Eu me importo.

— Por quê? — Eu me inclino para a frente e coloco os braços na mesa, imitando a postura dele.

— Porque isso vai provar a minha teoria.

— E que teoria seria essa, Grover?

— Que não existe nenhuma pessoa igual a você em todo o mundo. Que as chances de existir uma pessoa exatamente igual a você são próximas de zero. — Grover põe sua mão sobre a minha e assume uma expressão séria. — E antes de ficar louco, eu quero ter a chance de dizer a todos que conheci uma pessoa *de verdade* que consegue comer seis bolachas de água e sal em menos de 60 segundos.

Eu olho para as minhas mãos, mas elas estão completamente cobertas pelas de Grover.

— Certo, você venceu. — Eu pego as bolachinhas salgadas e começo a desembrulhá-las.

— As regras são as seguintes: você vai ter um minuto, não pode tomar água, e precisa comer tudo, cada migalha — Grover explica, conferindo o relógio.

— Não acredito que estou fazendo isso.

— Eu acredito. — Grover pisca para mim. — Está pronta? — Quando eu faço que sim com a cabeça, ele dá mais uma olhada ao nosso redor e sussurra: — Agora!

Eu começo a devorar as bolachas. Elas são salgadas e saborosas. Engulo alguns pedaços antes que as bolachas comecem a grudar nas minhas bochechas. Eu as desgrudo dos dentes com a língua e vou engolindo pequenas porções.

— Você fica uma fofura assim, comendo sem parar.

— Fique quieto! — eu esbravejo com a boca cheia, e algumas migalhas escapam da minha boca e caem na mesa.

— Tem que comer estas também — ele avisa, apontando para o tampo da mesa.

— Cale essa boca! — Eu recolho as migalhas da mesa e as jogo na minha boca. Não consigo acreditar que estou comendo pedaços de comida já mastigada de uma mesa suja de refeitório coletivo. Tenho certeza de que os meus pais não leram sobre isso no folheto de propaganda do acampamento.

— 30 segundos.

Os olhos de Grover se fixam em mim como se ele estivesse presenciando o acontecimento mais incrível da sua vida. Eu comprimo e retorço os lábios, tentando encontrar alguma sobra de saliva que possa me ajudar a empurrar as bolachas goela abaixo. Eu não quero decepcionar Grover. Ele finalmente conseguiu admitir algo sobre si mesmo. E eu quero fazer isso por ele. Preciso fazer. Enquanto mastigo, de repente, eu me dou conta de que queria poder consertar a cadeira bamba que Grover mencionou como exemplo para me explicar a sua situação. Queria poder manter a cadeira firme para que ele continuasse sentado nela sem ter a sensação de que ela pode quebrar a qualquer momento e sua vida desmoronar.

— 10 segundos — ele diz.

Mas a secura na minha boca aumenta mais e mais. Eu engulo uma pequena porção, e depois mais outra, porém não estou conseguindo ser rápida o bastante. Minha boca está seca como o deserto.

— 5 segundos.

Eu tento pela última vez fazer descer tudo o que está na minha boca, mas nada acontece. Você não pode evitar que a vida desmorone. Isso é o que a vida sabe fazer de melhor. Ela se enfraquece, definha e desmorona, até que não reste mais nada além de migalhas. Quando o tempo acaba, eu olho para o Grover com a boca cheia de bolacha.

— Isso foi incrível — ele diz.

Termino de engolir o que resta, até esvaziar a boca.

— Viu só, Grover? Eu sou como qualquer outra pessoa.

— No quesito bolacha de água e sal, talvez. — Grover retira uma migalha da mesa. Ele apanha as cartas do Cara a cara e nós passamos a jogar como se nada tivesse acontecido, como se eu não tivesse acabado de decepcioná-lo. — Você começa — ele diz.

Eu olho para o personagem que tirei. O nome dele é Jorge. Ele é loiro e está de óculos, e lembra um pouco o meu pai.

— O seu personagem tem cabelo ruivo? — eu pergunto.

— Não — Grover responde, balançando a cabeça.

Eu abaixo as imagens de todas as pessoas ruivas no meu tabuleiro.

— O *seu* personagem tem cabelo ruivo?

— Não.

Grover abaixa os personagens ruivos.

— O seu personagem tem olhos azuis?

— Tem. — Grover pisca várias vezes.

Eu abaixo todos os que têm olhos castanhos e olhos verdes, e no final acabam restando apenas sete pessoas.

— O seu personagem usa óculos? — Grover pergunta.

— Sim — eu resmungo.

Grover vai abaixando as imagens do seu tabuleiro, até restarem apenas três.

— O seu personagem está usando chapéu? — pergunto.

— Não.

Eu abaixo uma pessoa.

— Você jogava esse jogo quando era pequena, Zander?

— Por quê?

— Perguntei por perguntar.

— Sim, jogava — respondo. — O seu personagem tem cabelo castanho?

— Você jogava com a sua irmã?

— O seu personagem tem cabelo castanho? — eu repito.

— É a minha vez de perguntar — Grover diz. — Você jogava esse jogo com a Molly?

— Não. — Eu cerro os dentes.

— Por que não? — ele pergunta.

— Ela era pequena demais para jogar. O seu personagem tem cabelo castanho?

— A minha pergunta ainda não acabou. Como era a Molly?

— A minha irmã tinha cabelo loiro.

— E...

— Olhos castanhos.

— E...

Eu bufo.

— Pele mais escura que a minha, puxou à minha mãe.

Grover abaixa todos os personagens restantes em seu tabuleiro e agarra a minha mão sobre a mesa.

— Eu não quero saber como era a aparência dela, Zander. Quero saber quem ela era.

Grover aperta a minha mão com força, mas não me machuca; pelo contrário. A mão dele é quente, como um cobertor. Isso causa uma estranha sensação em mim.

— Você não fala sobre a sua família — eu retruco.

— Acho a sua mais interessante.

— E eu acho que você está fugindo dos seus problemas.

— É verdade. Assim como você. Nós formamos um par perfeito. — Grover esfrega o polegar na minha pele. — Me fale mais sobre a Molly.

— Solte a minha mão.

— Não.

— Por que você sempre tem que me tocar?

— Porque isso me faz lembrar que você é real. E constatar isso me deixa feliz. Veja só, eu acabo de admitir algumas coisas sobre mim mesmo.

— Só que isso não *me* deixa feliz.

— Nós não podemos ser felizes a todos os momentos, Zander.

— Eu sei disso.

— E sabe disso como? Por conta do que aconteceu com a Molly?

Uma gota de suor escorre pelas minhas costas. Posso sentir o suor se acumulando no meu cabelo. Isso não vai acabar. Jamais vai acabar. A cadeira sempre se quebrará e as coisas irão desmoronar e só me restarão tristes cacos do que antes estava tão presente para mim. E é impossível se reerguer e superar.

Eu puxo a mão bruscamente e me desvencilho de Grover, e então saio correndo da mesa, derrubando todo o nosso jogo no chão. Do lado de fora do refeitório, a chuva castiga o chão de terra, deixando-o todo enlameado. Uma trovoada retumba no céu, fazendo com que eu me assuste enquanto eu corro para o meu chalé. Mas o meu pé se prende em alguma coisa — uma pedra ou uma raiz de árvore — e eu caio. Na queda, esfolo o joelho.

— Espere aí, Zander! Pare, por favor! — Grover grita para mim.

Giro o corpo e me levanto, sentindo o meu peito esmagado pelo peso da raiva e da tristeza e de tudo o que Grover me faz sentir quando encosta em mim. Eu não quero sentir nada disso. Mais uma vez, eu só quero desaparecer. Quero voltar a ser como eu era, quando as coisas não me feriam e eu não ligava para os tristes cacos aos meus pés. Eu corro a toda velocidade até Grover e dou um soco em seu peito. Bato nele tão forte quanto bati na bola de espirobol. Os ossos das minhas mãos até chegam a doer.

— Eu não sei como era a Molly, entendeu? Não sei nada sobre ela! É isso que você quer ouvir? — Eu perco o equilíbrio, como se os meus pés fossem incapazes de suportar os movimentos do meu corpo. A chuva torrencial despenca sobre nós na escuridão. Eu piso em falso e torço o pé com força; a dor é alucinante. Eu solto um grito e caio sobre uma poça de lama.

Grover se lança na minha direção, mas eu mantenho distância dele. Minhas roupas estão cobertas de lama. Com as mãos cheias de terra eu esfrego o meu rosto molhado.

— Não! — eu me adianto, com a garganta ardendo de tanto segurar o choro. E agarro o meu tornozelo latejante. — Não toque em mim.

Eu me ponho de pé, e uso a perna boa para apoiar quase todo o peso do meu corpo.

— Eu preciso levar você até a enfermeira. Por favor. Você está sangrando. — Grover aponta para o sangue que sai de um corte no meu joelho e escorre pela minha perna.

Porém eu me afasto dele sem dizer nada, e me arrasto mancando até o meu chalé. Minha dor aumenta a cada passo que dou. Dentro do chalé, eu puxo a minha mala de debaixo da cama e tiro dela a velha colcha de Molly. Estou sujando todo o chão de lama e a minha meia está ensopada com o sangue que escorre do meu joelho. Tenho vontade de abrir um buraco bem no meio da colcha. Em vez disso, eu a aperto com toda a força que me resta. Então eu solto o meu corpo no chão do chalé e mergulho o rosto no tecido puído da colcha. Cada vez que respiro eu tento sentir o cheiro dela — sentir o cheiro da minha irmãzinha como se ainda ontem ela tivesse dormido debaixo dessa colcha. Mas a verdade é que a Molly nunca dormiu sob essa colcha — pelo menos não como eu quis que ela dormisse.

Quando eu finalmente me levanto, minha perna está coberta de sangue seco. Eu tiro as minhas roupas molhadas e entro no banho. O meu tornozelo está inchado e vermelho, mas não parece tão ruim quanto eu imaginava. Quando termino o banho, ouço o resto das garotas voltando para o chalé na companhia de Madison. Visto minha calça de pijama e meu moletom da Universidade do Arizona e sigo mancando para a cama, pronta para dormir.

— Que diabos aconteceu com você? — Cassie pergunta quando eu enfio minhas roupas molhadas e ensanguentadas no cesto de roupas sujas.

— Nada demais.

— Zander, eu quero que você se sinta livre nesse verão, mas escute bem: não deixe o grupo de atividades sem me avisar. Por favor — Madison diz, trancando a porta. — Eu fiquei preocupada.

— Tudo bem — respondo. Eu entro debaixo da colcha de Molly e a puxo para cima, até a altura dos meus ouvidos. Há lama e sangue manchando o tecido, mas por algum motivo eu me sinto bem assim. Como se enfim uma pessoa realmente viva estivesse dormindo com essa colcha.

12

Mamãe e Presidente Cleveland,

Eu decidi que quero ser faroleiro. É assim que chamamos as pessoas que guiam os navios em segurança até o porto? Seja como for, eu gostaria de ser o guardião dos navios.

Sabem se esse trabalho ainda existe? Por favor, me enviem informações a respeito disso. E me enviem também mais umas cuecas.

Seu filho,
Grover Cleveland

Quando eu acordo no meio da noite, a janela do banheiro está aberta e a cama de Cassie está vazia. Meu tornozelo não para de latejar e a região do joelho está ardendo, o que pode ser sinal de alguma infecção bacteriana. A minha mãe vai surtar se eu voltar ferida do acampamento.

Vou mancando até o banheiro e passo no ferimento, com cuidado, uma toalha umedecida. No início eu sinto dor, mas o alívio logo chega. Eu me apoio na pia e olho para a janela aberta. Tenho uma profunda necessidade de saber o que Cassie faz todas as noites quando sai escondida.

Subo em cima da tampa da privada e ergo o corpo para ver como Cassie consegue sair e entrar. Mesmo com a diferença significativa de tamanho entre ela e eu, percebo que posso passar pela janela com certa facilidade.

Antes de parar para pensar nas consequências do que estou fazendo, e sem saber como conseguirei voltar, eu passo pela janela e pulo para fora, aterrissando no chão com um pé só, como se fosse um pelicano. Meu chinelo afunda um pouco na lama quando eu coloco meu outro pé no chão cuidadosamente. É uma experiência revigorante e libertadora. Tenho que me controlar para não soltar um grito de excitação. Eu consegui. Eu escapei de um lugar trancado.

As nuvens não estão mais tão carregadas e a lua em forma de C já se distancia no céu. Eu me afasto do chalé mancando na ponta dos pés.

Caminho até o lago e vejo o cais brilhar ao amanhecer. É onde eu encontro Cassie — sentada, olhando fixamente para a água. Não sei por que motivo algo me dizia que ela estaria aqui. E ela realmente está. Eu também não sei por que fugi me esgueirando pela pequena janela do banheiro do chalé, com um tornozelo machucado e sem saber como voltaria para lá. Mas eu fugi. E isso me fez bem.

Eu piso na plataforma de metal e ela range. Imediatamente Cassie se volta para olhar na minha direção.

— Ei, o que diabos você veio fazer aqui?

— Que diabos *você* veio fazer aqui? — retruco.

— Não é da sua conta — Cassie responde com rispidez. — E não chegue mais perto.

— Por quê?

— Tenho medo que você afunde o cais com o peso desse seu corpo enorme.

— Deixe de bobagem, Cassie.

— Eu vi você cair de boca naquele macarrão com queijo, sua gorda. — Cassie estufa as bochechas e arregala os olhos.

Eu ignoro a provocação e continuo me aproximando dela. Cassie fica estática e olha assustada para os lados.

— Relaxe. Se a gente afundar eu salvo você, está bem?
— E por que você me salvaria? Eu não salvaria você.
— Porque pelo menos você está sendo sincera comigo.

A expressão no rosto de Cassie é de insegurança. É estranho vê-la intimidada assim. Se ela não se sentisse confiante em alguma situação, ela com certeza se sentiria confiante sobre não estar confiante.

— Eu prometo que vou salvar você — eu asseguro, e Cassie baixa um pouco a guarda. Suas pernas estão suspensas na beirada do cais, mas ela mantém os pés dobrados para que não toquem a água, como se estivesse evitando algo que pudesse queimá-la.

— Nossa, você tá mancando pra caramba, hein? O que aconteceu? — Ela pergunta quando me sento ao lado dela.

— Torci o tornozelo. — Tiro os chinelos e mergulho os dedos dos pés na água fria. Eu avanço um pouco mais pra frente a fim de afundar na água o meu tornozelo inchado e, quando consigo, dou um suspiro.

— Não tem um jeito mais fácil de aliviar isso aí? — Cassie pergunta.
— Isso é bem gostoso, pode acreditar.

Cassie olha de modo estranho na direção da lua, exibindo irritação e hostilidade em seu semblante.

— Eu já disse a você antes: posso ensiná-la a nadar. — Os pés dela estão a poucos centímetros da água. Uma brisa mais fria começa a soprar. Eu fico esperando alguma resposta, mas ela não diz nada. — Você não está com frio? — pergunto.

— Não.

Cassie está mentindo. Por causa da sua acentuada magreza, eu acho que ela sente frio o tempo todo. Então eu tiro o meu moletom da Universidade do Arizona e o ofereço a ela.

— Pegue, Cassie — eu digo.
— Já disse que não estou com frio.
— Fique com ele mesmo assim, só pra garantir.

Ela resiste, como se eu estivesse pedindo a ela para vestir a fantasia do Homem-Aranha e sair dando cambalhotas no meio da rua. Mas isso não me faz desistir de lhe dar o moletom. Sei que Cassie precisa dele, mesmo que não queira admitir isso.

O reflexo da lua sobre a superfície do lago lembra um grande lençol de seda negro, como se fosse um grande tecido liso e macio. Um tecido sob o qual alguém poderia entrar e desaparecer.

— Foi meu pai quem me deu esse moletom — eu digo.

— Eu por acaso perguntei alguma coisa?

— Ele estudou na Universidade do Arizona.

— E eu aposto que vocês vão juntinhos visitar a universidade todo verão. — A voz de Cassie soa animada e carregada ao mesmo tempo de sarcasmo e carinho. — Seu pai passeia com você pelo campus, contando velhas histórias dos tempos em que ele era universitário e declarando que aqueles foram os melhores anos de sua vida. Daí ele compra pra você um agasalho da universidade e diz que mal pode esperar para vê-la estudando lá.

Eu agito a água com os pés, fazendo pequenas ondas.

— Na verdade ele comprou o agasalho pela internet — eu digo. Cassie finalmente olha para mim. — Até este verão, o mais longe que eu já viajei nos últimos sete anos foi para uma cidade próxima da minha, para uma competição de natação.

— E eu devo sentir pena de você por isso?

— Não — eu respondo de modo casual e agito a água de novo com meus pés. — Você pode ficar com o moletom. Eu não o quero.

— Tipo... ficar com ele para mim? Para sempre? — ela pergunta, e eu faço que sim com a cabeça. Cassie segura o agasalho diante do seu corpo. — Ele é grande demais para mim. — Mas ela o veste mesmo assim.

Nós ficamos em silêncio por alguns momentos, enquanto passam pela minha cabeça milhões de perguntas que eu gostaria de fazer a Cassie. Por que ela vem para cá todas as noites? Quando foi a última vez que alguém realmente deu a ela alguma coisa? Se ela se lembra do quanto sofreu quando ganhou aquela cicatriz na perna? Mas eu me mantenho quieta. Decido deixar as perguntas para outra ocasião. Por agora é melhor apenas permanecermos aqui sentadas. Às vezes, quando a vida é barulhenta demais, o silêncio se torna essencial. E a vida de Cassie deve ser repleta de barulho.

A certa altura, Cassie aproxima tanto os pés da água que me faz pensar que vai tocá-la, mas então ela se levanta.

— Espere até que eu chegue à praia. Não quero você balançando isso enquanto eu estiver aqui — ela me diz.

Ela caminha na direção da praia como se estivesse andando numa corda bamba, usando os dois braços para se equilibrar e permanecer no centro da estrutura. Eu espero, observando-a. Meu moletom, largo no corpo dela, chega a cobrir o seu short.

Calço os meus chinelos e vou mancando até onde ela está.

— Amanhã você me ensina a nadar — ela diz.

Eu faço que sim com a cabeça. Cassie então segura o meu cotovelo. A sua pele é áspera e eu quase me afasto dela num impulso. Mas Cassie se aproxima ainda mais de mim e usa o braço como alavanca para me levantar. Eu retiro um pouco da pressão sobre o meu pé machucado e me apoio em Cassie, que me ajuda a voltar andando até o chalé.

Sob a janela do banheiro, ela geme enquanto me suspende do chão.

— De agora em diante, Z, chega de macarrão com queijo.

— Cale a boca — eu digo.

— Não me encha.

Quando ouço o som de um galho se quebrando, eu fico parada onde estou, a meio caminho da janela, e olho em volta.

— Você ouviu isso? — eu sussurro.

— Calma, Z. O que pode nos acontecer de ruim aqui? — Cassie se remexe sob o peso do meu corpo. — Suba logo nessa janela. Eu não posso segurar você por muito mais tempo.

Eu espio por cima do ombro uma vez mais e avisto um vulto alongado, e familiar, escondido entre as árvores.

No instante seguinte, a figura indistinta desaparece.

13

Cher Papa,

J'ai récemment souffert de paralysie. Je n'ai pas été vacciné contre la poliomyélite. Je réfléchis à ma nouvelle condition.

Cordialement,

Alex Trebek

Pela manhã, o campo de tiro com arco está cheio de poças cintilantes formadas pela chuva. Também já faz muito calor, o que é pior para mim, que já estou usando maiô por baixo da roupa. Passo a mão na testa para secar gotas de suor e espanto um pernilongo que insiste em pousar em mim.

Hayes me entrega um conjunto de arco e flecha de plástico e eu passo a mão na ventosa de borracha da ponta da flecha. Não sei se Grover virá para essa atividade hoje. Nem sei ao certo se me importo com isso.

— Você chegou cedo — Hayes observa.

— Eu não tomei café da manhã.

— Isso não é bom, Durga — ele diz. — Se você quer manter a mente bem nutrida, precisa nutrir o seu corpo. Os guerreiros precisam de energia.

— E por que você acha que eu sou uma guerreira? — eu pergunto. Uma parte de mim quer gritar dizendo que eu não me vejo como uma guerreira, mas eu deixo isso pra lá.

Hayes sorri discretamente.

— Todos nós somos guerreiros nas nossas próprias batalhas internas. E a sua, Durga, está presente bem *aqui*. — Hayes aponta para o meu coração. — Mas para continuar na luta, você precisa se alimentar.

Ele então me fala sobre a teoria de hierarquia de necessidades do psicólogo Maslow, sobre a qual aprendeu entre a infância e a adolescência. Em resumo, ele quer dizer que sem comida e água nós não nos sentimos seguros e, se não nos sentimos seguros, nós não nos sentimos amados, e, se não nos sentimos amados, a nossa autoestima fica comprometida, e, sem autoestima, nós jamais conseguiremos alcançar a plena realização pessoal.

— Então tudo isso começa com água e comida? — eu pergunto.

— É por isso que todos precisamos de um café da manhã saudável, Durga. — Hayes tira uma barra de cereais do seu bolso. — Coma isso, pelo menos.

Eu o obedeço, porque se Hayes parar de me chamar de Durga eu vou me sentir angustiada e, se me sentir angustiada, não vou me sentir segura, e, se não me sentir segura... Se Maslow estiver certo, eu estou evoluindo na tal hierarquia de necessidades e não quero vacilar e ter uma recaída bem agora.

Enquanto como, alguém aparece atrás de mim, quando me viro para olhar quem é dou de cara com Grover. Eu quase engasgo. Bem, talvez eu acabe mesmo vacilando.

— Você não apareceu no café da manhã. A festa foi boa na noite passada? — Grover pergunta.

Sua boca se contorce num sorrisinho que eu não consigo interpretar muito bem. Se bem que eu não sou mesmo muito boa em interpretar os sinais de

Grover. Sempre que penso que consegui entendê-lo, eu acabo constatando que estava errada.

— Você sabe que a comida é o primeiro passo para se alcançar a realização pessoal? — eu digo, levantando a barra de granola.

— E pensar que durante todo esse tempo eu achei que estivesse comendo por causa do meu estado mental e emocional alterados.

Eu não dou risada, embora por dentro eu tenha vontade de rir. Eu tenho vontade de me sentir melhor — e isso é tão novo e diferente para mim que não sei ao certo como lidar com a situação. Respiro fundo para sufocar esse sentimento e olho para o chão.

— Como está o seu pé? — ele pergunta.

Eu deliberadamente equilibro o peso do meu corpo nas duas pernas. A pressão faz o meu tornozelo doer um pouco, mas parece que foi útil mergulhar a região machucada na água gelada ontem à noite.

— Eu vou sobreviver.

— Sim, você vai. — Grover chega perto de mim, monopolizando novamente a minha atenção.

Uma parte de mim quer dar um soco em seu nariz perfeitinho; e a outra gostaria de tocar os lábios dele para poder sentir seu sorriso. Nenhuma das duas opções me agrada.

— Eu comprei uma coisa pra você — ele diz, vasculhando o bolso em busca de algo.

— Você não precisava... — Dou um passo para trás, mas Grover me detém. Eu cruzo os braços na altura do peito e ele me mostra um frasco.

— É um antisséptico, para o seu joelho. — Ele vasculha o bolso mais um pouco. — E trouxe também uma pomada cicatrizante e um curativo. Quero que você se lembre de mim pelo resto da vida, mas não porque lhe causei uma cicatriz.

— Obrigada. — Eu estendo a mão.

— Deixe comigo, Zander. — Ele se ajoelha diante de mim e encosta a ponta do dedo na casca de ferida que se formou no meu joelho. — Não parece que está tão ruim.

— Pare. — Eu movo o joelho para trás, evitando o toque dele.

Grover olha para mim com seus grandes olhos. Pela primeira vez, ele não parece o Grover confiante de sempre. Parece apenas um menino com problemas. E problemas reais, do tipo que você não quer que nenhuma criança tenha. Eu conheço muito bem esse olhar.

— Tá bem — eu digo, e volto a me aproximar dele.

— Peço desculpas pelo que houve ontem, Zander.

Ele borrifa o antisséptico no meu arranhão e eu cerro os dentes. A seguir, Grover sopra ligeiramente sobre o ferimento e isso faz a dor parar. Enquanto ele passa a pomada cicatrizante, eu mordo meu lábio inferior e os meus olhos se enchem de lágrimas. É como se o meu interior fosse tomado por dor e euforia ao mesmo tempo. E eu não sei como controlar essas sensações. Acho que nem mesmo as conheço. Era fácil com Coop porque ele não me fazia sentir coisa nenhuma. Com ele eu era apenas como uma boneca de pano. Mas Grover parece despertar cada um dos meus sentidos, como se eu estivesse em chamas, e coberta de água, e flutuando no ar, tudo ao mesmo tempo.

— Estou quase terminando — ele diz, desembalando o curativo. — Vou colocar isso como proteção, para evitar que a ferida volte a abrir.

Abrir.

É o que parece que está acontecendo.

Quando a minha paciência se esgota, eu afasto a perna e interrompo o trabalho dele.

— Grover, você não precisa cuidar de mim.

Ele se levanta, colocando seu material de primeiros socorros de volta no bolso.

— Mas eu quero fazer isso.

— Mas não *precisa* fazer — eu digo. — Sou uma guerreira. Não preciso de ninguém lutando minhas batalhas por mim.

— Está bem. Entendi — ele diz.

— Você tem... — Eu aponto para os joelhos dele. Estão cobertos de terra porque ele se ajoelhou no chão. Sem dizer nem mais uma palavra, eu me agacho na frente de Grover e estendo a mão na direção das pernas dele. O meu braço treme, mas eu respiro fundo; sei o que preciso fazer. Eu o toco. Minha pele se conecta com a pele de Grover e eu tiro a terra dos joelhos dele. É simples, mas ao mesmo tempo não é. É tudo.

— Acho que quem precisa ser salvo sou eu — ele diz. E quando me levanto, ele está sorrindo, a confiança brilhando outra vez em seus olhos.

— Eu sei que você esteve lá na noite passada — eu digo. — Você vai lá todas as noites, não vai?

Ele faz que sim com a cabeça.

— Só para garantir. É uma medida de segurança.

— Segurança em que sentido, Grover?

— Caso ela decida pular — ele responde.

Subitamente, a verdade me atinge em cheio e eu me sinto como se estivesse desabando no chão novamente. Grover estava lá para observar Cassie, para poder salvá-la caso fosse necessário!

— Grover, eu não vi você chegar — Hayes diz, aproximando-se de nós.

Um pouco envergonhada e com o rosto um pouco vermelho, eu dou ao Hayes a embalagem da barra de cereais que comi.

— Obrigada pela barra — eu agradeço.

— Você está abrindo caminho para a realização pessoal, Durga.

— Mais ou menos isso — respondo.

14

Cooper,

O aniversário da Molly é no dia 16 de setembro, e eu sei que você viu a minha mãe na mercearia.

Zander

P.S.: Está tudo acabado entre nós.

— Você vai ter que entrar na água — eu digo.

— Não. — Cassie cruza os braços, irredutível. — E eu não vou vestir essa coisa.

— Você tem de vestir isso.

— Eu sinto o cheiro de mofo dessa coisa a distância. — Cassie aponta para o colete salva-vidas laranja na minha mão.

— Mas não é permitido entrar na água sem isso. — Eu lanço um olhar na direção do monitor encarregado.

— Você parece uma lésbica nesse maiô — Cassie diz, estreitando os olhos.

— Não pareço, não.

— Não precisa chorar por causa disso, pentelha. Eu não estou afirmando que você é uma lésbica completa. Talvez só a sua boca seja lésbica. Talvez o seu lance seja cair de boca nas aranhas. Não é à toa que os seus boquetes são tão ruins.

— Os meus boquetes não são ruins! — eu grito mais alto do que deveria. Cassie sorri com malícia. — E eu não sou lésbica.

— Você quase conseguiu me enganar. Acho melhor contar ao Cleve antes que ele fique interessado demais.

Nós estamos a centímetros da beira do Lago Kimball. Cassie está vestindo um biquíni fio-dental cor-de-rosa e eu, um maiô preto inteiriço. Levei uma eternidade apenas para fazer com que ela se levantasse de seu banho de sol.

— Quer saber? Esqueça. Está mais do que claro que você não quer aprender a nadar.

— Para mim está ótimo assim. — Cassie vira as costas e volta a se sentar em sua toalha esticada no chão.

Estou prestes a desistir e ir embora, mas então me lembro: Cassie faz as pessoas odiarem-na porque ela quer ter razão, quer reforçar sua certeza de que ninguém se importa com ela. Mas eu *realmente* me importo, caso contrário não teria me oferecido para ensiná-la a nadar nem teria escapulido pela janela do banheiro, arriscando ser apanhada pela Madison ou — pior ainda — pelo Kerry. Saio pisando com força e passo por Cassie quando ela está se acomodando novamente sobre a toalha.

— Fique bem aqui. Não vá embora — digo a ela.

Dentro do refeitório, Grover e Bek estão jogando buraco, profundamente concentrados nas cartas. Há mais alguns campistas espalhados aqui e ali, jogando outros jogos de baralho e tabuleiro.

— Preciso da sua ajuda — digo a Grover assim que me aproximo deles.

— Este é oficialmente o dia mais feliz da minha vida — Grover diz ao me ver vestida apenas de maiô.

Tento cobrir o meu corpo com os braços.

— Preciso de algumas bolachas de água e sal — eu digo.

— Por quê? — Bek pergunta, arrumando as suas cartas.

— Hierarquia de necessidades de Maslow.

— Conheço o Maslow — diz Bek sem tirar os olhos das cartas. — Grande sujeito.

— Pois então, preciso muito mesmo das bolachas. Será que pode me ajudar com isso? — pergunto ao Grover.

Ele faz que sim com a cabeça e, em seguida, desaparece atrás da porta da cozinha. Eu fico andando de um lado para outro, um tanto irritada por não ter pensado em me enrolar em uma toalha.

— Não se preocupe, você não faz o meu tipo — Bek diz.

— Quê?

— Esse maiô. Não faz o meu gênero. Eu estou de olho em outra pessoa. — Bek continua falando e olhando para as cartas que está manipulando, mas eu percebo o rubor no rosto dele.

— Nós temos permissão para entrar na cozinha? — pergunto a Grover quando ele retorna com as bolachas que pedi.

— Sei lá, eu nunca perguntei — Grover responde, entregando-as para mim.

Volto para o lago e encontro Cassie no mesmo lugar em que a deixei, sentada em sua toalha, com o rosto voltado para o alto. Jogo as bolachas no colo dela.

— Coma.

— Que parte do "sou anoréxica" você não entendeu, Z?

— Você chupa pastilhas de limão.

— Isso não conta — Cassie diz.

— Por que não?

— Porque todo mundo sabe que doce não é comida *de verdade*.

— Coma as bolachas. — Eu falo com ela da maneira mais dura que consigo, sem deixar de considerar que estou lidando com uma pessoa capaz de usar seu garfo roubado para me furar enquanto eu durmo. Mas o fato é que ela precisa comer. Se não comer alguma coisa, Cassie não vai se sentir segura comigo.

Cassie pega um pacote.

— Quantas calorias isso tem, Z?

— Veja a coisa por outro ângulo: há muito tempo você não faz uma refeição decente, se é que já fez algum dia. Então, você tem um déficit de milhares de calorias. Uma bolachinha salgada não vai lhe causar nenhum mal.

— Não é assim que as calorias funcionam, babaca.

— Não precisa me explicar nada, apenas coma, certo? — eu retruco.

Mexendo-se sobre a sua toalha, Cassie parece estar se preparando para dizer alguma coisa — provavelmente a coisa mais ofensiva que ela já disse na vida. Tenho a sensação de que o comentário que ela fez recentemente sobre o sexo oral lésbico vai parecer uma brincadeirinha inocente perto do que ela está guardando para mim.

Mas então ela age de maneira totalmente inesperada: abre um pacote e come uma bolacha.

— Que foi? — ela me pergunta, com a boca cheia de comida.

— Nada — eu balbucio. Não sei por que ainda me surpreendo com as atitudes imprevisíveis de Cassie.

Depois que ela come algumas bolachas, eu volto a perguntar se ela quer aprender a nadar.

— Tudo bem, vamos lá. — Ela se levanta e dá uns tapas na própria bunda para retirar a areia.

— Mas você vai ter que vestir aquilo. — Eu aponto para o colete salva-vidas sobre a areia.

— Certo, mas eu vou ser a primeira a tomar banho quando voltarmos pro chalé.

— Combinado — eu digo enquanto prendo o colete salva-vidas em Cassie. — E, a propósito, gostei de ver você comendo.

Ela ignora o meu comentário e nós caminhamos até a beira do Lago Kimball. Cassie para antes de colocar o pé no lago e olha direto para a água. Na areia, que margeia a água, há pontos de vegetação espalhados. A água tem um tom esverdeado, um pouquinho azulado, mas no centro do lago esse azul se torna mais acentuado.

Alguns minutos se passam, até que Cassie resolve falar:

— Eu fui mandada para casa cinco vezes no jardim de infância porque estava com piolhos.

— Quê?

— Não quero ter que dizer isso de novo.

— Cinco vezes? — eu pergunto.

— A minha mãe nunca deu um banho sequer em mim. Ela me limpava com uma toalha e jogava talco na minha cabeça.

O dedão dela agora está quase tocando a água.

— Ela tinha medo de água ou algo do tipo?

— Não sei, ela não falava comigo. — Cassie abaixa a cabeça e olha para a própria perna. O olhar dela é intenso, como se as lembranças em sua mente estivessem presentes demais e não pudessem ser ignoradas.

O dedão de Cassie encosta na água e o seu movimento produz uma pequena e ligeira onda.

— Você quer ser como a sua mãe? — eu pergunto.

Ela balança a cabeça numa negativa e eu então seguro a sua mão. Dessa vez ela não se afasta.

— Então prove para mim que não, Cassie.

Nós entramos na água juntas.

15

Mamãe, Papai,

Vocês podem me enviar mais uma roupa de banho? Eu tenho passado um bom tempo nadando. Mas não se preocupem, não é como antes. Eu prometo.

Um detalhe importante: quero um biquíni.

Z

No campo de tiro com arco, nós fomos separados em dois grupos. O sol começa a se pôr no céu, que muda de azul para cor-de-rosa e depois ganha uma coloração alaranjada. Pelo menos a escuridão vai proporcionar um descanso para a minha pele. Sinto os meus ombros ainda quentes depois de o dia todo debaixo do sol. Amanhã eu provavelmente terei bolhas na pele. Eu estou com preguiça e sonolenta. Coloco a mão na boca para disfarçar um bocejo enquanto Kerry repassa as regras para uma brincadeira chamada caça à bandeira.

— Eu finalmente descobri por que você foi mandada para cá — Dori sussurra para mim.

— E por que foi? — eu sussurro em resposta, sentindo-me meio enjoada.

Ela se inclina para falar perto do meu ouvido:

— Porque você é uma masoquista completa.

— Eu não sou masoquista.

— Então por que você insiste em ficar perto da Cassie? — Ela diz um pouco mais alto do que deveria, e Kerry olha para nós.

— Trabalho em equipe — Kerry diz em voz alta. — O trabalho em equipe é essencial para o sucesso na vida. Uma pessoa não consegue sobreviver se estiver sozinha e não puder contar com mais ninguém. *Vocês* não estão sozinhos. Quero que todos se lembrem disso quando forem embora do Acampamento Pádua. Vocês não estão sozinhos. Nós precisamos uns dos outros. E se vocês algum dia se sentirem perdidos, lembrem-se: é mais fácil encontrarmos a nós mesmos quando outra pessoa nos ajuda nessa busca. — Ele olha na nossa direção como se tentasse transformar o jogo de caça à bandeira em uma espécie de exaltação ao espírito de equipe que ajudará todas as almas perdidas do acampamento.

— Você não tem nada a ver com isso, Dori — eu respondo quando Kerry desvia o olhar.

— Você ficou por três horas na água com ela. E a Cassie estava tirando a maior onda com a sua cara. Sem trocadilho.

— Ela não estava tirando onda comigo. — Eu cruzo os braços, irritada por me sentir desconfortável dentro da minha própria pele. Preciso de um hidratante.

— Não estava? — Dori inclina a cabeça para o lado.

Alguns comentários de Cassie sobre a lição de natação de hoje vêm à minha mente. Dori tem razão sobre as três horas. Nós ficamos todo esse tempo numa parte bem rasa do lago, com a água batendo nas canelas e Cassie se recusando a abaixar na água e a afundar o rosto. No fim das contas, ela não evoluiu em nada. Quando o sinal tocou, Cassie atirou o colete salva-vidas laranja na praia e eu ainda tive que guardá-lo. Tentei não ficar desapontada, mas percebi que queria ficar desapontada. Eu fiquei torrando sob o sol a troco de nada.

— Ela fez algumas observações interessantes — eu sussurro.

Dori balança a cabeça, dirigindo-me um olhar que parece ser de pena.

— Ninguém é capaz de sobreviver sozinho, contando apenas consigo mesmo — Kerry diz, dando prosseguimento ao seu discurso. — A vida exige trabalho em equipe. — Ele distribui as bandeiras e mostra os limites dentro dos quais o jogo vai se desenrolar. — Vocês podem esconder as suas bandeiras em qualquer lugar na mata ao redor do campo de tiro com arco e dos estábulos. Por favor, não ultrapassem essa área. Dúvidas?

Uma mão se ergue em meio ao grupo. Eu olho para os dedos compridos presos a um braço bem mais comprido, que por sua vez está preso a um corpo magro mais comprido ainda. A cabeça de Grover se destaca acima da maioria dos campistas.

— Sim, Grover — Kerry diz.

— Eu tenho uma pergunta.

— Vá em frente.

— Na verdade eu tenho uma porção de perguntas — Grover corrige.

— Tudo bem. Sobre o quê?

— Garotas. — Grover balança a cabeça. — Sobre garotas. Ou devo dizer mulheres? Essa é a minha primeira pergunta.

— Você deve dizer mulheres — Kerry responde.

— Entendi. Então a minha primeira pergunta é sobre *mulheres*. Por que elas cheiram tão bem?

— Mas o que é que isso tem a ver com o jogo? — A paciência de Kerry parece estar se esgotando.

— E como eu poderia participar de um jogo quando há mulheres correndo de um lado para outro e cheirando tão bem? No jantar, por exemplo, eu mal consigo me sentar ao lado da Zander sem ficar tentado a cheirar o pescoço dela. É perturbador e não parece justo.

Dori olha para mim. Minha pele queimada de sol parece ainda mais quente.

— Eu já avisei, Grover — Kerry diz. — O relacionamento entre garotos e garotas não é permitido no acampamento.

— E eu já disse a você que Grover e Zander mais parecem nomes de um casal gay. Ninguém iria saber.

— É mais do que evidente que Zander não é um garoto. — Kerry aponta para mim.

— Mas bem que poderia ser — Cassie se manifesta de repente, em voz alta. — Já viu o maiô que ela usa?

— Ah, eu já vi. — O tom de Grover é malicioso, e ele balança as sobrancelhas enquanto fala. Eu cubro o rosto com a mão.

— Vamos voltar às perguntas — Kerry pede.

— Tecnicamente, a magrela ali fez uma pergunta — Grover diz. — E quanto aos garotos que gostam de garotos ou as garotas que gostam de garotas? Eles têm permissão para se relacionarem no acampamento?

Cassie levanta a mão.

— E quanto às garotas que acham que podem ser garotos? Quero dizer, elas podem ter um relacionamento com garotos ou garotas dependendo do dia?

— É mesmo. — Grover aponta para Cassie. — E isso me leva a uma outra pergunta. Se uma garota pensa que é um garoto preso num corpo de garota, ela tem cheiro de garota ou de garoto?

— Garota não, *mulher* — Cassie diz.

— Sim, certo. *Mulher* — Grover se corrige.

— Estão proibidos todos os tipos de relacionamento, sejam quais forem — Kerry diz. — E agora, por favor, podemos voltar ao assunto principal?

— Você quis saber se eu tinha perguntas, eu só fiz o que você pediu — Grover diz com inocência.

— Perguntas sobre o *jogo* — Kerry responde enfaticamente.

— Ah, sobre o jogo? — A expressão no rosto de Grover é de surpresa. — Eu sei como é, nós jogamos isso no ano passado. Legal. Pode continuar.

— Obrigado. — Kerry assopra um apito e os campistas começam a atividade.

— O Grover gosta mesmo de você — Dori diz quando a nossa equipe se reúne para traçar um plano.

— Nem me lembre disso.

— Por que você age como se isso fosse uma coisa ruim? — ela pergunta.

Eu não respondo, porque simplesmente não sei o que dizer. Fico confusa só de pensar em Grover e seus sentimentos multicoloridos misturando-se com os meus. Eles até têm potencial para se transformar em um arco-íris, mas também podem virar uma imensa e cinzenta bagunça.

Nossa equipe consegue encontrar um bom esconderijo, bem no alto de uma árvore, e nós fincamos a nossa bandeira lá. Quando chega a hora de dividir a equipe em grupos, Cassie entra em ação.

— Eu assumo a partir de agora. — Cassie aponta para os integrantes do grupo ao redor dela. — Você, você, você, você não, você, você de jeito nenhum, você e a Zander. É isso. Vocês ficam comigo. A nossa missão será encontrar a outra bandeira.

— Bem... boa sorte, Zander — Dori diz sarcasticamente e dá uma batidinha nas minhas costas antes de sair correndo com a outra metade da nossa equipe.

Enquanto preparamos um plano para capturar a bandeira, eu fico de pé, com o corpo meio inclinado para a frente.

— Vamos ter de nos dividir — Cassie diz. Ela vem até mim e agarra o meu ombro. — Nós ficaremos juntas.

— Aaai! — Eu me afasto rápido dela. — Meu ombro está queimado de sol.

— Problema de gente branca. — Cassie balança a cabeça. — Vamos lá, Z. Em nome da nossa equipe, eu preciso da sua ajuda!

Cassie começa a me arrastar pela mata, para longe do grupo e dos limites que Kerry estabeleceu para o jogo. Eu tento me livrar, mas Cassie não larga o meu braço. Meu tornozelo ainda dói um pouco e eu tropeço.

— Para onde estamos indo? — Eu pergunto, já sem fôlego.

Mas Cassie não responde; ela simplesmente me puxa com mais força ainda, enterrando as unhas na minha pele. Ela só para quando eu tropeço na raiz exposta de uma árvore e caio no chão.

— Ei! Que diabos nós estamos fazendo, hein? — eu grito, batendo a mão com força no chão.

— Nossa, como você está mal-humorada essa noite. Eu já disse, Zander. Preciso da sua ajuda. Pense nisso como um trabalho de equipe.

— Isso não é trabalho de equipe — eu retruco. — Isso é você mandando em mim o tempo todo. Eu tentei te ajudar o dia inteiro e em troca você só me sacaneou! Me fez de idiota o tempo todo!

Enquanto estou caída no chão, Cassie me encara com atenção, estreitando os olhos. Algo de diferente — algo que eu só vi poucas vezes — brilha nos olhos dela: tristeza.

— Tudo bem, então. Eu continuo sozinha. — Ela começa a se afastar.

Eu me levanto gemendo. Não estou nem aí para a tristeza de Cassie e não vou acompanhá-la. Ela pode ir embora se quiser. Estou cansada de correr atrás dela. Estou farta de ficar parada na água, esperando que ela tome alguma atitude. A não ser que...

Talvez todos tenham feito isso com ela. Talvez todos tenham deixado Cassie sozinha na água porque não conseguiram mais lidar com a situação, e eu sei quão sozinha uma pessoa pode se sentir num momento como esse.

— Espere — eu grito para ela. Cassie se volta e olha para mim. — Eu vou com você.

No mesmo instante a tristeza desaparece do rosto dela.

— Espere um pouco aqui fora — Cassie diz quando voltamos ao nosso chalé. Ela entra no chalé e, quando volta, está carregando sua mochila e vestindo o moletom da Universidade do Arizona que eu dei a ela.

— Você está pensando em fugir?

— Fugir de quê? — ela responde. — Você não pode fugir quando está no fim do mundo. Venha, vamos.

Nós cruzamos o acampamento sem trocar uma palavra. Cassie parece calma ao meu lado e, de vez em quando, olha para os meus ombros queimados. Eu, por outro lado, fico olhando à nossa volta como um esquilo com medo de ser atropelado por um carro.

— Relaxe um pouco, Z — ela diz quando chegamos ao Centro de Saúde. As luzes estão apagadas dentro da grande casa de madeira onde são guardados todos os medicamentos destinados aos jovens do acampamento e sabe-se lá mais o quê.

— O que nós estamos fazendo aqui? — eu pergunto, mas Cassie não me responde; ela apenas vai até a porta trancada e tira uma chave do bolso. — Ei, onde conseguiu isso?

— Prefiro não dizer — ela responde com sarcasmo, e destranca a porta. — Não saia daqui e cubra a minha retaguarda.

— Só se você me disser o que pretende fazer.

— Quanto menos você souber, melhor — Cassie diz.

— Por quê? — eu esbravejo.

— Estou só tentando proteger você, Z. Preservar a sua inocência.

Essa resposta me deixa confusa, mas eu não insisto.

— Bem, o que pode ter de tão importante no Centro de Saúde, afinal? — pergunto.

Cassie me olha com uma expressão sinistra.

— Vou pegar uma coisa de que nós precisamos.

Ela desaparece dentro da casa de madeira e eu começo a andar de um lado para o outro, atenta a qualquer pessoa que possa se aproximar. Do que é que Cassie precisa, afinal? Um milhão de possibilidades passa pela minha cabeça. Na primeira vez que nos encontramos essa garota engoliu um monte de pílulas para emagrecer e eu acabo de deixá-la entrar com uma mochila em um chalé de remédios? Eu fecho as mãos com força e pressiono as unhas dos dedos na minha pele. Pressiono com tanta força que chega a doer. E eu não quero sentir dor. Mas eu simplesmente não consigo me controlar, como costumava conseguir. Estou tentando, mas a sensação de dor nas mãos simplesmente não vai embora.

Quando estou prestes a entrar para tirá-la de lá eu mesma, escuto alguma coisa. Alguém está chegando.

Eu me agacho e espio para saber quem é. A expectativa faz o meu coração bater tão forte que sinto as minhas têmporas latejarem. Quando uma sombra comprida desliza pelo chão, seguida por uma curta e redonda, eu respiro aliviada.

— Que diabos vocês dois estão fazendo aqui? — eu pergunto com a voz abafada quando vejo Grover e Bek.

— Estamos checando. — Grover abre os braços como que pedindo para que eu me aproxime mais dele. Mas eu não saio do lugar, por isso ele é que chega bem perto de mim. — Cassie duvidava que você tivesse coragem. — Ele me dá uma leve cotovelada.

— Coragem? — eu repito.

— Isso mesmo. Coragem. — Grover fala como se estivesse zombando de mim. — Mas eu disse a ela que você teria.

Eu me encosto na parede da casa, sentindo-me subitamente exausta. Minhas pernas estão cansadas porque fiquei em pé na água o dia inteiro. E Cassie acha que eu não tenho coragem? Ninguém além de mim nesse acampamento aceitaria se submeter às formas sarcásticas de tortura de Cassie, a não ser Grover, talvez. Com a cabeça reclinada para trás e apoiada na parede, eu olho para o céu cada vez mais escuro, quase todo coberto pelas densas copas das árvores.

— Como é o céu no Arizona? — Grover pergunta, surpreendendo-me por tocar num assunto trivial.

— Imenso, eu acho. Parece maior que o daqui. — Eu continuo olhando para cima, tentando encontrar uma estrela entre os ramos. Não há uma única árvore no jardim da minha casa, apenas grama e areia. E a grama é diferente aqui. É lisa como seda. Deve ser porque não está morrendo de sede.

Eu me sento no chão, com a sensação de que o meu corpo foi esvaziado como um balão. A minha voz soa monótona quando eu concluo a minha resposta a Grover:

— Acontece que no Arizona tudo fica mais exposto.

— Acho que eu ia gostar de lá. — Grover se senta ao meu lado.

Eu balanço a cabeça, mas não olho para ele.

— Não, você não iria gostar.

— Por que não, Zander?

Eu corro a mão pela grama bem hidratada e viçosa debaixo de mim.

— Porque lá tudo está a um passo da morte.

Eu toco as marcas em forma de lua crescente nas minhas mãos, mas elas já estão quase desaparecendo. A parte de baixo do meu short está ficando úmida, porque o chão continua molhado com a água da chuva. Se eu retirasse um punhado de terra do chão, ela ficaria grudada na minha mão. Mas se eu fizesse o mesmo no Arizona, a terra se despedaçaria e voaria com o vento.

Enquanto eu observo as minhas mãos, sinto alguma coisa. Percebo então que Grover está olhando para o meu pescoço. No momento seguinte ele me flagra encarando-o. Seus olhos se voltam para a minha queimadura de sol e Grover toca o meu ombro. O toque dele dói como uma picada.

— Isso machuca — eu digo.

Com um aceno de cabeça, ele abaixa as mãos e as mantém no seu colo.

— Eu tenho uma pergunta — Bek diz cantarolando. Ele não para de andar de um lado para o outro na nossa frente, roendo as unhas, e parece mais nervoso do que eu.

— Só uma? — Grover diz.

— Como sabemos quando o amor chega? — Bek pergunta.

— Quê? — Eu endireito ligeiramente o corpo.

Os olhos de Bek se arregalam e as pupilas azuis brilham. Ele parece assustado.

— Eu acho que estou apaixonado — Bek revela.

— Ele está mentindo? — eu sussurro para Grover.

— Boa pergunta, Zander.

Nesse momento, Cassie sai correndo pela porta do Centro de Saúde. Ela corre bem na direção de Bek, fazendo com que ele caia no chão, junto à mochila dela.

— Desculpe, gordinho. — Ela lhe oferece a mão, e Bek aceita a ajuda. Mesmo sob a fraca luz do crepúsculo eu consigo ver o rubor no rosto de Bek.

— Pegou o que precisava, Magrela?

Cassie faz que sim com a cabeça e solta a mão de Bek bruscamente.

— Ah, meu Deus, a sua mão está toda suada.

— *Je suis désolé* — ele murmura.

Eu fico entusiasmada ao ouvir as palavras em francês.

— O que você disse? — Cassie pergunta.

— Nada. — Bek enfia as mãos nos bolsos e me lança um olhar expressivo, como se me implorasse para não revelar o seu segredo.

— E então, o que tem aí nessa mochila? — Eu faço menção de pegar a mochila do chão, mas Cassie é mais rápida do que eu.

— Não se preocupe, deixe comigo. — Ela pendura a mochila no ombro. — A gente tem que se mandar já daqui. Preciso sumir com isso antes que alguém nos encontre.

Caminhando com pressa, às vezes quase correndo, nós voltamos para o nosso chalé, Bek ao lado de Cassie e Grover ao meu lado. Olhando para a mochila de Cassie, eu fico me perguntando o que pode haver ali dentro. Ao mesmo tempo, porém, eu digo a mim mesma que talvez seja melhor não saber.

— Ah, eu já ia me esquecendo. — Cassie retira um frasco de um de seus bolsos e o joga para mim.

— É hidratante? — eu pergunto assim que pego o frasco.

— Desculpa por essas queimaduras, Z.

Cassie acelera o passo, andando à nossa frente, com Bek sempre ao seu lado. Eu mal posso acreditar no frasco cheio de hidratante que levo bem na minha mão.

— De onde você é, Grover? — eu digo por fim.

Mas ele não me responde. Quando eu me preparo para repetir a pergunta, Cassie me interrompe.

— Não perca o seu tempo, Z. Ele nunca vai dizer isso a você.

— Por que não? — eu pergunto, dirigindo-me ao Grover.

— Você sabia que quatro em cada dez pessoas nunca deixam o lugar onde nasceram? — ele me diz.

Eu apenas bufo em resposta, cansada e queimada demais para esses joguinhos.

No chalé, Cassie esconde a mochila debaixo da sua cama. Parado na porta do chalé, Bek inala o ar profundamente.

— Esse lugar cheira a uvas.

— Viu? — Grover diz. — Eu sempre digo que as garotas cheiram bem.

— Você só consegue pensar em comida, gordinho? — Cassie dá um soco brincalhão no estômago de Bek.

— E em sexo.

— Eu não disse, Zander? — Grover comenta. — Ei, esta é a sua cama? — Ele se senta sobre a colcha de Molly.

Por que ele se permite me fazer tantas perguntas, mas quando eu lhe pergunto alguma coisa ele jamais responde? Grover levanta a colcha e examina a mancha de sangue que deixei na outra noite. Eu começo a passar os dedos pelo cabelo, mas me detenho no exato segundo em que puxaria com força uma mecha. Engulo em seco.

— Vamos dar o fora daqui antes que um daqueles líderes de escoteiros apareça. — Cassie sai do chalé, mais uma vez com Bek em seu encalço.

Eu espero Grover sair da minha cama, mas ele não faz isso. Ele passa a mão sobre o meu travesseiro e se reclina confortavelmente na minha cama. Eu evito olhar nos olhos dele. Grover dá uns tapinhas no colchão, convidando-me para sentar ao seu lado, mas eu não vou. Em vez disso, vou até o banheiro e examino as queimaduras nos meus ombros. Estão mais vermelhas do que eu imaginava. Passo a loção hidratante fria nos locais atingidos. Quando Grover aparece atrás de mim, eu estremeço. Talvez por causa do hidratante. Talvez por alguma outra razão.

— Isso dói — eu digo.

Ele faz que sim com a cabeça.

— Eu sei, Zander. Mas é a única maneira de melhorar.

Eu também faço um aceno positivo com a cabeça.

— Que saco isso — eu reclamo.

— Sim, é um saco mesmo.

Ele olha para mim pelo espelho, com uma expressão bem tranquila. Como consegue se manter assim tão sereno quando está se equilibrando perigosamente em cima de algo que pode quebrar a qualquer momento? Esse pensamento faz o meu estômago doer, ou talvez faça o meu coração se partir. Não sei dizer com certeza.

— Por que você não me diz onde mora? — eu pergunto.

— Porque eu sou um covarde.

— Não acredito nisso.

— Bem, você tem problemas — Grover diz.

— Você também.

— Sim, e eu reconheço isso.

Eu tenho problemas, de fato, mas estou trabalhando neles. Eu inclino a cabeça para o lado e levanto o cabelo, expondo o meu pescoço.

— Vá em frente — eu digo.

— Sério mesmo?

— Sim — respondo, sacudindo a mão.

Ele sorri e se inclina na minha direção. Seu nariz toca a minha pele suavemente, como se fosse uma pluma.

E então Grover cheira o meu pescoço.

Momentos depois, enquanto caminhamos de volta ao campo de tiro com arco, Grover diz:

— Eu percebi uma coisa.

— O quê?

— Cassie apareceu com um agasalho novo.

— É mesmo? — eu comento com desinteresse.

Grover faz que sim com a cabeça. Enquanto seguimos cruzando a mata, galhos e ramos de árvores se estalam sob os nossos pés.

— A propósito, como foi que você e Cassie se tornaram amigos? — eu pergunto.

— Ela me deu um soco. — Um sorriso idiota surge no rosto de Grover. — Porque eu a chamei de Magrela.

— Mas você ainda a chama assim.

Ele se aproxima mais de mim.

— Quantos apelidos você acha que a Cassie tem?

— Não acho que sejam muitos — respondo.

— E por que você acha que isso acontece? — ele pergunta.

Eu olho bem para os seus grandes olhos. Grover esconde segredos. E eu quase posso vê-los.

— Porque ninguém se importa o suficiente para dar a ela um apelido — ele prossegue. — Cassie precisa que eu me importe com ela.

Ele desliza as pontas dos dedos pelo meu ombro coberto de hidratante.

— A Cassie vai conseguir nadar — ele me diz. — Não desista dela.

Não desista dela, eu repito mentalmente.

— Ei, pessoal, onde vocês estavam? — Madison aparece do meio das árvores, ofegante. — Nós estávamos procurando vocês.

— Nós também estávamos procurando por nós — Grover responde.

— O que você quer dizer com isso? — Madison retruca.

— O que *afinal* eu quero dizer com isso, Zander? — Grover olha para mim.

Às vezes as pessoas estão perdidas porque têm muito medo de olhar para o caminho. Às vezes as pessoas evitam a estrada por temerem o que possa existir nela. É mais fácil permanecer oculto nas sombras e só observar.

— Trabalho em equipe. — Eu dou de ombros. — Kerry disse que quando perdemos alguma coisa nós a encontramos mais facilmente se pudermos contar com a ajuda de outra pessoa.

— Amém — Grover diz, sorrindo na escuridão.

16

Tia Chey,
Você não é minha tia de verdade, então vamos parar de fingimento.
Beijos,
Cassie

No dia seguinte, Cassie mergulha a cabeça e faz bolhas embaixo da água. Ela simplesmente se inclina e faz isso; eu não preciso me esforçar nem um pouco para convencê-la. E ela não faz nem um comentário sarcástico a meu respeito. Nós caminhamos até o Lago Kimball e ela afunda o seu corpo todo na água.

— Caramba! — ela diz depois de levantar a cabeça de dentro do lago, cuspindo água e passando a mão no rosto molhado.

— Cassie, o que foi que você roubou na noite passada?

— Por quê?

— Porque é estranho. Você é estranha. Você roubou remédios do Centro de Saúde?

— Quem liga para isso? — Cassie ri.

— Eu ligo! — digo em voz alta.

Cassie exibe um sorrisinho de canto de boca.

— E por que você liga?

Abaixo a cabeça e olho para a camiseta que está cobrindo o meu maiô. Eu preciso usá-la para proteger os meus ombros hoje. Não posso mais apanhar sol nessa região se não quiser que minha pele fique tomada por bolhas. O hidratante ajudou, mas não vai curar totalmente as queimaduras da noite para o dia, isso leva alguns dias.

— Percebi uma coisa na noite passada. — Eu brinco com a borda da minha camiseta, enrolando-a.

— O quê, Z?

— Eu não conjugo um verbo em francês há três dias.

— E o que é que isso tem a ver comigo? — Cassie pergunta.

Eu mordo o meu lábio inferior. Eu não consigo me lembrar de uma só ocasião no ano passado em que eu não tenha tido um fluxo constante de palavras estrangeiras passando pela minha cabeça, como um mar de letras no qual eu poderia afundar e desaparecer. Mas Cassie torna tudo mais difícil. Ela destrói as palavras, até reduzi-las a pedaços tão pequenos que sequer podem ser lidos. Ou talvez eu é que esteja em pedaços. Seja lá o que for, o fato é que agora eu não sinto que sou capaz de reagrupar as palavras.

— Eu não quero que mandem você embora do acampamento, entendeu? — eu digo.

— Por quê? Você se sentiria mal por mim?

— Não — eu retruco. — Porque eu me sentiria mal por *mim* mesma.

Cassie me fita com olhar desconfiado, como se estivesse tentando enxergar o que existe por trás da minha mentira. Mas eu não menti. Eu disse a mais pura verdade.

— E me sentiria mal pelo Grover também — eu continuo.

Quando eu menciono o nome de Grover, a expressão no rosto dela se torna séria.

— Não precisa se preocupar, eu não roubei nenhum remédio.

— Que bom.

— Mas e se eu tivesse feito isso? — Cassie chega mais perto de mim, invadindo o meu espaço e me olhando de modo desafiador. — O que é que você faria a respeito?

Trata-se de um teste. Eu posso sentir isso.

— Nada — eu respondo.

Cassie me dirige um olhar triunfante, e então relaxa.

— Bem, eu já mergulhei a cabeça na água. O que vem em seguida? — ela pergunta.

— Boiar — eu digo, respirando fundo. — Você tem que aprender a boiar para nadar.

Cassie puxa o colete salva-vidas que tem em volta do pescoço.

— Isso me faz boiar, idiota.

É um comentário cheio de irritação. A confirmação de que ela realmente não está drogada. Eu agarro o colete salva-vidas de Cassie e a arrasto de volta para a praia. Depois, tiro do bolso alguns biscoitos que Grover passou para mim por debaixo da mesa no café da manhã.

— Pegue. Coma. — Eu os entrego a ela.

— Só com pílulas para emagrecer como sobremesa. — Ela me examina de alto a baixo. — Aliás, você também precisa de umas pílulas, sabia?

— Nada de pílulas para emagrecer.

— Pílulas para emagrecer, sim, senhora! — Cassie retruca.

— Não, senhora, esqueça as pílulas! — eu insisto. Porém, Cassie continua impassível. — Tudo bem. Eu prometo que não vou conjugar nenhum verbo em francês se você não ingerir nenhuma pílula para emagrecer.

— E como eu vou saber se você vai realmente cumprir a sua parte no trato?

— Você não vai ter como saber. Vai ter de confiar na minha palavra.

— Confiar na sua palavra... — Cassie repete. — Tudo bem, então — ela diz subitamente. — Não tomarei mais nenhuma pílula se você me contar por que foi mandada para cá.

As palavras dela me surpreendem. Imediatamente vem à minha cabeça uma frase em francês. Certa vez, minha professora de francês mandou que fôssemos todos à frente da sala de aula para falar — em uma única frase e usando o pretérito imperfeito — sobre algo que fazíamos sempre quando éramos mais novos.

Quand j'étais petite, nous allions à la plage chaque semaine.
Quando eu era menina, nós costumávamos ir à praia toda semana.

A professora estalou a língua no céu da boca e me disse que era impossível. Não há praia perto de onde eu moro. Ela estava certa. Eu inventei isso, mas eu não queria falar sobre as coisas que nós costumávamos fazer. De qualquer modo, ela sabia o que a minha família fazia. Todos sabiam.

— Eu vou lhe contar — digo a Cassie, por fim, mas sem olhar para ela. — Mas não vai ser agora.

— Mas você promete que vai contar?

Eu me obrigo a olhar para ela.

— Você promete que nunca mais irá tomar pílulas para emagrecer?

Cassie move a cabeça para cima e para baixo, hesitante.

— Eu prometo — ela diz.

Nós selamos o acordo com um aperto de mãos e eu olho para o horrível colete salva-vidas ao redor do pescoço dela.

— E aí, quer aprender a boiar ou não?

— Vou aprender com a melhor professora, não é, Z? Afinal, você está sempre *boiando* — ela comenta com um sorriso maroto no rosto.

* * *

Cassie ainda mergulha a cabeça na água muitas outras vezes antes de soar o sinal que encerra as nossas atividades. Eu a ensino a bater as pernas. Ela se segura na zona vermelha do cais, com a cabeça afundada na água e fazendo bolhas, e dá as pernadas como eu a instruí. Sempre que as crianças mais novas passam nadando por nós, Cassie joga água nelas e sorri. No final do dia, ela está boiando de costas na água, vestindo o seu colete salva-vidas, e com o rosto voltado para o sol.

Eu estou sentada na beirada do lago, sentindo a areia e a água entre os meus dedos e observando Cassie. Por causa do vento, a minha camiseta ondula diante de mim, inflada como um balão ar.

Cassie me segue com o olhar quando caminho até a beira do cais. Com o sol iluminando a água, eu consigo enxergar o declive que separa a zona amarela da verde. O fundo de areia desaparece e tudo o que resta é o azul-marinho.

Quando eu mergulho no lago, a minha camiseta restringe os meus movimentos na água. Eu toco o fundo do lago com a mão só para saber que está ali. Só para ter em mente que existe um fundo. Então eu olho para cima na imensidão azul, firmo os pés no fundo e dou um impulso para subir e nadar de volta à superfície. Minha camiseta não me ajuda a deslizar. Tenho a sensação de que ela adere à água e retarda a minha subida, como se fosse um milhão de mãozinhas me puxando, tentando me fazer voltar para baixo. Mas eu não quero mais ficar no fundo. É escuro lá embaixo. E eu não quero ter que lutar tanto para respirar. Respirar deveria ser fácil.

Quando a minha cabeça rompe a superfície da água, momentos depois, Cassie grita da parte rasa do lago:

— Exibida!

Nós recolhemos as nossas coisas, subimos as escadas e seguimos para o refeitório. A água pinga do cabelo de Cassie e escorre pelas suas costas. A ponta dos ombros e as costelas dela são bem salientes; ela é tão magra! Não entendo como os pais de Cassie conseguem olhar para ela todos os dias e não ajudá-la. A minha mãe ficaria desesperada e não largaria do meu pé.

De repente eu sinto um enorme aperto no peito. Então engulo em seco e pergunto a ela:

— Você ainda mora com a sua mãe?

Eu vejo os ossos de Cassie se moverem.

— Por quê? — ela quer saber.

— Só curiosidade — respondo, tentando agir de modo casual e tranquilo.

— Não. — Cassie aperta o passo, mas eu a sigo de perto.

— Então, com quem você mora agora?

Ela se vira bruscamente para mim.

— Escute, eu fiz o que você pediu. Fiz as bolhas. Não estrague tudo com as suas perguntas.

Ela continua andando até o topo da escadaria, batendo os pés no chão com força, mas eu fico parada no lugar. Sinto uma pontada no estômago, como se fosse azia. É a tristeza que me deixa assim. Eu odeio a tristeza. Qualquer coisa é melhor que a tristeza — até mesmo não sentir nada é melhor que isso.

Eu olho para baixo e vou contando os degraus enquanto subo as escadas. Quando alcanço o topo, um par de pés grandes me faz parar.

— Eu tenho um pacote — Grover diz.

— O quê?

— Você quer o meu pacote?

Eu olho para o zíper do calção dele, não consigo evitar. Por um segundo, eu imagino o que está embaixo do tecido. Grover é tão comprido.

Ele puxa uma caixa marrom que estava escondendo atrás das costas.

— Aqui está o meu pacote para você. — Ele sorri. — Na verdade não é meu. Eu sou só o garoto de entregas.

Eu pego o pacote.

— O *homem* de entregas, eu deveria dizer. — Grover estufa o peito magro, fazendo retornar a imagem que estava na minha cabeça instantes atrás. Sinto o rubor tomar conta do meu rosto.

— Obrigada.

— Ei, a Cassie nadou, não foi? — ele diz de repente. — Eu disse a você que ela nadaria.

Sim, ele disse. Mas não é isso que eu quero que Grover me diga.

— A propósito... — Eu espio o endereço do remetente no pacote, é o endereço da minha casa.

— Sim? — ele pergunta.

— Eu não tenho mais um namorado.

— Meus estados mental e emocional alterados acabam de decolar. — Grover olha para baixo, para a sua "mala". — Junto com outras coisas.

— Tarado. — Eu balanço a cabeça e me afasto dele, porque ele é um tarado. Mas não completamente. Um pouco, talvez. Enquanto caminho, viro a cabeça e dou uma última olhada em Grover. Tudo bem, talvez ele não seja.

Querida Mamãe,

É úmido em Michigan. Umidade é uma coisa estranha. O ar carrega muita água e a chuva é uma constante. Acho que eu estou úmida, e você quer que eu esteja seca como o Arizona. Mas a verdade é que o ar do Arizona não tem nada que se aproveite. Ele suga a vida da sua pele até que você fique totalmente seco e quebradiço. O ideal para nós seria um meio-termo, não acha? Iowa, talvez. Ou Nebrasca.

Eu acho que a minha amiga Cassie não tem um lar.

Isso me deixa triste.

Triste.

Triste.

Triste.

Eu sei que você estava querendo uma carta mais longa. Eu espero que você fique feliz com o tamanho desta.

Ah, obrigada pelo biquíni.

Z

Eu acordo subitamente e levo a mão à testa, como se houvesse uma goteira sobre a minha cabeça. Eu conheço essa sensação. Quando abro os olhos, Cassie está a centímetros do meu rosto.

— Estou pronta pra boiar — ela sussurra.

— Mas ainda é madrugada.

— Não estraga tudo, Z. Levanta logo. — Cassie está usando o meu moletom e short, mas eu vejo o seu biquíni cor-de-rosa amarrado ao seu pescoço. Ela está segurando o meu biquíni novo. — Finalmente.

Eu me levanto da cama e o pego da mão dela.

Cassie vai abrir a janela do banheiro enquanto eu me troco em silêncio. Madison dorme profundamente, curvada em posição fetal. A chave prateada está pendurada em seu pescoço.

— Você acha que iria querer sair escondida do chalé se nós não estivéssemos trancadas? — pergunto baixinho a Cassie.

— Quê?

— Na França eles deixam as crianças beberem quando ainda são muito novas, sem problemas. Mas nós não fazemos isso aqui. Nós não deixamos as crianças beberem, e isso faz com que a vontade delas aumente.

Cassie faz cara de tédio.

— Eu acho que você está me dando nos nervos com esse papo nada a ver sobre a França.

— É só uma analogia. — Eu olho mais uma vez para a porta trancada. — Mas eu não sei se você fugiria.

— Fugiria do quê? Eu parei de te ouvir no segundo em que você disse França.

— Se a porta não estivesse trancada, eu não sei se teria vontade de escapar daqui. Você teria?

Cassie deve ter se dado conta do que eu estou tentando dizer, porque a sua expressão se torna triste e séria.

— Todo o mundo que está trancafiado quer encontrar uma saída. O que a maioria das pessoas não percebe é que sempre vai existir outra porta trancada. — Cassie fica olhando fixamente para a frente, como se estivesse tentando abrir um buraco na parede apenas com a força do olhar. E então, de repente, volta a si. — Vamos dar o fora daqui.

Ela sai pela janela primeiro. Enquanto estou me remexendo para passar pela janela, olho mais uma vez na direção das garotas que estão dormindo no chalé. Fico paralisada quando Hannah se mexe em sua cama, virando o corpo para o lado onde fica o banheiro. Ela estala os lábios algumas vezes e coça o nariz, mas não abre os olhos.

No lago, Cassie tira a roupa e fica só de biquíni, eu hesito por um segundo. Já faz algum tempo que eu não saio por aí com a barriga à mostra. Talvez eu nunca tenha feito isso, não consigo me lembrar muito bem.

— O que você está esperando, Z? — Cassie sussurra em tom irritado. — Ninguém vai ver você.

Mas Cassie não sabe quem pode estar observando. Eu olho atentamente para as árvores à procura de Grover, e logo depois tiro a roupa e fico só de biquíni.

Nós caminhamos para dentro da água. Eu encho as mãos com água fria e a jogo em meus ombros, é como receber uma bolsa de gelo.

— Bem, aqui estamos nós. Pode começar a me ensinar.

— Você tomou pílulas para emagrecer?

Cassie range os dentes.

— Não. — Ela agarra os lados de sua cintura. — Z, eu posso sentir a gordura esticando a minha pele agora mesmo, isso vai me fazer afundar.

— Pessoas pesadas flutuam muito bem.

— Está dizendo que eu sou pesada?

Eu ignoro a deixa de Cassie para o início de um bate-boca inútil, pois eu sei que acabaria perdendo.

— Cassie, eu vou lhe ensinar dois modos diferentes de boiar: um de costas e o outro de barriga para baixo.

Cassie fica agitada e não para de se mexer.

— Não podemos ir mais rápido com isso? Eu estou congelando o meu traseiro gordo aqui.

Eu observo o quanto ela está tranquila dentro da água agora. Há uma semana atrás ela não teria encostado um dedo no lago. Vê-la na água é praticamente um milagre.

— O que aconteceu com a sua mãe? — pergunto.

Cassie fica imóvel.

— Diretores costumam checar como andam as coisas na sua casa quando você chega à escola com um corte na perna e uma infestação de piolhos pela quinta vez. Depois disso foi o fim.

— Então a sua mãe perdeu a sua guarda?

— Ela não perdeu nada. — Com os braços ao lado do corpo, Cassie fecha os punhos com força e os nós dos seus dedos estalam. — Para começar, você não pode perder algo que nunca quis. Ela simplesmente abriu mão.

— O meu problema com os meus pais é exatamente o oposto disso, eles exageram nos cuidados. Em casos assim, você acaba se sentindo preso. — Eu deslizo os dedos pela superfície da água.

— Ah, que dó! Seus pais são superprotetores — Cassie zomba.

Eu engulo em seco.

— Eu não disse que era a única pessoa que os meus pais superprotegiam.

— Está falando da sua irmã morta? — Cassie pergunta.

A brisa sopra e balança as folhas nas árvores. Parecem sussurros na noite. Eu olho para a praia e para o refeitório mais acima, onde brilha uma luz fraca. Ela destaca o vulto de alguém sentado no topo da escadaria.

— Grover disse que eu sou como a minha mãe. Que eu resisto demais às coisas.

Cassie olha para mim. Os olhos dela parecem queimar à luz do luar.

— Me ensine a boiar, Z.

Nós caminhamos mais para o fundo do lago e eu digo a Cassie para se deitar de costas. Ela responde que eu sou uma maluca filha da mãe. Eu retruco dizendo que isso não é nenhum segredo, já que estamos em um acampamento para crianças malucas. Ela me corrige e diz que o acampamento é para crianças em estado mental e emocional alterados. Então eu digo que vou segurá-la e que não vou deixar que ela afunde.

— Promete? — ela pergunta.

— Prometo.

Cassie se deita na água.

Eu a mantenho estável com meus braços sob suas costas. Após alguns minutos, eu digo:

— Eu vou retirar um braço agora.

Na escuridão, o cabelo e a pele dela se fundem com a água negra, elas parecem ser uma coisa só — Cassie pertence à água e a água pertence à Cassie.

Quando ela faz um aceno afirmativo com a cabeça, eu retiro um braço de debaixo dela.

Ela continua imóvel na superfície da água. Eu sorrio para ela.

— Você nunca mais vai ter piolhos novamente — eu digo.

Ela me olha com expressão séria.

— Caramba, pare de me segurar com tanta força — ela diz.

Eu retiro o meu outro braço e Cassie flutua por conta própria. Ela não fraqueja.

E eu a deixo boiar.

* * *

Quando nós caminhamos em silêncio de volta ao chalé, Cassie tira uma caixa de pastilhas de limão do seu moletom e me oferece algumas. É o moletom dela agora, um fato que me deixa feliz. Bem feliz.

Eu faço as pastilhas doces girarem na boca, tomando o cuidado para não mordê-las, não quero comê-las rápido demais. É melhor quando elas vão se dissolvendo aos poucos. É mais demorado e melhor.

— A minha mãe tem medo que eu morra — eu digo, enfim, quando nós retornamos para a parte do acampamento reservada às garotas.

Cassie olha para mim. A expressão dela não indica nenhum julgamento, pelo menos não à primeira vista.

— Bom, eu acho que *todas* as mães têm medo que seus filhos morram. Exceto a minha mãe, que não ligaria a mínima se eu morresse.

— Isso me deixa triste — eu digo.

— Isso me deixa furiosa.

Eu olho para o chão.

— O que *me* deixa furiosa é saber que a minha mãe tem tanto medo de que eu morra — eu comento.

Cassie dá um leve empurrão no meu ombro.

— Agora, *isso* é o que me deixa triste — ela responde.

Voltamos a ficar em silêncio por alguns instantes.

— Por que você não me fala alguma coisa sobre a sua irmã? — Cassie, por fim, diz, quebrando o silêncio.

O pedido dela me pega de surpresa.

— Eu podia ouvir a minha irmã no quarto dela, que ficava perto do meu, no mesmo corredor. Eu podia ouvi-la respirando, e isso me fazia dormir todas as noites. Como uma canção de ninar bem meia-boca — eu digo. — E eu sinto falta disso, sinto muita falta disso.

— Mas você não está mais zangada.

Eu balanço a cabeça negativamente.

— E você nadou essa noite.

Ela sorri.

— Diga isso de novo, Z.

— Você nadou essa noite. — Dou uma risadinha de satisfação e Cassie dá uns tapinhas nos meus ombros queimados. Mas dessa vez eu fico feliz como nunca por *sentir* as minhas queimaduras de sol. — O que nos restaria se a gente não tivesse esperança? — pergunto.

Cassie ri.

— A realidade.

— Mas é possível que algumas vezes a nossa esperança se torne realidade.

— Sim, é possível — ela responde.

A realidade é que Molly está morta, e isso magoa.

Eu vou morrer, e isso magoa.

Respirar é viver, e isso magoa.

Toda vida tem um fim, e isso magoa.

Mas eu preciso viver, mesmo que isso me magoe.

— Merda. — A voz de Cassie me surpreende.

— O que foi?

— A janela. — A voz dela soa trêmula. — A janela está fechada. — Cassie aponta para o nosso chalé.

— Ah, merda — eu digo, e imediatamente levo as mãos à cabeça. Quando estou prestes a puxar o cabelo e arrancar alguns fios, Cassie me detém.

— Quando a porta se abrir, misture-se a todas as outras — ela diz.

— Quê?

— Finja que você estava o tempo todo dormindo. — Cassie tira o seu agasalho e o entrega a mim. Seu biquíni cor-de-rosa reluz na escuridão.

— O que você está fazendo?

— Vista isso e finja que está sonolenta.

— Mas o que é que você está fazendo? — eu repito, elevando a voz.

Cassie sorri.

— Você me ensinou a nadar, não é? — Ela me puxa até uma parte escura do chalé. — O nome disso é trabalho em equipe, Z.

E então ela começa a cantar "She'll Be Coming 'Round the Mountain". A cantoria ecoa pelos chalés enquanto ela corre, batendo nas portas e acordando todo o mundo.

Lealdade

18

Mamãe e Presidente Cleveland,
Todos nós nos tornaremos estatística algum dia, isso é um fato. Vocês sabiam que as chances de uma pessoa se afogar são de uma em 1073? Eu agora conheço uma garota que não fará parte dessa estatística.
Seu filho,
Grover Cleveland

Cassie é colocada em isolamento por uma semana. Ela tem de se sentar com Kerry e com os monitores em todas as refeições, e continua comendo apenas com uma colher e uma faca. Ela também está dormindo com Madison no chalé privativo de Kerry, enquanto ele dorme em um dos chalés dos meninos. Uma monitora em treinamento chamada Anne, que cursa o segundo ano de medicina e que quase todos os dias ajuda a enfermeira a distribuir os medicamentos, passou a dormir no nosso chalé.

No primeiro dia sem a companhia de Cassie, eu nado à tarde no lago, até que começa a chover. Quando Kerry ouve um estalo de trovão, ele pede para nós sairmos da água e procurarmos outra atividade, de preferência em locais fechados. Eu saio sem chamar a atenção e volto ao chalé.

Eu sinto o cheiro da chuva e logo começo a escutar as gotas caindo no telhado. Olho para a cama vazia de Cassie e coloco sobre ela o seu moletom, ela vai precisar dele quando voltar. Folheio a revista *Seventeen* que eu trouxe para o acampamento. A revista está sem a capa e a umidade deixou as páginas duras e enrugadas. Vou até a página que traz a matéria sobre flertar sem dar bandeira e leio a lista de recomendações.

Manter contato visual.

Não ficar mexendo no cabelo.
Agir com confiança.
Sorrir.
Mostrar o pescoço.
Isso é ridículo. Eu fecho a revista. Não gosto do fato de Cassie não estar aqui. Eu me sinto muito só. Eu costumava gostar desse sentimento, mas agora não mais.
Vou até a cama dela e toco o colchão descoberto.
Chateada e entediada, saio do chalé para caminhar um pouco.
Quando chego ao refeitório, eu me deparo com vários campistas reunidos em torno de uma velha televisão, assistindo a um filme. Grover está junto com o grupo, sentado mais ao fundo. Cassie está enfiada num canto, com os braços cruzados, sentada entre Kerry e Hayes, ela parece atormentada.
Eu me aproximo discretamente e me sento atrás de Grover. Seu longo torso bloqueia o meu campo de visão e me impede de enxergar a televisão. Ele está vestindo uma camiseta azul de um tom intenso. Eu consigo ver todos os seus ossos da região dos ombros e da clavícula. A pele dele está dourada de sol.
Eu me inclino um pouco para sentir o aroma de coco do protetor solar na pele dele.
Grover se vira para mim com um sorriso maroto no rosto. Ele sabia que eu estava atrás dele.
Eu me levanto, vou até a porta e nós dois saímos em silêncio do refeitório; antes que a porta se feche, porém, eu olho furtivamente para Cassie. Ela me mostra o dedo do meio. Eu respondo na mesma moeda. Nós duas sorrimos e isso me alegra. Agora eu me sinto melhor.
Grover e eu ficamos sob a chuva por alguns momentos e eu mexo no meu cabelo, sem coragem de olhar para ele. Tento me lembrar das regras para flertar, mas tenho certeza de que já quebrei todas elas. Por fim, acabo dizendo a primeira coisa que me vem à cabeça.
— Qual filme estava passando, Grover?
— *Clube dos Cinco*.
— Esse eu nunca vi. É legal? — eu pergunto.
— Sei lá, tinha acabado de começar.
Uma gota de chuva pendurada no queixo de Grover está prestes a cair. Eu observo a gota enquanto ela vai acumulando mais água e ficando mais pesada. No momento em que eu penso em estender a mão e tirá-la dali, ela desprende e cai no chão. Parada debaixo da chuva, eu me sinto desapontada mais uma vez.

— Quer voltar lá para dentro? — eu pergunto.

Ele faz que não com a cabeça.

— Está chovendo demais — eu digo.

— Eu não ligo para isso — ele responde. — Você liga?

De uns tempos para cá eu tenho me importado com tantas coisas para as quais eu não dava a mínima antes. Mas não me importo com a chuva.

— Estou começando a ficar incomodada — eu digo.

— Então venha comigo. — Grover sorri.

Nós caminhamos até a praia. Eu descalço os chinelos e sinto a areia molhada entre os dedos dos pés. Eu até giro os pés na areia para afundá-los e então sentir cada grão aderindo à minha pele. Mas quando Grover toma o rumo do cais, eu agarro o seu braço.

— Não é o melhor lugar para se estar durante uma tempestade, Grover.

— Você tem razão, a experiência pode ser traumática. Você sabia que as chances de sermos atingidos por um raio são de uma em 700 mil? — Ele segue para o cais.

— Quem foi que disse isso a você? Foi o Bek?

Grover olha para trás para falar comigo:

— As chances estão a nosso favor, Zander. Estou falando das chances de não sermos fulminados por um raio. Já as outras chances não são assim tão boas.

— Tenho certeza de que as chances pioram quando você está sobre uma superfície de metal.

— É bem provável que você tenha razão.

Grover gesticula para que eu o siga e enfrente o perigo com ele. E então eu decido segui-lo, porque acho que a vida como um todo é perigosa. Nós nos sentamos na extremidade do cais e ele coloca os pés na água.

— E então, quais são as chances que não estão a seu favor? — eu pergunto.

O cabelo molhado de Grover se cola à sua testa e ele o coloca para trás enquanto pega o seu caderno de anotações. Ele abre o caderninho e mantém uma mão sobre ele para proteger o papel da chuva.

— Vamos ver... As chances de namorar uma pessoa milionária: uma em 215. Nada mau. As chances de ganhar um Oscar: uma em 11.500. Bem, é mais fácil do que ganhar um raio na cabeça.

— Uau. — Eu ponho os pés na água ao lado dele. Gotas de chuva caem sem parar ao nosso redor e na superfície do Lago Kimball, deixando a água turva.

— As chances de escrever um livro que entre na lista de mais vendidos do *New York Times*: uma em 220. As chances de sofrer um acidente de carro: uma em 18.585. — Eu observo Grover enquanto ele lê as anotações em seu caderno, ele não olha para mim. — As chances de desenvolver uma artrite: uma em 7. As chances de morrer de uma doença cardíaca: uma em 3.

— Mas essas são todas estatísticas gerais. Eu perguntei quais chances não estão a *seu* favor.

— As chances de desenvolver um câncer: uma em duas — ele prossegue. — Isso não é bom para ninguém.

— Grover, fale alguma coisa sobre você.

Ele olha para o lago fixamente. Casas e chalés se estendem pela praia diante de nós. Tudo parece bastante normal, mas Grover não. Por um momento, ele parece um garoto perdido, ansiando para que sua vida real esteja ligada a uma daquelas casas.

Então, de repente, Grover parece voltar à realidade. Ele olha para o seu caderno de anotações.

— As chances de se tornar presidente: uma em 10 milhões. Você sabia que Grover Cleveland foi um dos presidentes mais gordos?

— Eu não quero saber sobre *esse* Grover Cleveland, quero saber sobre você — eu insisto.

— Mas a vida do presidente é *muito* mais interessante. Para início de conversa, o nome verdadeiro dele nem era Grover. Era Stephen.

— Eu não quero saber sobre o presidente! — eu grito.

— Você é maluca. Se é. Isso é bom. Loucura é uma coisa boa. Você finalmente está reconhecendo os seus sentimentos.

Eu seguro a mão dele.

— Quero saber como *você* se sente, Grover.

— Você está me tocando, por isso eu estou sentindo calor em locais inadequados.

Eu solto a mão dele, como se estivesse enojada. Mas eu não estou. Eu sinto a dor dele e sei que ele percebe isso.

Quando eu fico de pé sobre o cais, ele olha para mim.

— Me diga por que você não come maçãs, Zander.

— Nós não estamos falando de mim.

— Mas você é tão mais interessante. E Molly? Por que não me conta alguma coisa sobre ela? — Grover diz.

Ouvimos o estrondo de um trovão ecoando acima de nós.

— Do que é que você tem medo? — eu digo brandamente.

— Bem, esse estrondo soou bem próximo e, de repente, me deu medo, porque as chances de sermos atingidos por um raio podem aparecer a qualquer momento.

— Que se fodam as chances — eu digo.

— Eu adoro quando você fala palavrão. — Grover sorri, porém sem entusiasmo. Eu fico calada. Um raio explode no céu e o sorriso de Grover desaparece, dando lugar a uma expressão apreensiva. Seu lábio treme sob a chuva. — As chances de ser esquizofrênico quando um dos seus pais é esquizofrênico: uma em 10 — ele diz. Esse dado ele não leu em seu caderninho, ele memorizou.

Sinto o ar abandonar os meus pulmões, como se tivesse acabado de levar um soco.

— Que se fodam as chances — eu repito. Estendo a mão para Grover. Um outro trovão ruge sobre as nossas cabeças.

A chuva continua caindo sem parar. Ele olha para a minha mão estendida, à espera da dele. Mas Grover não segura na minha mão.

— Eu não posso — Grover diz por fim. — Não posso.

Ele me deixa na beirada do cais para testar sozinha as minhas chances.

Eu olho para a água cinzenta, não me parece perigosa.

— Durga, Durga, Durga — eu digo.

Então eu arranco as minhas roupas e mergulho.

19

Mamãe, Papai,

Existe a chance de que eu morra de câncer ou de um ataque cardíaco mesmo que eu coma espinafre. Porque a morte chega para todos. Além disso, as fibras do espinafre ficam presas entre os meus dentes, e eu odeio isso.

Eu não vou mais comer espinafre.

Z

Kerry chega correndo à praia, gritando para que eu saia da água imediatamente. Um grupo de campistas observa tudo do deque do refeitório.

— Você está tentando se matar? — ele grita.

— Não, mas a chance de eu morrer um dia é de uma em uma.

— Você enlouqueceu? — Kerry esbraveja com os dentes cerrados, mal contendo a raiva.

— É por isso que eu estou aqui, não é?

Kerry me encara com expressão zangada.

— Pegue as suas coisas e volte para o seu chalé. Você precisa trocar de roupa para jantar.

Eu apanho as minhas roupas, que estão jogadas na beira da doca, e noto que há algo perto da minha camisa. O caderno de anotações e a caneta de Grover. Eu o abro e começo a rabiscar algumas coisas no lado interno da capa.

Quando eu o vejo no jantar, coloco o caderno de anotações sobre a mesa.

— Você deixou isso no cais.

— Ah, você achou as minhas coisas que haviam sumido, obrigado. — Mas Grover evita olhar para mim. Essas são as únicas palavras que ele me dirige a noite inteira.

A chuva continua noite adentro, forçando-nos a permanecer em nossos chalés depois do jantar. Dori me pergunta se pode pintar as unhas dos meus pés. Hannah e Katie ouvem música e escrevem cartas para mandar para suas famílias. A monitora em treinamento, Anne, lê um livro com um cara seminu na capa. Eu não consigo parar de olhar para a cama vazia de Cassie enquanto Dori coloca algodão entre os meus dedos dos pés.

— Que cor você vai querer? — Dori pergunta.

— Hã? — A fronha do travesseiro de Cassie tem um furo enorme, assim como as bordas de seus lençóis. Ela está dormindo sobre trapos.

— Que cor? — Dori mostra um estojo cheio de esmaltes de diferentes cores.

— Escolhe você.

Dori escolhe a cor vermelha. Eu quase não me dou conta. Quando ela termina, eu vou meio mancando — com os dedos separados e voltados para cima para que não borrem — até a cama de Cassie com a colcha de Molly nos braços. Eu não sei quais são as chances de se ter uma irmã morta, mas isso já não importa mais. Coloco a colcha na cama de Cassie para que ela possa usá-la quando voltar. Então eu olho para cada uma das garotas no chalé. Foi alguma delas. Alguém fechou a janela para impedir que entrássemos.

No dia seguinte, o café da manhã com Grover é tão esquisito quanto o jantar. Bek nos revela que é Paul McCartney reencarnado.

— Paul não morreu — Grover diz.

— Isso é o que você pensa — Bek responde, com a boca cheia de comida. — Ele foi morto a tiros por aquele cara no Central Park.

— Aquele não era Paul. Era o John Lennon.

— Isso é o que você pensa — Bek repete.

— Não — Grover retruca. — Isso é o que *você* pensa.

— Sim, isso *é* o que eu penso — Bek argumenta.

— Correto.

— Correto. — Bek faz que sim com a cabeça. — Eu acho que estou infartando. Alguém pode me fazer uma massagem cardíaca?

— Pra quê? Não se preocupe com a morte. Se acontecer, é só você reencarnar — Grover diz.

— É verdade. — Bek finge morrer e voltar à vida como Justin Timberlake.

Na sessão de terapia em grupo, Cassie parece cansada, ou talvez ela realmente esteja bem descansada porque não pode mais escapar no meio da noite como vinha fazendo. Mas não é exatamente isso que a expressão carrancuda dela mostra.

— Por que confiar é tão importante? — Madison diz enquanto caminha em torno do círculo. Ninguém diz nada, como sempre. — Vamos lá, meninas — ela tenta nos encorajar.

Hannah está sentada com as pontas dos pés voltadas para dentro, coçando os braços por cima de suas mangas compridas. Ela dá a impressão de querer se enfiar em um buraco e desaparecer. Katie está com o rosto voltado para o sol e com os olhos fechados. Com uma perna em cima do banco, Cassie tira a terra presa nas unhas dos seus pés e a passa no calção.

É Dori quem finalmente levanta a mão e recebe o Santo Antônio de Pádua de Madison.

— A confiança nos traz uma sensação de segurança.

— Exatamente — Madison diz.

— Isso é uma grande bobagem — Cassie critica com desdém.

— Por que você pensa assim? — Madison pergunta, entregando a estatueta a Cassie.

— A confiança só dá a você uma ilusão de segurança — Cassie responde.

— Então você jamais pode confiar totalmente em ninguém? — Dori pergunta.

— Você confiou na sua mãe, mas mesmo assim ela se casou com um canalha — Cassie argumenta.

— Bom... isso é verdade. — Dori se inclina para trás em seu assento.

— Pense bem. A confiança é uma fraude criada pelo poder — Cassie argumenta. — A Mads aqui quer que a gente pense que deseja o melhor para nós, mas o que ela deseja de verdade é acumular experiência para a sua pós-graduação e se dar bem com um homem mais velho nesse verão.

— Isso não é verdade, Cassie. Eu me importo com vocês.

— Ah, me poupe. Eu vejo como você olha pro Kerry — Cassie responde com sarcasmo.

— Por favor, não vamos começar a seguir por esse caminho, Cassie — Madison diz.

— Começar a seguir por esse caminho? Eu nasci nesse caminho. Ninguém nunca me deu a chance de trilhar outro caminho.

— Talvez isso seja verdade, mas você ainda pode escolher para onde quer ir.

— Eu posso? — Cassie diz ironicamente. — O problema com a confiança é que ela é uma fraude. Se você não confia em ninguém, você não se machuca.

— Estamos falando de seres humanos, Cassie. Pessoas cometem erros — Madison responde.

— Então você quer que eu confie em pessoas que cometem erros?

— Ninguém é perfeito.

— Que erros você cometeu, Mads? — Cassie a encara, intrigada. — Hein? Por que nós somos os únicos a compartilhar as coisas? Por que você não compartilha os seus segredinhos sujos com o grupo?

Madison olha a sua volta, surpresa e incapaz de falar qualquer coisa. Seu rosto fica pálido. Cassie se reclina na cadeira e desfruta do momento, mas eu não consigo fazer o mesmo. Por um momento, Madison parece realmente sem rumo — assim como todas nós. Quando recupera a compostura, ela deixa de lado o seu papel de monitora e diz:

— Não se trata de mim. Nós estamos falando sobre confiança. Sem confiança nós perdemos a fé. Se perdemos a fé, perdemos a esperança. E, se não tivermos esperança, o que é que nos resta?

— A realidade — Cassie responde sem hesitar.

— Você só está com medo — Hannah diz. Mas ela não olha para Cassie enquanto fala, e sim para o buraco que está cavando na terra com seu sapato. Ela não vê os olhos de Cassie se arregalarem, mas é possível notar que estão ardendo em fogo. Cassie caminha até Hannah e põe o pé no banco onde ela está sentada, deixando a cicatriz em sua perna bem perto do rosto de Hannah.

— Acertou em cheio, Giletinha. Sim, eu estou com medo. E você é uma covarde patética. — Cassie coloca as mãos na manga comprida da blusa de Hannah. — Você provavelmente usa as suas lâminas para cortar esses braços. Quer que eu a apresente a alguém que faça isso por você?

Hannah faz que não com a cabeça.

— Vocês também deveriam ter medo. — Cassie se volta para o grupo, com o olhar mais hostil que de costume. Eu a observo com cuidado e percebo então que há algo de errado. — Confiança? Fé? Esperança? Essas são apenas palavras bonitas que tornam a realidade mais palatável. Mas o mundo não é um lugar bonito. Hannah, com os seus braços todos retalhados, não é bonita. Katie não é bonita com os seus dedos feridos de tanto enfiar na goela para vomitar. Dori não é bonita da cabeça aos pés. E nós ainda não sabemos por que a Zander não é bonita, a não ser pela obsessão que ela tem pela França.

— E quanto a você? — Dori pergunta.

Cassie deixa os ombros caírem.

— Eu sou a mais feia de todas, porque eu não posso fingir. Não posso esconder as minhas cicatrizes sob uma blusa, nem me enfiar no banheiro sempre que quiser expelir a feiura de mim. Ela está estampada na minha testa. Eu não tenho escolha. Talvez essa seja a única coisa em que vocês *podem* confiar.

— Por favor, Cassie, volte para o seu lugar — Madison diz.

— Com prazer. — Ela exibe um sorriso irônico e faz reverências com displicência e sarcasmo. Depois ela joga a estatueta de Santo Antônio de Pádua no chão e pisa nela com o calcanhar, afundando-a na terra molhada. E, então, vai se sentar.

Madison decide dar outro rumo à sessão e nos prepara para uma atividade. Ela entrega a cada uma de nós uma venda.

— Nós vamos fazer uma "caminhada da confiança" em duplas pela mata.

— Isso vai ser sensacional — Dori comenta, com cara de tédio.

Madison explica que uma participante será vendada e guiada apenas através de indicações verbais da sua parceira sobre o caminho a seguir. No instante em que ela dá essa instrução, todas as garotas tomam uma distância enorme de

Cassie. Tenho certeza de que nenhuma delas nunca olhou para a cama de Cassie. Eu posso não saber o que está acontecendo com ela hoje, mas o que eu sei já é o suficiente. Então eu chego mais perto dela. Cassie faz cara feia, como se estivesse irritada — como se tudo o que ela quisesse fosse ficar sozinha.

Mas eu não me afasto dela.

— O que houve? Você comeu alguma coisa hoje? — pergunto.

— Até parece que você se importa comigo.

— Claro que eu me importo — retruco.

— Coloque logo essa venda, Z. Ou será que não confia em mim? — Cassie diz isso num tom desafiador. Eu bufo, não por estar nervosa, mas porque estou irritada.

Com a venda sobre os olhos, os meus outros sentidos despertam. Posso ouvir vozes e risadas dos campistas que estão nadando no lago e também o vento agitando as folhas das árvores. Eu levanto os braços diante de mim e as minhas mãos tateiam o ar. Até abro a boca para tentar sentir gosto de alguma coisa. Tudo está úmido e cheira a pinho.

— E aí, vovó, perdeu a sua bengalinha? — A voz de Cassie soa na escuridão.

— Cale essa boca — eu esbravejo, abaixando os braços.

— Confiança é essencial para se obter sucesso na vida — Madison diz. — Vocês precisam ter confiança nos outros. Mas, em primeiro lugar, devem confiar em si mesmas.

— Que besteira — eu ouço Cassie dizer em voz baixa.

Eu recebo a primeira orientação da minha parceira: andar cinco passos à frente. Eu faço isso e acabo me chocando contra uma árvore. Primeiro bato o pé na árvore e depois a cabeça.

— Eu disse quatro passos, não cinco — Cassie alega.

A seguir, ela me diz para virar à direita e seguir a sua voz.

— Venha, venha, continue assim. Siga a minha voz — ela diz várias vezes. Eu estendo os braços adiante e caminho na direção indicada.

Eu tropeço em um tronco e caio de cara no chão.

— Cassie! — eu grito, ainda vendada, mas deitada no chão. — Você tem de me avisar quando houver alguma coisa no meu caminho!

— Eu não tinha visto nada — ela responde.

Eu tateio a coisa na qual tropecei.

— Você não viu esse tronco de árvore enorme?

— Desculpe, Z. Nossa, você não confia em mim?

Eu me levanto e com as mãos espano a areia dos joelhos, mas não abandono Cassie. Não vou fazer isso. Não agora. Não depois do que ela fez. Ela se sacrificou por mim. Nenhum amigo meu jamais teve uma atitude dessas em meu benefício.

— Pode continuar, por favor — eu digo.

Cassie me diz para seguir em frente. Sigo as instruções e fico aliviada por não bater ou tropeçar em algo.

— Vire para a direita.

Eu faço o que ela diz e sigo em frente.

— Agora, vire mais um pouco para a direita.

Tudo vai muito bem até aqui, não senti nem mesmo um graveto debaixo do meu pé.

— Dê sete passos à frente.

Eu começo a contar mentalmente. Um passo. Dois passos. Três. Um galho se prende à manga da minha camisa. Eu me desvencilho dele e continuo em frente. Quatro passos. Cinco passos. Um galho ou coisa parecida arranha a minha perna.

— Merda — eu murmuro, e passo a mão na perna. Um arranhão saliente surgiu imediatamente na minha pele.

— Está tudo bem, Z?

O machucado na verdade dói um pouco, mas eu não me deixo abater.

— Foi só um galho — eu digo.

— Mais dois passos.

Sexto passo. Sétimo...

No segundo em que o meu pé toca o chão eu escuto algo — zumbidos. Muitos zumbidos. Sinto alguma coisa perto de mim, e mais outra. Arranco a venda e olho para cima. Um ninho de vespas pende acima de mim e vejo Cassie a uma boa distância lançando-me um sorriso maroto.

— Sua filha da puta! — eu grito e agito os braços na altura do rosto para evitar as picadas.

— Se eu fosse você não me mexeria tanto — Cassie grita para mim.

Eu me afasto o mais rápido que posso do ninho, pulando e checando as minhas roupas, com medo de que algumas vespas pudessem ficar presas ali e me picassem a qualquer momento.

— O que há de errado com você, garota? — esbravejo com Cassie quando me aproximo dela, ofegante e com o coração acelerado.

— Achei que esse ponto já havia ficado claro. A pergunta correta é: o que *não há* de errado comigo?

— E se eu fosse alérgica a picada de vespa? Você poderia ter me matado! — Eu examino as minhas roupas mais uma vez.

— Se você não morrer por minha causa, vai morrer por outro motivo. Esse momento vai chegar para todos nós, Z.

— Você pisou feio na bola, Cassie! Deus do céu, eu pensei que fôssemos amigas. Sabe o que mais? Eu quero que você se foda! — Eu atiro a venda no chão.

— Não. Foda-se você — Cassie diz. A expressão do seu rosto muda de sorridente para séria. Eu me preparo para vê-la explodir, mas ela me faz uma pergunta totalmente inesperada: — Por que as unhas dos seus pés estão pintadas?

Eu olho para os meus chinelos.

— Dori as pintou na noite passada — respondo.

O semblante de Cassie se endurece numa expressão de zanga.

— Só tenho uma coisa a dizer: vá se foder! — ela me xinga.

— O quê? — eu indago, totalmente confusa.

— Você está transando com o Cleve? Não, nem precisa responder. Foda-se você. — Cassie começa a se afastar rápido.

Eu corro atrás dela, tentando entender o significado de todos aqueles "foda-se".

— Ei! Eu não estou transando com o Grover.

Ela para abruptamente e eu quase trombo no peito ossudo dela.

— O nome dele é Cleve. *Cleve*. Eu noto como vocês dois se olham — Cassie diz. — Mas ele era meu amigo há mais tempo.

— Ele ainda *é* seu amigo — eu corrijo.

— E essa história com a Dori agora? Logo a *Dori*? A garota peidorrenta que engoliu um frasco de antiácido? — Ela bufa de raiva. — Quer saber? Danem-se, vocês duas. Que se explodam! — Cassie esbraveja, chutando o chão.

Eu fico imóvel, em choque, observando Cassie chutar o chão repetidas vezes. E então eu compreendo. Vou até ela rapidamente e agarro o seu braço.

— Cassie, eu deixei a Dori pintar as minhas unhas, mas isso não significa que me importo mais com ela do que com você. Amizades não funcionam assim.

Cassie me olha de lado, aparentemente avaliando o que eu acabei de dizer, e de novo o meu coração se angustia por ela quando me pergunto se algum dia na vida Cassie já teve um relacionamento significativo.

Ela então olha para os meus pés.

— Você devia ter escolhido laranja, é mais a sua cara.

— Pior é que você está certa.

— Sim, agora você acertou. É claro que eu estou certa.

Nós permanecemos paradas no mesmo lugar. Cassie olha de um lado para o outro como se estivesse aborrecida por estar plantada aqui comigo, mas eu já a conheço bem o suficiente para saber que, se ela quisesse ir embora, já teria ido.

— Eu ainda não lhe agradeci pelo que você fez — eu digo.

— Do que você está falando? — Cassie dá uma ênfase exagerada às palavras ao dizê-las. Eu olho para ela com uma expressão cínica no rosto. Ela sabe muito bem do que eu estou falando.

Eu volto ao lugar onde havia jogado a venda e a recolho do chão, segurando-a entre os dedos.

— Agora é a sua vez, Cassie.

Ela hesita por um momento e então toma a venda da minha mão, como se não tivesse receio de nada que eu pudesse vir a fazer.

— Talvez a gente possa pintar as unhas uma da outra mais tarde — eu sugiro. — Sem dúvida eu preciso de uma cor nova.

Eu faço com que Cassie dê de cara com três árvores e enfie a perna dentro de uma poça de lama gigantesca, mas ela não retira a venda. Nem quando bate a cabeça. Nem quando dá uma topada com o pé. Nem quando fica coberta de lama. Nenhuma vez.

— Mas o que aconteceu com vocês duas? — Madison pergunta quando nós voltamos ao Círculo da Esperança.

— Eu disse a você, Mads — Cassie responde. — Essa história de confiar nos outros é uma grande roubada.

Mas eu vejo que o sorriso está de volta ao rosto de Cassie e nós saímos andando juntas, em busca da cor perfeita para as unhas dos nossos pés.

20

Tia Chey,

Por favor, não repasse as minhas cartas para a escola como você fez no ano passado.

Eu estou pedindo com educação.

Beijos,

Cassie

Alguns dias depois, Cassie aparece de repente no café da manhã, pousa a sua bandeja na nossa mesa e se senta. Grover e eu continuamos com o nosso silêncio constrangedor, mas Cassie consegue quebrá-lo. Ela pega o seu copo de água e bebe um gole. Grover, Bek e eu não tiramos os olhos dela. É um alívio tê-la de volta.

Em sua bandeja há uma porção de ovos mexidos e uma torrada.

— Magrela — Grover diz num tom de voz sério.

— O que foi?

— Não entre em pânico, mas um carboidrato invadiu o seu prato. Quer que eu o mate para você?

Ela revira os olhos.

— E a Zander está comendo *bacon*.

— Eu já cansei de comer aveia. — Olho de relance para Grover. Eu não o vi mais usar o caderninho desde que o devolvi a ele.

— Eu estou enlouquecendo — Bek diz, e então enfia uma rosca na boca. Todos nós olhamos para ele.

— Dããã... Você já não bate bem da cabeça, gorducho — Cassie comenta com desinteresse. — Vamos ficar falando de comida? Temos coisas mais importantes para conversar.

— Nada é mais importante do que comida. — Grover abre os braços diante da sua bandeja. — Ela é a base para todas as outras coisas.

— Sexo é importante. — Bek pega outra rosca.

— O que será que Maslow diz sobre sexo? — Grover olha para Bek.

— Quem é esse tal de Maslow e por que todo mundo agora só fala dele? — Cassie empurra os ovos com a sua colher.

— É um tio meu que já morreu — Bek responde. — Ele meio que inventou a gravidade.

Cassie põe uma pequena quantidade de ovos mexidos na colher e a leva à boca. Mas eu não a vejo mastigar.

— Vamos voltar aos assuntos importantes — Cassie pede.

Grover aponta o dedo indicador para ela.

— Nada é mais importante do que comida e sexo — ele diz.

— Você realmente pensa assim? — pergunto.

— Sim — os dois garotos respondem ao mesmo tempo. É a primeira vez em dias que Grover dirige a palavra a mim.

Cassie se inclina para a frente na mesa e gesticula para que todos nós façamos o mesmo, agrupando-nos. A perna de Grover roça na minha e então os nossos joelhos se tocam. Eu gostaria de saber o que ele está pensando nesse exato momento. Há grandes chances de que ele esteja pensando em sexo, comida ou ambos; mas então ele afasta sua perna, interrompendo o contato, e eu fico desapontada novamente.

— Esta é a Noite do Apagão — Cassie diz.

— O que isso significa? — eu pergunto.

— Significa que chegou a hora — ela responde.

— Hora do quê?

— A mochila — Cassie diz.

Grover sorri e Beck parece totalmente calmo quando Cassie continua falando, mas tudo aquilo me faz ter cada vez mais certeza de que há algo muito estranho acontecendo.

— Eu vou levá-la para o lago esta tarde e escondê-la nos fundos do balcão de equipamentos, atrás dos coletes salva-vidas — Cassie diz.

— Por quê? — eu pergunto.

— Meu Deus, Z, você faz perguntas demais!

— Eu só quero saber.

— Confie em mim — Cassie retruca.

— Tá bom. — Eu cruzo os braços e me reclino para trás na minha cadeira.

— Cassie? — uma voz ecoa pelo refeitório. Todos olhamos ao mesmo tempo e vemos Kerry apontando para uma cadeira vazia ao seu lado na mesa dos monitores. — Você tem que se sentar com a gente.

Cassie não se move. Ela nem mesmo olha para Kerry. Um a um, todos os olhares do recinto se voltam para Cassie, mas ela simplesmente se ajeita com tranquilidade na cadeira, segura uma mecha de cabelo e começa a trançá-lo.

— Então foi o seu tio quem inventou a gravidade? — ela pergunta a Bek. Ele faz que sim com a cabeça.

— Cassie — Kerry insiste.

— Eu pensava que Deus é que tinha inventado a gravidade. — Ela pega outra mecha de cabelo e faz uma nova trança.

— Meu tio é Deus — Bek responde. — Eu só evito dizer isso às pessoas para não ter tratamento privilegiado.

— E por que o seu tio Deus fez você gordo desse jeito?

— Não sei, ele morreu antes de ter a chance de me contar. — Bek dá um leve tapa na própria barriga.

— Cassie! — Kerry grita mais uma vez.

Ela finalmente olha para Kerry. As duas tranças que ela fez lembram antenas.

— Que foi? — ela pergunta.

— A sua cadeira. — Kerry aponta agressivamente para o assento ao seu lado.

— Eu estou ocupada conversando com o Bek sobre o tio dele, Deus. Mas agradeço a oferta.

— Não estou oferecendo nada. Estou avisando — Kerry avisa.

— E eu estou avisando que já tenho um lugar para me sentar.

— Por favor, Cassie, venha se sentar *nesta* cadeira.

— Meu Deus, Kerry, não precisa ficar tão desesperado só porque não estou sentada pertinho de você.

— Por favor, não fale o nome de Deus em vão — ele diz.

— Falar o nome do tio do Bek em vão, você quer dizer? Bom, ele com certeza não está nem aí pra mim, porque já sabe que eu vou pro inferno. O que você acha, Bek?

— É, você provavelmente vai direto pro inferno — Bek responde.

— Pois é.

— Cassie, venha pra cá agora — Kerry pede num tom de voz ameaçador.

— Jesus Cristo, Kerry, quanta insistência! Aposto que o tio Deus não aprova essa sua atitude.

— Cassie! — Ele empurra a cadeira bruscamente. — Sente-se aqui.

Cassie faz cara de tédio e se levanta. Ela ergue os braços acima da cabeça e boceja. Sua camiseta sobe tão alto que todos no refeitório conseguem ver todo o abdome e as costelas dela. Eu me pergunto se ela ganhou algum peso, mas não acredito que isso tenha acontecido. Há marcas de mordida na torrada dela e metade dos ovos ainda estão no seu prato.

— Cassie!

— Tá bom, tá bom. Jesus Cristo.

— Cassie!!!

— Que droga, Kerry! Só me dê um segundo.

Cassie lança um sorriso zombeteiro para a nossa mesa e eu empurro a bandeja em sua direção, ela precisa terminar de comer.

— Não se esqueçam: hoje à noite. Vocês precisam estar lá — ela diz. — Por favor. — E Cassie sai caminhando até a mesa dos monitores, com as tranças balançando enquanto anda.

Quando toca o sinal anunciando a nossa primeira atividade, a bandeja de Cassie continua em cima da nossa mesa. Eu a recolho para jogar tudo fora e acabo ficando triste por ver a comida indo para a lata do lixo. Bem, amanhã vai ser outro dia.

— Vai ficar para a atividade de artes e trabalhos manuais, Durga? — alguém atrás de mim pergunta.

Eu me volto e vejo Hayes carregando jornais nos braços. Ele os coloca sobre uma mesa.

— Não sei — eu respondo.

— Tudo bem você não saber. — Ele vai até um dos armários ao longo da parede e retira dele um balde. — É difícil para as pessoas admitirem que não sabem alguma coisa. Mas a verdade é que a vida não nos pede que tenhamos as respostas certas, mas sim que façamos as perguntas certas. — Ele abre uma torneira e enche o balde com água.

— Acho que eu vou ficar. — Por que não? Passar a manhã com o Hayes não parece uma ideia tão ruim.

Ele pega um pouco de farinha na cozinha e a mistura com a água no balde.

— O que você está fazendo? — eu indago.

— Boa pergunta. — Hayes dá uma piscadela. — Hoje nós faremos pasta de papel, também conhecida como papel-machê.

Enquanto Hayes faz uma pasta na cozinha, eu o ajudo rasgando uma pilha de jornais em tiras. Alguns outros campistas se juntam a nós. Reconheço entre eles o menino mais novo que perdeu para Cassie uma partida de espirobol em nosso primeiro dia no acampamento. Tenho a impressão de que esse fato já aconteceu há muito tempo atrás, mesmo sendo tão recente.

Quando eu arranco outra folha de jornal e começo a rasgá-la em tiras, noto a data no topo da página. É de julho passado. O tempo passa rápido aqui, ou pelo menos parece passar rápido, ou talvez eu simplesmente *sinta* o tempo passando aqui.

— O que é preto, branco e vermelho do começo ao fim?

Olho para cima e vejo Grover parado diante de mim.

— O quê?

— É uma charada, Zander. O que é preto, branco e vermelho do começo ao fim? — Há insegurança no olhar dele.

— Não sei — eu digo.

— Um jornal.
— Não entendi a piada.
— Eu também não. Só ouvi a minha mãe dizer isso uma vez.
— Ah. — Eu junto as minhas tiras sobre a mesa, organizando a pilha para tentar ignorar a atmosfera constrangedora que se instala ali. Eu estou cheia disso e não quero voltar àquela mesma situação com Grover. Mas também não quero continuar como estamos. — Hayes me disse agora mesmo que na vida as perguntas têm mais valor do que as respostas. Então eu acho que não importa se a gente entende ou não uma charada — eu argumento.
— Faz sentido. — Grover afasta o cabelo do rosto com a mão. — Ele disse alguma coisa sobre o Maslow e sobre sexo?
Eu balanço a cabeça negativamente e olho para os lábios de Grover. Ele passa a língua nos lábios e eu sinto uma pontada no ventre. Isso me deixa ainda mais frustrada com ele.
— Você já percebeu que às vezes o Bek fala em outra língua? — Grover pergunta. Eu me esforço para tirar os olhos dos seus lábios e prestar atenção a qualquer outra coisa. — Uma vez que eu perguntei a ele o que estava dizendo, Bek me respondeu que não faz ideia. Ao que tudo indica, ele tem uma placa de metal na cabeça que capta a frequência de uma estação de rádio francesa.
— Por que você dá tanta conversa a ele? — eu pergunto.
Grover lambe os lábios mais uma vez. Diabos.
— Por que eu não daria? — ele responde.
— Porque não dá pra acreditar numa só palavra que ele diz.
— Mesmo assim eu não posso deixar de lado essa possibilidade.
— Possibilidade de quê?
— De que um dia ele acabe dizendo a verdade. Eu preciso estar por perto quando isso acontecer — Grover diz.
— É, vale a pena esperar por esse momento — eu comento.
— Exatamente.
Grover e eu ficamos em silêncio por um momento, olhando um nos olhos do outro. Eu o observo, ele me observa. Palavras não ditas enchem o ar à nossa volta, tornando-o tão denso que eu poderia nadar através dele.
Eu só preciso encontrar a pergunta certa.
— Todos temos uma centelha divina dentro de nós — Hayes diz, interrompendo o momento, com as mãos unidas em oração junto ao peito. — Mas cabe a nós encontrar essa centelha e deixá-la brilhar. Pegar o que está dentro da gente,

levar para fora da gente e deixar que se revele. Esse é o único modo de alcançar a verdadeira iluminação.

E como exercício para nos ajudar a entrar em contato com o nosso ser interior, Hayes nos diz que nós faremos máscaras de papel-machê dos nossos próprios rostos.

— Vocês podem decorar as máscaras da maneira que quiserem, contanto que represente aquilo que vocês verdadeiramente são por dentro.

— Vamos fazer juntos? — Grover me pergunta quando Hayes nos diz para procurarmos um parceiro. Os olhos de Grover voltam a mostrar insegurança, mas parece que a pergunta certa foi feita.

— Claro — eu digo.

Hayes nos mostra como fazer papel-machê. Como mergulhar as tiras de jornal na pasta e como cobrir o rosto do parceiro com ela.

— Para não grudar, vocês terão que passar uma camada de vaselina na pele.

— Eu sabia que iria adorar essa atividade — Grover diz ao grupo em voz alta.

Depois de juntar todo o nosso material, Grover e eu escolhemos uma mesa e começamos.

— Quer que eu faça em você primeiro? — Grover mostra um recipiente de vaselina. Porém, pela primeira vez desde que o conheci, eu decido tomar a iniciativa. Não preciso ser induzida nem forçada a fazer nada. Estou nisso por vontade própria, então eu tiro o recipiente da mão de Grover.

— Eu faço em você primeiro — digo.

Eu preparo o material. Grover se acomoda em uma cadeira e olha para mim.

— Eu confio em você, Zander — ele diz, e eu tenho a impressão de ter ouvido sua voz tremer. Ele fecha os olhos.

Abro a tampa do recipiente e deslizo os dedos pela pasta, que, na realidade, mais parece um líquido grosso. Chego mais perto de Grover e, ao olhar para baixo, percebo que os nossos joelhos estão quase se tocando. Quase. Eu me aproximo ainda mais para que eles se toquem — e eles enfim se encostam. Grover respira fundo e eu vejo o peito dele se movimentar.

— Meu pai grita com a minha mãe. — As palavras de Grover me causam calafrios. Seus olhos permanecem fechados. — Ela tentou se divorciar dele cinco vezes, mas nunca consegue ir até o fim. No último ano, ele foi preso por atentado ao pudor. A polícia o flagrou andando de bicicleta sem calças pela cidade. E um ano antes disso ele tentou se matar, eu o encontrei sem consciência no banheiro.

— Grover, eu...

— E eu tenho muito medo de acabar ficando igual a ele. De que o fracasso seja tudo o que me espera mais adiante, por mais que eu me esforce para que as coisas não acabem assim. — Ele respira fundo e as palavras voltam a jorrar da sua boca. — Eu tenho medo de que a espera pela morte se torne o ponto central da minha vida.

— O que você quer de mim? — eu pergunto. E no instante em que digo isso eu me dou conta de que encontrei a pergunta certa.

— Que não me deixe esquecer que eu não sou ele — Grover responde.

Eu esfrego os dedos de uma mão uns nos outros até que fiquem cobertos de vaselina. Meu coração se acelera quando eu retiro o cabelo da testa de Grover com minha outra mão. Quando a minha pele entra em contato com a dele, sinto tremores percorrerem os meus braços. Eu fico excitada e assustada quando o toco, como se tudo o que existe dentro de mim estivesse transbordando.

E ele também.

Nós estamos transbordando de vida.

Pelo menos é isso o que eu sinto.

E Grover precisa sentir isso também.

Dou uma espiada ao nosso redor para ver se alguém está nos observando, mas ninguém está. Eu passo cuidadosamente a vaselina na testa dele, esfregando em movimentos circulares, mesmo com o meu rosto queimando e os meus dedos tremendo. Não posso fazer isso com pressa.

O lugar todo está tão silencioso, Grover está tão silencioso.

Eu escuto o som da respiração dele.

O ar entra. O ar sai. Inspira. Expira. Inspira. Expira.

Termino o processo na testa dele e passo para as bochechas. A minha respiração nem sempre soa dessa maneira; ela nem sempre parece tão natural.

Meus dedos esfregam delicadamente o osso do nariz dele.

Às vezes, o único modo de respirar é com o auxílio de uma máquina.

A minha garganta se fecha, mas Grover não diz nada. Ele apenas respira e respira.

Então eu faço o mesmo.

Eu me afasto dele por um instante. Balanço as mãos ao lado do corpo e sinto o ar entre os meus dedos.

Mais uma vez, *eu sinto*.

— Você está bem? — Grover pergunta em dado momento, com os olhos ainda fechados.

Eu não respirava antes de vir para cá, é por isso que o meu pai chorava. E é por isso que eu estou aqui.

— Sim — eu respondo.

Eu volto para perto dele — para perto do seu rosto, da sua pele e de seu corpo. Eu passo o dedo em círculos nas sobrancelhas dele e no ponto macio logo abaixo dos seus cílios. Meus dedos descem pelo lado do rosto dele e chegam à mandíbula. E então param.

Seu peito se eleva.

Grover não é o pai dele, o pai dele está vivo.

Eu me inclino para mais perto dele.

Seu peito desce.

Eu me inclino para mais perto ainda.

Seu peito sobe.

A minha mão está pressionando o rosto dele agora, e mesmo assim ele não abre os olhos.

Seu peito desce.

Eu me inclino ainda mais e agora os meus lábios estão a centímetros dos dele.

Grover inspira.

Eu fecho os olhos.

Ele expira.

Eu sinto o sopro dele na minha boca.

Eu sinto.

Passo a língua nos lábios para provar o ar que estava dentro de Grover.

Que hálito maravilhoso.

— Você não é o seu pai — eu digo. E coloco a mão no peito de Grover. Quando eu faço isso, ele estremece. Por um breve instante ele não se move e eu não me movo. Sinto o coração dele batendo através do tecido macio da sua camisa. E novamente ele respira. Inspira e expira. Inspira e expira. Grover repete o mais simples — o mais instintivo — ato da vida. De novo e de novo.

Ele está vivo.

No momento em que eu penso que a minha mão já ficou sobre ele por tempo demais, que se eu não a retirar agora talvez eu nunca mais consiga fazer isso, Grover põe sua mão sobre a minha. E ele fala comigo num tom de voz suave, quase um sussurro:

— Estou tão feliz por você ser real, Zander.

— E você está vivo — eu sussurro em resposta.

Ele abre os olhos lentamente.

— Me lembre de escrever uma mensagem de agradecimento aos fabricantes da vaselina. Assinada por todos os adolescentes do planeta.

21

Queridos Papai e Mamãe,

Vocês já comeram um chocolate Charleston Chew? Não sei bem por que eles são chamados de Charleston Chew. Será que foram criados na Carolina do Sul? Ou será que a pessoa que os inventou se chamava Charleston? Nossa, esse seria um nome bem estranho. Mas quem sou eu para julgar? O meu nome é Zander.

Falando nisso, por que o meu nome é Zander? Vocês me confundiram com um menino? Vocês deveriam saber que Zander não é um nome que realmente serve para os dois sexos. Tentaram compensar isso quando escolheram o nome da Molly? O nome dela é tão feminino.

Perceberam o que eu acabei de escrever? O nome dela "é" tão feminino. Presente do indicativo. Que coisa. Nós ainda podemos falar da Molly no presente, mesmo que ela esteja morta. "Molly está morta" é presente do indicativo. E vocês passaram tantos anos com medo de que ela ficasse no passado.

O único problema com os Charleston Chews é que eles grudam demais nos dentes. Por favor, agendem para mim uma consulta com o dentista para quando eu voltar.

Z

Nós estamos reunidos em torno de uma fogueira, cantando músicas puxadas por Kerry. Hayes nos acompanha ao violão. Do repertório de James Taylor nós já cantamos várias músicas. "You've Got a Friend" nunca foi tão maltratada.

Cassie se senta ao meu lado.

— Então você veio, hein? — ela sussurra.

Faço que sim com a cabeça, eu não poderia ficar de fora. Não posso deixar Cassie na mão agora, e não quero fazer isso.

Quando a cantoria termina, depois de termos destruído todo o repertório de James Taylor, Kerry reúne todo o acampamento e pede a palavra.

— Hoje será a Noite do Blecaute. Todas as luzes do acampamento serão apagadas. A fogueira também será apagada. Vamos eliminar todos os sons. Não haverá nenhuma conversa.

Então, Hayes e um monitor chamado Shiloh derrubam um monte de areia sobre a fogueira, que logo se apaga completamente.

— Os únicos guias que vocês terão enquanto buscam o caminho de volta são as estrelas no céu e as luzes nas suas almas. Mas tudo bem. *Confiem* em si mesmos. Vocês podem estar perdidos, mas *confiem* que sabem para onde estão indo. *Confiem* e acreditem que vocês podem encontrar a si mesmos até em meio à escuridão.

No escuro, eu olho para o céu e depois para Cassie. Ela finge atirar na própria cabeça com os dedos em forma de revólver.

— Os monitores levarão vocês vendados até a cerca que fica no limite da propriedade do acampamento. A tarefa de vocês é encontrar o caminho de volta até nós.

Os campistas começam a olhar uns para os outros. Até eu fico um pouco tensa. Eu já explorei boa parte do acampamento, mas nada que fosse tão afastado assim. A propriedade é enorme. Cassie, por outro lado, só boceja de modo exagerado.

— Não se preocupem — Kerry diz em meio aos murmúrios tensos. — Cada um de vocês receberá um apito. Se vocês se sentirem muito perdidos e com medo, é só soprar o apito e um monitor irá até vocês. Vocês terão uma hora para achar o caminho de volta. Depois disso as luzes serão acesas novamente e nós nos encontraremos no Círculo da Esperança. A recompensa que terão por completarem a tarefa? — Kerry sorri. — *Marshmallows* quentinhos.

— Nossa, que grande recompensa — Cassie sussurra. — Um monte de gordura e açúcar assado. Desde quando diabetes é recompensa para alguma coisa?

Os monitores nos colocam em fila, entregam-nos apitos e vendam todos os campistas, posicionando a mão de cada um de nós na pessoa à nossa frente. Quando todos os participantes estão prontos, Kerry faz alguns comentários finais:

— Nós rezamos a Santo Antônio para que o que foi perdido seja encontrado. Que a alma seja livre. E que a vida seja duradoura.

E, em seguida, nós começamos a caminhar.

Eu seguro firme em Cassie, que está na minha frente. Ela caminha num ritmo constante. De repente, a fila diminui o passo e eu esbarro nas costas de Cassie. O cabelo dela tem o cheiro do lago. Quando saí da atividade com papel-machê, eu a vi treinando braçadas e pernadas na água. Ela tirou o colete salva-vidas para flutuar por conta própria na zona vermelha. Quando a viu, um monitor em treinamento soprou com força o apito e a obrigou a colocar novamente o colete. Cassie pareceu irritada, mas eu pude notar satisfação em seu semblante.

Cheiro o cabelo dela mais uma vez enquanto a sigo.

— Quando eles forem embora, fique parada onde estiver. Eu vou ao seu encontro — Cassie sussurra para mim na escuridão.

A minha mãe teria um ataque se soubesse que eu estou no meio do mato sozinha e ainda por cima sem ter ideia do caminho de volta. E a Madison não disse uma vez que havia ursos aqui? Eu seguro os ombros de Cassie com força.

— Relaxa, Z.

A fila desacelera e finalmente para. Alguém retira as minhas mãos dos ombros de Cassie. Por um momento eu fico parada na escuridão, como uma boia no meio do mar à espera de que uma onda a atinja e a coloque em movimento. Quando estou prestes a retirar a minha venda, alguém agarra a minha mão e me leva para outro lugar.

— Sou eu, Zander. — Eu escuto a voz de Madison soar ao meu ouvido. Ela põe a minha mão em alguma coisa fria. — Conte até cem e só então retire a sua venda.

Escuto o som de passos se afastando de mim e depois tudo fica num profundo silêncio. Começo a contar mentalmente, mas mantenho a mão imóvel. Não quero me separar do que estou tocando. Eu costumava gostar de imaginar que havia desaparecido; agora, porém, a cada número que conto o meu coração bate mais forte. Eu não poderia desaparecer nem se quisesse. Eu sentiria muita falta da minha vida.

Quando chego a cem, eu removo a venda. Estou diante da cerca que rodeia o acampamento Pádua — a cerca que separa de mim o resto do mundo. O silêncio é total. Giro o corpo e olho de um lado para o outro à procura de alguém, mas tudo o que vejo são árvores e o único cheiro que sinto é o de pinho. Quem me dera poder sentir o cheiro do cabelo de Cassie agora.

Mas ela disse que me encontraria.

Passo a mão na fria barreira de metal. Tudo o que eu deixei para trás está do outro lado — pessoas e lojas e a escola e o quarto vazio de Molly. Mas o que eu quero é Cassie.

Uma sensação de vazio me atinge. Eu não quero ir para o outro lado da cerca. Madison está certa. Eu não estou perdida aqui no acampamento. Mas fora daqui...

Dou um passo para trás, afastando-me da cerca.

Meus olhos procuram por Cassie em meio à escuridão. Quando uma mosca zumbe perto do meu ouvido, eu não me dou ao trabalho de espantá-la, ela vai voltar. As moscas sempre voltam. A essa altura, eu estou acostumada até com elas. Vou sentir falta das moscas quando voltar para casa. Uma grande falta.

De repente Cassie surge da escuridão, como uma luz enviada para me salvar de desaparecer em um buraco negro.

— Vamos. — Ela sorri para mim. — Precisamos chegar ao lago.

Quanto mais nós nos distanciamos da cerca, melhor eu me sinto. Caminhamos em silêncio por algum tempo e eu presto atenção aos sons familiares do acampamento.

— Como você soube que esse evento ia acontecer? — pergunto.

— Acontece todos os anos — Cassie responde.

— Há quantos anos você vem para cá?

Cassie dá de ombros, evitando fazer contato visual.

— Não sei. Há muitos anos.

— Bem, e como você soube onde me encontrar?

— Só sabia que acabaria encontrando você.

— Fico feliz que você tenha me encontrado — eu digo.

Uma expressão de desgosto se estampa no rosto de Cassie, como se o meu elogio fosse uma enorme ofensa. Eu faço cara feia para ela também.

O galpão de equipamentos na praia está fechado, mas não trancado. Cassie empurra a porta, que se abre facilmente; Grover e Bek já estão no interior do galpão, sentados no chão e totalmente às escuras.

— Desculpe interromper, rapazes. — Cassie entra no recinto e puxa o barbante pendurado que liga a fraca luz do galpão.

— Bek e eu estávamos jogando o jogo do silêncio — Grover diz.

— E você acabou de perder. — Bek aponta para Grover.

— Eu não consigo ficar em silêncio por muito tempo. É difícil demais guardar as coisas só para nós mesmos. Você não acha, Zander? — Grover segura a minha mão e me puxa para perto dele.

— Cleve, nós não temos tempo para mais um dos seus papos psicológicos esquisitos que fazem uma coisa parecer outra coisa. — Cassie fecha as portas do galpão e começa a abrir espaço em torno do equipamento.

— Eu sou assim tão óbvio?

— É — responde todo o grupo em uníssono.

Grover se inclina para trás, parecendo ligeiramente abatido. A mão dele está a centímetros da minha. Eu movo sutilmente a mão, até que as pontas dos nossos dedos se tocam e ele sorri para mim.

Cassie retira a mochila de trás dos coletes salva-vidas, com o rosto radiante. Todos nós nos sentamos num pequeno círculo e olhamos espantados para ela, como se ela tivesse acabado de achar ouro. Ou drogas. Ou um compartimento secreto de cerveja.

— Olhem só pra essa belezura! — ela diz, abrindo o zíper da mochila e colocando-a no centro da roda. A minha expectativa é tão grande que eu prendo a respiração quando nós nos inclinamos para ver o que tem dentro dela.

Um incontrolável surto de risadas toma conta de mim quando eu enfio a mão na mochila e retiro o primeiro item que encontro.

— Balas? — eu exclamo num gritinho agudo, como se fosse uma criancinha. — Você furtou balas?

— O que é que tem? — Cassie diz. — A enfermeira do acampamento está uma baleia. Como se ele precisasse de mais açúcar na vida! A mulher deveria me agradecer por ter roubado o estoque dela.

— Eu achei que fossem comprimidos ou álcool, mas doce? Isso é tão...

— Tão o quê?

— Tão... inocente!

Eu me levanto e dou um abraço em Cassie. Ela precisa me empurrar para se desvencilhar de mim.

— Jesus, Z, vai com calma!

— Eu estou tão aliviada. — Volto a me sentar ao lado de Grover.

— Aliviada porque percebeu que eu não sou louca?

— Ah, não — eu respondo, abrindo um pacote de Skittles. — Você é louca. Só não é tão louca quanto eu imaginava.

— Valeu, Z. — Cassie pega uma caixa de bombons.

E nós nos concentramos em comer os doces da mochila de Cassie. Por algum tempo, todos ficamos em silêncio. Bek devora duas barras de chocolate com uma rapidez incrível. Cassie faz uma careta para Bek, que oferece a ela o seu mais radiante sorriso-de-dentes-de-chocolate. E Grover ri enquanto joga M&Ms dentro da boca, um de cada vez.

Quando termino com os Skittles, eu passo para o chocolate e depois para as jujubas. É uma montanha de doces. É como se o Halloween tivesse chegado no verão. As guloseimas grudam nos meus dentes e no céu da minha boca. O açúcar invade o meu organismo como uma bomba de adrenalina. Eu me sinto eufórica e chapada, mas chapada de um modo infantil, como se descesse uma ladeira de bicicleta. Sei que posso cair e me machucar, mas o vento no meu rosto faz com que eu me sinta invencível. É como se eu estivesse me vingando por cada vez que a minha mãe me serviu um falso *milk-shake* de frutas batido com couve em vez de sorvete. Ela costumava dizer que o gosto das frutas é melhor do que o de açúcar artificial. Isso é uma grande bobagem. Adoçantes artificiais são deliciosos.

— Por que os nossos pais mentem para nós? — Eu digo com a boca cheia de jujubas com sabor de uva. Artificial.

— Para nos poupar, eu suponho — Grover responde.

— Mas nos poupar de quê?

— Da vida, acho eu — ele diz.

— Mas se nós somos poupados das nossas próprias vidas, será que estamos *realmente* vivendo?

— Agora você está falando como o Grover, Z. — Com ar de tédio, Cassie balança a cabeça.

— É sério. — Eu endireito o corpo. Minha cabeça está girando um pouco, ainda sob o efeito da overdose de doce. — Eu não quero mais ser protegida. Se eu quiser comer xarope de milho lotado de frutose, eu vou comer e ponto.

— É isso aí, irmã! — Bek diz, balançando no ar o punho fechado.

— Mas esteja preparada para virar uma gorda — Cassie comenta.

— Pelo menos terá sido escolha *minha* ficar gorda. Os meus pais nunca me perguntaram nada. Entendem o que eu quero dizer? Eu faço francês porque o meu pai me disse que eu teria que fazer. — Minhas mãos começam a tremer. Como se o açúcar tivesse sobrecarregado o meu organismo, eu começo a falar sem pensar: — Eles também não me perguntaram como eu me sentia a respeito da Molly. Não me perguntaram se eu queria que a minha irmã praticamente morta morasse na minha casa por seis anos. Seis anos! Eles só a instalaram num quarto ao lado do meu e me fizeram amá-la. Eles me fizeram amá-la! Mas os meus pais estavam mentindo. Eles sabiam o tempo todo que a Molly estava morta. Eles sabiam!

— Zander. — Grover agarra uma das minhas mãos trêmulas, tentando fazer com que eu me acalme. Bek e Cassie olham com atenção para mim.

A minha boca volta a se abrir e eu deixo as palavras fluírem:

— Ela se engasgou com uma maçã — eu digo. — Molly se engasgou com uma maçã quando tinha dois anos de idade. — Faço uma pausa para que as palavras que acabo de dizer sejam processadas. — Nossa vizinha da rua de baixo costumava cuidar da Molly quando minha mãe e meu pai estavam trabalhando e eu estava na escola. O nome dela era senhora Moore. Ela era uma pessoa bem legal. Todos os dias, quando eu e a minha mãe íamos buscar a Molly, a senhora Moore me dava um pirulito. Desses que vêm com sabores estranhos, como refrigerante ou coco, sabem? — Eu respiro fundo e quase posso sentir o gosto daqueles pirulitos. — Depois que a Molly almoçou, a senhora Moore estava na cozinha, lavando os pratos ou fazendo algo do tipo, e Molly estava brincando na sala. Quando a senhora Moore foi dar uma olhada na menina, ela encontrou a Molly desacordada no chão, com um pedaço de maçã na mão. A minha irmã tinha sufocado. Então ela foi levada ao hospital, foi internada e passou a respirar com a ajuda de aparelhos. Havia tantas máquinas e barulhos, e ela ficava deitada ali, como se pudesse acordar a qualquer momento. Como se estivesse simplesmente dormindo.

Eu puxo o ar vigorosamente para os meus pulmões e o retenho dentro de mim. Ar maravilhoso, ar de verdade. Depois eu solto o ar de uma vez.

— Meus pais não queriam deixá-la ir. Os médicos tentaram argumentar com eles, tentaram convencê-los de que era improvável que a Molly voltasse a acordar, mas nada adiantou. Eles nunca deram ouvidos aos médicos. Insistiram em levá-la para casa. Encheram o quarto dela de aparelhos — tudo o que era necessário para mantê-la viva. Mas ela não estava viva. Ela não podia correr, nem pular, nem falar. Ficava só deitada lá, respirando, porque uma máquina respirava por ela. Mas a pior parte é que eu me acostumei com isso. Eu me acostumei a vê-la desse jeito e a falar com ela. O tempo passou e ela sobreviveu aos anos como um vegetal. Até que um dia tudo terminou. O corpo de Molly não suportou mais. Exatamente como os médicos haviam dito: ela jamais acordou. Nessa ocasião a senhora Moore já havia se mudado. Eu ouvi a nossa vizinha dizer que ela não podia mais suportar olhar para a nossa casa, sabendo o que havia lá dentro e o que ela tinha feito. Então a senhora Moore voltou para a Califórnia. Agora, tudo o que resta no quarto da Molly é o silêncio.

Ninguém diz uma palavra dentro do galpão por alguns momentos.

— É por isso que você não come maçãs — Grover comenta por fim.

— Meus pais nunca me perguntaram o que eu queria. A minha mãe deixou o emprego para tomar conta da Molly. Ela mudou as nossas vidas completamente para que nós vivêssemos dentro de uma bolha. Uma bolha feita de comida saudável, e boas escolhas, e pais superprotetores que se certificaram que eu jamais cometesse um erro. — Eu paro e hesito um pouco antes de continuar. — Mas então eu cometi um erro. O fato é que as bolhas estouram e as pessoas morrem, não importa o quanto lutemos para mantê-las vivas.

— Mas qual foi o seu erro? — Bek pergunta.

Eu olho para ele, depois para Cassie. É hora de cumprir a promessa que fiz a ela.

— Eu quase me matei numa competição de natação, eu tentei me afogar.

— Quê? — ela grita.

— Eu não queria lhe contar isso.

— Nossa, Z, eu confiei em você.

Eu então começo a falar rápido, gesticulando sem parar. Grover disse que é difícil ficar em silêncio, é difícil guardar as coisas só para você. As pessoas podem se afogar dentro do seu silêncio tão facilmente quanto se afogariam dentro de uma piscina.

— Os meus pais me convenceram a entrar na equipe de natação depois que Molly morreu — eu continuo, as palavras jorrando da minha boca. — Eles achavam que isso me ajudaria a "entrar nos eixos novamente". Era o que o meu pai sempre dizia: "Entrar nos eixos novamente". Mas eu não queria entrar nos eixos. Eu queria barulho na minha casa de novo. Eu odeio o silêncio, mas, no fim das contas, eu acabei fazendo o que eles queriam. Fui a todos os treinos e a todas as competições. Vivia com o cheiro de cloro na pele e aguentava o mau hálito do treinador. Eu me tornei uma máquina, uma máquina que vivia e respirava. Assim como a Molly. Eu não sentia nada. Apenas fazia as coisas quando as pessoas me mandavam fazer. Comia quando a minha mãe me dizia para comer, beijava o Coop quando ele me dizia para beijar, nadava quando o treinador me dizia para nadar. Então, certo dia, eu estava no meio de uma prova de revezamento e estava ganhando. Eu podia ver as garotas atrás de mim na água. Elas se esforçavam muito para me superar, mas eu não me importava com nada daquilo. Se ganhasse ou se perdesse, eu não estava nem aí. Eu simplesmente não ligava. Num dado momento, eu parei. Bem no meio da piscina. Parei de me mover. Parei de respirar. E deixei meu corpo ir até o fundo da piscina.

— O que aconteceu? — Grover pergunta.

— Eu acordei no chão ao lado da piscina, com a boca do treinador em cima da minha.

— O treinador com bafo de alho? — Cassie diz. — Meu Deus, que nojo.

— Meu pai me matriculou no acampamento no dia seguinte. — Eu cruzo os braços sobre o meu colo. — E é por isso que eu estou aqui.

Ninguém diz nada por alguns instantes. Quando Grover coloca a mão nas minhas costas, eu não o evito. Estou farta de evitar as coisas.

— *Voici mon secret* — Bek diz, para a minha surpresa. Todos nós voltamos a atenção para ele.

— Opa, opa. Alguém está tentando sintonizar a estação de rádio francesa. — Grover bate com o dedo na lateral da cabeça de Bek. — O sinal melhorou, amigão?

— "Eis o meu segredo", foi isso que o Bek disse em francês.

— É um trecho de *O Pequeno Príncipe*. Minha mãe gostava de ler a edição francesa porque ela era de Quebec.

— Como? — Grover tenta fazer contato visual com Bek, mas o garoto não olha para cima. — Você disse que a sua mãe *era* de Quebec?

— Pois é. É que ela, tipo, morreu.

Cassie, Grover e eu nos olhamos, sem saber com certeza se Bek está dizendo a verdade. Os cantos da boca dele se curvam para baixo numa expressão de profunda tristeza. O tipo de expressão que se estampa no seu rosto quando a vontade de chorar se torna incontrolável, como se as suas emoções quisessem se libertar à força, recusando-se a ser sufocadas por mais tempo.

— Ela lia esse livro para mim todas as noites antes de me colocar para dormir. Eu dividia um quarto com dois irmãos mais novos, mas ela sempre arranjava tempo para me dar atenção.

— Quantos irmãos você tem? — eu pergunto.

— Seis. Ela estava sempre ocupada, mas eu sempre sentia que ela voltava toda a atenção para mim quando lia aquele livro. — Bek pega outro doce e o desembrulha. — Meu pai não é muito disso. Ele anda meio infeliz agora. Desde que a mamãe se foi ele praticamente só trabalha... e ele ficou bem chato. Então, agora, ninguém mais presta atenção em mim.

— Então você mente para ser notado — Grover diz.

Bek põe uma bala na boca. Ele não diz nem que sim nem que não. Cassie o olha de cima a baixo, como se estivesse vendo Bek pela primeira vez.

— Bem, já que nós estamos confessando as coisas, acho melhor dizer a vocês que eu mesmo me matriculo no acampamento todos os anos — Grover revela.

— O que os seus pais acham disso? — Bek pergunta.

Grover olha para Bek e dá de ombros, como se isso não importasse.

— É melhor do que jogar na liga de beisebol todo verão — Grover comenta.

E então, apesar de toda a tristeza e do drama que paira sobre nós, eu começo a rir como uma boba.

— Não consigo acreditar que você mesmo se matricula — eu digo.

A tristeza no semblante de Bek começa a diminuir e ele dá uma risadinha.

— Beisebol exige que você corra — Bek observa.

— Bom, agora você disse uma verdade — Grover diz.

— Estou gordo demais para correr.

— Outra verdade! — Grover aponta para ele, com um sorriso alegre no rosto. — Eu acho que o Bek está curado. O seu nome verdadeiro é Alex Trebek?

— Sim.

— Cara. — Grover coça o queixo. — Agora eu acho que ele está mentindo de novo. — Os ombros de Bek começam a balançar para cima e para baixo e eu faço o mesmo, sentindo-me um pouco zonza. — Resposta: a pessoa que sofre de um distúrbio psicológico caracterizado pela tendência compulsiva ou patológica de mentir. Qual é a pergunta? — Grover diz.

Eu levanto a mão.

— O que é um mentiroso compulsivo?

— Correto! — Grover aponta para mim.

— Se tivesse acontecido com o Alex, ele diria: "ei, eu perdi mil irmãs!".

Bek agora ri com vontade, sacudindo todo o seu corpo gordo.

— Mas eu sou mesmo Alex Trebek.

— Não, eu é que sou Alex Trebek. — Grover aponta para si mesmo.

— Não — eu digo. — Você é Grover Cleveland.

Grover faz que sim com a cabeça:

— Eu *sou* Grover Cleveland.

De repente as nossas risadas se transformam num devastador ataque de histeria. Eu levo as duas mãos à barriga, que está doendo por causa das gargalhadas e dos doces e de todos os segredos que pus para fora. Mas eu me sinto melhor, mesmo aqui neste galpão de equipamentos bolorento.

Finalmente eu consegui colocar tudo para fora. Todo o peso que me puxava para o fundo da piscina se foi. Eu me sinto mais leve. Eu respiro rápido, e engasgo, e lacrimejo muito, e as lágrimas se derramam pelo meu rosto. Acho que isso é o que costumam chamar de lágrimas de alegria. Aqui, neste lugar úmido e escuro, como que por ironia, o sol da minha vida volta a brilhar.

De súbito, Cassie se levanta no meio do grupo e começa a bater palmas, de forma lenta e contínua. Nós todos paramos e olhamos para ela. O único som no galpão é o das mãos dela se chocando no ar. A aparente serenidade no rosto de Cassie desapareceu e agora ela exibe uma expressão zangada. Eu sufoco as minhas risadas e enxugo as lágrimas do rosto. O olhar dela se dirige a cada um de nós e é implacável.

— As histórias tristes de vocês são tão tristes que chegam até a ser engraçadas, não é? — Há tensão na voz dela. Posso ver os músculos do pescoço dela se retesando. — Coitadinho do Bek, a mãe dele morreu. Tadinha da Zander, a irmã dela morreu.

— Cassie... — Grover tenta tocar o braço dela, mas ela se esquiva. Ela está tremendo. Seus olhos lançam faíscas sob a parca iluminação do galpão de equipamentos.

— Estão infelizes por causa de suas famílias, não é? Bem, pelo menos vocês têm uma família pela qual sofrer.

As palavras dela me atingem em cheio e nós três ficamos imóveis. Cassie pega abruptamente a mochila do chão, escancara a porta do galpão e desaparece na escuridão antes que qualquer um de nós possa impedi-la.

22

Mamãe e Presidente Cleveland,
Eu encontrei a minha primeira-dama.
Seu filho,
Grover Cleveland

Bek sai correndo atrás de Cassie. Eu observo a sua silhueta redonda contornando a areia e subindo a escadaria na direção do refeitório.

— Eu acho que o Bek está apaixonado pela Cassie — Grover diz, cruzando os braços.

— Você acha que devemos ir atrás dela? — Eu faço menção de me levantar, mas ele me detém com uma mão na minha perna.

— Ela precisa esfriar a cabeça.

Eu olho para a mão dele pousada na minha perna e concordo com um aceno de cabeça.

Embalagens de doces estão espalhadas por todos os lados. Eu as recolho todas numa pilha, formando uma espécie de cemitério de açúcar.

— Quer dizer que a Molly... — Grover diz.

Eu arrumo as embalagens de plástico, incapaz de olhar nos olhos dele.

— Agora você entende por que eu disse que não sabia nada sobre a minha irmã? Como eu poderia saber? Ela tinha dois anos quando tudo aconteceu, eu não tive nem mesmo a chance de conhecê-la.

— Você a conhece, Zander. — Quando Grover diz isso, eu olho para ele. — Você conhece da sua irmã o que a vida dela permitiu que você conhecesse. Às vezes, isso é tudo o que nós temos.

— Mas ela não teve uma vida.

— Talvez não do modo como imaginamos que uma vida deva ser; mas, de todo modo, ela teve uma vida. Mais ou menos como... — Grover hesita um pouco antes de prosseguir. — Como o meu pai.

— Molly merecia um destino melhor.

— Meu pai também.

— Sim, me desculpe — eu digo.

Grover chega mais perto de mim num movimento rápido.

— Zander, nós podemos enlouquecer de tanto pensar no que nós não sabemos ou podemos simplesmente lidar com aquilo que sabemos. E você *não* sabe como teria sido a vida dela. Molly poderia ter se tornado uma viciada em heroína ou... — Grover leva o punho fechado à boca e finge mordê-lo — ou ter se juntado ao movimento estudantil de garotas na faculdade.

A outra mão de Grover continua sobre a minha perna. É um toque quente.

— Ela jamais teria se juntado ao movimento estudantil. — O canto da minha boca se curva num sorriso.

— Então ela seria a garota mais popular da escola.

— Bom, agora você está exagerando um pouquinho. — O meu sorriso se amplia e eu olho para a mão de Grover. — Mas e quanto a você? — eu pergunto.

— Mais cedo ou mais tarde a cadeira vai se quebrar. — Os dedos de Grover se movem em círculos sobre a minha pele. — Existir significa saber que um dia você não vai mais existir, concorda?

— Mas nem por isso nós paramos de viver — eu argumento. Tento dissipar a sensação ruim que se instala em mim e engulo em seco várias e várias vezes enquanto olho para ele. Mas a sensação permanece. Eu não quero que nada aconteça ao Grover. Quero que ele continue exatamente como é. Quero segurar a cadeira dele com força, para que não quebre, e mantê-la firme até os meus dedos sangrarem.

— Onde você mora? — eu pergunto.

Grover sorri, mas não olha para mim.

— Eu moro a poucos quilômetros daqui, dá pra ver a minha casa do cais.

— Quê?

— Eu me lembro de quando o Kerry inaugurou isso aqui, eu tinha seis anos de idade. A minha mãe leu sobre o acampamento no jornal da cidade e gostou da ideia. Já que ela não vai mesmo se separar do meu pai, é até bom que eu tenha alguma coisa para fazer nas imediações. — Grover levanta a cabeça e olha para a lâmpada fraca pendurada no teto do galpão. — Eu gosto de pensar que eu me encaixo bem neste lugar. Aqui eu me sinto melhor com relação a... bem, em relação a tudo.

— Posso ver onde você mora? — eu pergunto.

Nesse momento eu vejo a tristeza se instalar no rosto de Grover. Vejo um garotinho com pais desajustados, vivendo em um lar desajustado, que para diminuir seu sofrimento quer conhecer pessoas tão desorientadas quanto ele. Então, pouco depois a tristeza se vai e o meu Grover volta à cena.

Nós caminhamos até a beirada do cais. As luzes do acampamento continuam apagadas, mas há luzes acesas nas casas ao redor do lago. Eu havia esquecido que as pessoas passam férias no Lago Kimball e que também há pessoas morando aqui. Eu simplesmente ignorei esses fatos, assim como ignorei todos os que se encontram além dos limites do Acampamento Pádua.

Grover está logo atrás de mim e eu posso sentir seu peito a centímetros das minhas costas. Ele inclina o corpo, encosta a cabeça no meu ombro e aponta o dedo para a direita.

— Consegue ver a casa com a luz vermelha piscando? — Grover sussurra ao meu ouvido.

Eu examino as luzes todas até encontrar a que procuro; ela fica do outro lado do lago.

— Achei! — digo alegremente.

Então eu me volto para encarar Grover. Estamos tão perto um do outro que o meu nariz quase toca sua camisa. A minha cabeça fica na altura do peito dele. Eu inalo o seu cheiro e os meus olhos vagueiam pelo tecido de sua roupa; e, então, por sua clavícula, e continuam na direção do seu pescoço e, por fim, se fixam em seus lábios. Eles são carnudos, úmidos e têm um colorido diferente, certamente por causa da variedade de doces que ele comeu. Ainda deve haver açúcar nos lábios dele. Eu passo a língua nos meus próprios.

— Não vá embora — Grover diz.

— Como?

— Não saia daqui, eu volto logo.

Ele sai do cais apressadamente, balançando a superfície de metal, e me deixa sozinha. Eu quero tê-lo ao meu lado de novo no exato instante em que ele se vai. Envolvo o meu corpo com os braços e pontadas de tensão atingem o meu estômago. Sinto a brisa soprar da água. A presença de Grover me protegia do frio e eu não gosto de estar aqui sem ele.

Mas ele volta para mim antes que eu comece a sair de controle. Ele corre esbaforido pelo cais vindo na minha direção. E então Grover chega bem perto de mim. Meu nariz está a centímetros do centro do seu peito — a centímetros do seu coração. O vento para de soprar. O tempo para. A vida para por um segundo para que eu possa saborear esse momento. Grover está ofegante por causa do esforço que acabou de fazer. Eu olho para o rosto dele e finalmente deixo sair o ar que eu estava retendo para manter as coisas equilibradas dentro de mim.

— Precisei pegar alguma coisa para comer — ele diz.

— Ah, claro. — Eu começo a demonstrar desapontamento no meu semblante, mas o que eu vejo na mão dele me faz parar. Ele está segurando o objeto vermelho e brilhante. Grover dá uma dentada na maçã e eu observo os seus lábios se fecharem sobre a fruta suavemente. — Cuidado, essa coisa é venenosa — eu digo.

— Vale a pena correr o risco — ele retruca, com a boca cheia.

Eu mordo o canto do lábio e me pergunto que gosto teria a boca de Grover. Sinto inveja da maçã.

Uma gota do suco da maçã se instala no meio dos lábios dele, como uma pequena bolha de doçura. Fico com água na boca. Quero essa gota. Eu trocaria todos os doces do mundo por essa gota. Preciso dessa gota tanto quanto preciso respirar. Grover dá mais uma mordida e um pouco do suco espirra no meu ombro nu. Eu passo o dedo no líquido e o levo à boca. Parece ter mais gosto de protetor solar do que de suco de maçã. Não é o suficiente. *Isso* não é o suficiente. E Grover faz tudo parecer tão simples. O modo como a boca dele se mexe e degusta a maçã. O meu estômago se contrai e eu fico um pouco arfante. Não sei o que eu desejo mais — se Grover ou a maçã. Ou os dois. Sim, eu quero ambos. Quero sentir os dois e sei que não vou ficar satisfeita enquanto não os tiver para mim. Sem Grover e essa maçã, eu serei para sempre uma pessoa sem rumo. E Molly estará para sempre morta. E eu estarei sempre a um passo de afundar, a um passo de ser aniquilada, sem nunca ter tido a chance de viver de fato a minha vida. O vidro pode se quebrar, mas isso não significa que seja frágil. Às vezes, só o que nos resta são os cacos.

Eu olho nos olhos de Grover e ergo o queixo na direção da sua boca.

— Eu reconheço o veneno, mas a vida vale o risco.

— Amém — Grover diz, aproximando o seu rosto do meu.

Ele tem um cheiro doce. Eu ponho as mãos no peito dele e sinto o seu coração bater. Ele está vivo. E eu também estou.

— Me deixe provar isso — eu digo.

Grover segura o meu queixo e o puxa para si. Eu aspiro o seu hálito doce. E os lábios dele tocam os meus.

São lábios quentes e macios, e nesse momento são tudo para mim. O gosto de maçã circula da boca de Grover para a minha quando as nossas línguas se encontram. A doçura me inunda. A doçura dele, a da maçã e a minha, todas se misturam. Se houver veneno nisso, que seja, eu vou pagar para ver. Vou correr o risco de me envenenar pelo resto da vida para tornar eterno esse momento.

Minhas mãos sobem pelo peito de Grover e se enroscam em seu pescoço. Eu o puxo para ainda mais perto de mim. Deslizo a língua com avidez por seus lábios, roubando cada partícula de sabor que encontro. Como se tivesse passado a vida inteira faminta e acabasse de perceber isso. Agora já não consigo mais parar; quanto mais tenho, mais quero.

As mãos de Grover se encostam nos meus ombros e então ele me afasta com uma suave pressão. Quando os meus lábios se desgrudarem dos de Grover, eu fico decepcionada.

— E-eu... eu... tenho medo que os meus estados mental e emocional alterados não se recuperem dessa experiência. Eu posso explodir se continuar dessa maneira por muito tempo. — Meu rosto fica vermelho. Eu abaixo a cabeça e olho para o calção de Grover. Ele segura o meu queixo e olha para mim, balançando a cabeça numa negativa. — Não, não é isso. Pela primeira vez eu não estou falando sobre isso.

— Que alívio. — Eu sorrio.

— Você recolheria os meus pedaços se eu explodisse, Zander?

Eu pego a maçã da mão de Grover e a examino, ela não é perfeita, há uma manchinha marrom em sua casca.

— Eu prefiro você em pedaços. — Eu mordo a maçã bem no ponto onde fica a mancha, tiro um pedaço e o como. Depois eu atiro a maçã no Lago Kimball. Ela não afunda. E uma risada escapa da minha boca.

Maçãs podem flutuar.

* * *

Grover e eu retornamos ao Círculo da Esperança no momento em que Kerry está reunindo todos os campistas em torno de si. Grover aperta a minha mão uma vez mais, e então a solta.

Quando me vê, Madison demonstra alívio soltando o ar de modo um tanto dramático.

— Você conseguiu voltar, Zander.

— Sim, consegui.

— E está tudo bem? — ela pergunta.

— Não. — Eu sorrio. — Acho que nunca estará tudo bem. Mas talvez as coisas sejam assim mesmo.

Madison sorri e faz que sim com a cabeça.

— Talvez.

Nesse instante, Cassie surge ao meu lado.

— Blá, blá, blá... Ela está bem, Mads. Vá tomar um Rivotril. — Cassie me puxa de lado para conversar, afundando as suas unhas nos meus braços.— Você não vai me perguntar se *eu* estou legal, Z?

— Não. Eu sei que você não está legal.

— Bom, isso já não importa mais — Cassie diz.

— Por que não? — pergunto. Cassie começa a andar de um lado para o outro na minha frente, olhando fixamente para o chão. O que chama a minha atenção. — Cassie, o que foi?

— Eu estou cheia de ser nível vermelho, quero o amarelo.

— Quê?

— Você ficou surda? — Cassie fala bem perto de mim, olhando nos meus olhos. — Estou cansada do nível vermelho, quero o amarelo. Preciso refazer o teste de natação.

A minha preocupação desaparece e um largo sorriso se estampa no meu rosto. Toco os meus lábios e me lembro de Grover.

— É claro que sim — eu respondo. — Você precisa mesmo.

23

Chère Cassie,
Je t'aime.
Cordialement,
Alex Trebek

No dia seguinte, no café da manhã, Cassie diz a Madison que quer se submeter a um novo teste no lago. Ela até se sujeita às regras da sua punição, sentando-se na mesa dos monitores sem reclamar nem fazer drama.

— Por favor — Cassie pede, dando o seu melhor sorriso forçado. E Madison acaba concordando.

Eu volto à fila, pego mais uma fatia de pão torrado e o levo para Cassie.

— Você quer que eu fique igual ao Bek, é? — ela se queixa.

— Coma. Você precisa.

— É melhor que isso não tenha manteiga — ela resmunga.

— Confie em mim, eu conheço você melhor do que pensa.

Ela me olha de lado, passa o dedo sobre o pão e constata que não há manteiga ali.

Eu balanço os ombros com descaso e sigo para o outro lado do refeitório, de onde a observo para ter certeza de que ela está comendo. Ela não come o pão inteiro, mas pelo menos come alguns pedaços, o que já é um avanço.

Depois do café da manhã, eu fico no refeitório para decorar as nossas máscaras de papel-machê. Hayes nos traz tinta e nos fala sobre o que ele chama de "finalidade da atividade".

— Deixem o mundo saber quem são vocês hoje. Porque o hoje é tudo o que nós temos. O ontem já se foi e o amanhã pode nunca acontecer.

— Tecnicamente, esse momento é tudo o que nós temos, se você pensar bem — Grover filosofa, levantando um dedo no ar. — E num piscar de olhos o momento se vai. Não é estranho pensar que tudo o que sai da minha boca vai diretamente para o passado? Por exemplo, a frase que eu acabei de dizer há alguns segundos, "tecnicamente, esse momento é tudo o que nós temos", agora, é só uma lembrança. E isso é só uma lembrança agora. E isso é só uma lembrança agora.

— Sim. — A serenidade de Hayes parece agora ligeiramente abalada.

— Você dizendo isso já se tornou uma lembrança! — Grover diz, apontando para ele. — Então, o que você realmente quer que a gente faça é pintar o que nós somos no presente, sabendo que um segundo depois se tornará o que nós éramos no passado.

— Siiim. — Hayes prolonga a palavra ao pronunciá-la, como se não soubesse ao certo o que está acontecendo. Eu dou um cutucão nas costelas de Grover.

— Entendi! Nossa, eu vou pensar mais a fundo nesse assunto.

— Eu acho que você pensa demais, Grover — Hayes diz.

— E eu acho que você provavelmente está certo quando diz que eu penso demais. Mas, se tudo na vida se torna uma lembrança instantes depois de acontecer, só o que nós temos realmente são os nossos pensamentos. E como os meus provavelmente estão sob ameaça de extinção iminente, é melhor eu fazer uso deles enquanto posso. Não acha?

— Claro. — Hayes agora parece completamente confuso, mas o semblante de Grover é de satisfação. — Podem começar a trabalhar — Hayes diz, por fim.

Nesse momento, eu estou distraída demais pensando em Cassie, nos lábios de Grover e no fato de que o que nós somos neste momento não é o que nós seremos no futuro. Eu não quero perder tempo me perguntando quem sou eu, eu quero apenas ser.

No final, quando Hayes pede que cada um de nós mostre ao grupo sua máscara pronta, a minha não tem nenhuma pintura, está totalmente em branco.

— Opção interessante, Durga, e bem poética — ele diz.

— Genial — Grover comenta, empolgado. A máscara dele é uma réplica de Abraham Lincoln, com cartola e tudo. — Ninguém sabe como é o rosto do Grover Cleveland, então eu escolhi o presidente popular. Mas vocês entenderam, não é?

— No meu caso, eu considerei uma perda de tempo retratar o que eu fui no passado — explico.

— Amém. — Grover sorri.

No final da atividade, Grover e eu deixamos as nossas máscaras para trás. Aquelas pessoas já não existem mais.

* * *

O teste de natação de Cassie deve acontecer daqui a pouco. Ela e eu já estamos na praia, esperando. Alguns monitores também estão por perto, apenas observando. Tenho certeza de que vários deles estão torcendo para que ela se afogue. Ela aperta as mãos juntas na altura do peito e balança os braços.

— Tente fazer de conta que eu estou segurando você.

— Meu Deus, Z, você é tão lésbica. — Eu olho contrariada para ela. — Tá, desculpe. Escapou sem querer.

— Você comeu? — eu pergunto.

— Claro que comi.

— Você diz isso como se fosse uma coisa óbvia.

— Nada na vida é óbvio — Cassie responde.

— Você comeu mesmo? — pergunto novamente.

— Um pouco. Não estou me sentindo bem.

— Você está nervosa, isso é normal.

— Magrela! — Grover desce correndo a escadaria que dá na praia e Cassie abre um sorriso no instante em que o vê. — Maslow quis que eu lhe entregasse isso.

— Essa porra de Maslow de novo? — ela esbraveja, pegando uma caixa de pastilhas de limão da mão dele.

Grover olha para mim e nós dois fazemos cara de desentendido.

Cassie engole algumas pastilhas e depois me entrega a caixa.

— Se eu morrer a culpa é sua.

— Pare de fazer drama.

— E você pare de ? — Cassie olha com cara feia para mim. — Ah, só não me enche.

Cassie não ficou irritada e não fez nenhum comentário sarcástico ou totalmente desagradável. Bem, ela deve estar mesmo nervosa.

Grover e eu levamos Cassie até a água. Madison está na frente do painel de madeira com os dizeres "NO ACAMPAMENTO PÁDUA A DIVERSÃO É UMA REGRA", com uma prancheta e um cronômetro na mão, falando com outro monitor. A argola vermelha de Cassie está presa no painel.

— Você é capaz — eu digo, e aperto a mão de Cassie.

— A Zander está certa — Grover acrescenta.

— Caramba, dá pra vocês fecharem a boca só um pouco? O que é isso? Mais um grupo de chatoterapia? — Cassie sacode a mão, desvencilhando-se da minha.

— Essa é a minha garota — Grover diz, sorrindo.

Quando Cassie toma posição na água e Madison está prestes a iniciar o teste, uma gritaria chama a atenção de todos.

— Espera! — O rosto vermelho de Bek aparece no topo da escada. Ele desce os degraus cambaleando, trazendo consigo um equipamento de arco e flecha. Provavelmente percorreu o caminho todo correndo, porque está muito ofegante. — Espere!

Bek quase tropeça e cai de cara na areia enquanto tenta correr o mais rápido que pode na direção de Cassie. Ele deixa cair o arco e a flecha na praia e corre direto para a água, de tênis e tudo. Quando chega até Cassie, ele agarra os braços dela.

— Ficou maluco, gordinho? Tire essas patas suadas de cima de mim.

Mas Bek não lhe dá ouvidos. Tudo acontece numa fração de segundo. Sem aviso, Bek cola os seus lábios nos de Cassie e a beija, segurando os braços finos dela com seus dedos rechonchudos. Ela fica paralisada e Grover e eu nos olhamos espantados. Na realidade, todos os que testemunham a cena ficam pasmos.

Quando finalmente interrompe o beijo, Bek não vai embora. Cassie fica imóvel, parada no lugar como se as suas duas pernas fossem feitas de cimento.

— Boa, Bek! — Grover grita e bate palmas efusivamente. Ele coloca dois dedos na boca e assobia com força. O som deve ter arrancado Cassie do seu transe, porque ela finalmente se desvencilha de Bek, dá um passo para trás e solta um tapa na cara dele.

— Fique longe de mim, seu balofo!

Bek perde o equilíbrio e quase cai para trás, mas se recupera a tempo. E então ele caminha para fora do Lago Kimball, com a mão no rosto avermelhado, exibindo um grande sorriso.

— Eu te amo — ele sussurra enquanto passa atordoado por mim e por Grover, e então vai embora sem dizer mais nada.

— Sabe me dizer que diabos aconteceu aqui? — pergunto a Grover.

— Eu acho que o Bek finalmente acertou o seu alvo. — Grover sorri com malícia. Observo a inclinação do nariz de Grover e o modo peculiar como a ponta dele se curva ligeiramente para a direita. Acho que conheço essa sensação. Neste momento, eu só tenho a agradecer às imperfeições.

— Acho que quero ter aulas espanhol no ano que vem, em vez de francês — sussurro para Grover.

— Sábia escolha, *señorita*.

Madison explica que Cassie deve primeiro nadar nas proximidades do cais no estilo que ela desejar, apenas para mostrar o que ela sabe.

— E tem de ser impecável? — Cassie indaga.

— Não — Madison responde. — Apenas evite abaixar os pés. — Então, por um instante, Madison a contempla com um olhar de afeição genuíno. — Você é capaz, Cassie.

— É mesmo, titia? Não me diga! — Cassie zomba, ignorando o momento de enlevo.

Depois de executar essa parte do teste, ela terá de ir até uma parte mais funda e boiar por cinco minutos.

Cassie avança lago adentro e mergulha o corpo na água. Ela submerge até ficar com água na altura dos ombros, cercando-se de algo que a matava de medo até bem pouco tempo atrás. É uma das coisas mais lindas que já vi na vida, como quando o sol nasce no deserto e cobre o céu como um manto sagrado. Porém, quando Madison sopra o seu apito todo o meu corpo fica paralisado, até mesmo a minha respiração.

— Menos, Mads, menos. Não precisa ser tão formal assim comigo, caramba. — Cassie joga água em Madison, molhando as pernas e o short dela.

— Vamos logo com isso — Madison diz.

Grover segura a minha mão e a aperta, e eu também aperto a dele.

— Confie no seu potencial! — eu grito para Cassie. Ela se volta e olha para nós. Eu aceno com a cabeça e sorrio para ela.

Grover aperta ainda mais a minha mão e nós começamos a recitar ao mesmo tempo a oração tão conhecida no acampamento.

— Nós rezamos a Santo Antônio de Pádua para pedir três coisas. Que o que foi perdido seja encontrado. Que a alma seja livre. E que a vida seja duradoura.

Quando Cassie sai da água depois do teste, ela pega uma flecha que Bek largou na areia e anda até o painel onde a sua argola vermelha está pendurada. Cassie enfia a flecha bem no meio da argola.

Na mosca.

Coragem

24

Mamãe e Papai,

Como vocês estão? Como vocês estão de verdade? Pelas suas cartas eu fico a par do que vocês estão fazendo (aliás, eu achei incrível essa ideia do clube do podcast), mas não posso saber como vocês se sentem. Aqui no Acampamento Pádua nós conversamos bastante sobre como nos sentimos. Tenho uma amiga, a Dori, que odeia o padrasto. A Hannah, uma das garotas que ocupam o nosso chalé, se automutila porque se odeia. Ela nunca disse isso com todas as letras, não reconheceu que é assim; mas acho que um dia ela vai acabar se abrindo. Pelo menos é o que a Cassie diz. Cassie é minha amiga aqui. Ela literalmente odeia todas as pessoas na face da Terra, exceto o Grover, talvez. Quer dizer, às vezes eu acho que ela não me odeia. Mas às vezes eu tenho a impressão de que ela precisa me odiar, porque ela se sente melhor quando percebe que eu não vou desistir dela. E isso faz com que eu me sinta bem.

Eu ensinei Cassie a nadar.

E estou querendo dizer que espero, quando eu voltar, que nós possamos conversar sobre como nos sentimos. Espero...

Depois da prova de natação, quando eu quase me afoguei, eu sei por que o papai quase me bateu. E está tudo bem. Não se preocupem. Não vai voltar a acontecer.

Eu não estou mais afundando.

Z

P.S.: Grover é um garoto que mora nesta região, e ele é encantador. Mãe, você pode contar ao Cooper que eu disse isso na próxima vez que o encontrar na mercearia.

Cassie volta a se instalar no nosso chalé no fim da semana, depois de ter cumprido o seu castigo na "solitária". Ela aparece de repente e abre a porta do chalé com alarde.

— Voltei — Cassie chega gritando. Então ela caminha até a sua cama, deixa cair no chão a sua mochila e pega a colcha que eu havia deixado na cama dela.

— O que é isso aqui?

— Era da Molly — eu explico.

— Que horror. — Ela solta a colcha assustada. — Você colocou a colcha da sua irmã morta na minha cama?

— Pensei que pudesse ser útil pra você, tonta.

Quando caminho para pegar a colcha de volta, Cassie me faz parar.

— Tonta?

— Foi a primeira coisa que me veio à cabeça.

— Precisamos arranjar uns xingamentos melhores pra você, Z.

Então, Cassie estende a colcha sobre a sua cama novamente. Quando ela vai ao banheiro para escovar os dentes, eu dou uma olhada dentro de sua mochila. Os doces sumiram. Eu abro o zíper do compartimento onde a vi guardar as pílulas para emagrecer no primeiro dia no acampamento e constato que elas continuam no mesmo lugar. Cassie manteve a sua promessa. Eu ponho tudo no lugar e fecho o zíper.

Quando Cassie sai do banheiro, eu não resisto à vontade de sorrir para ela.

— O que é que você está fazendo aí parada e me olhando, sua tonta? — ela me diz.

Vê-la de volta me deixa feliz. Eu estava com saudade de Cassie.

* * *

O Círculo da Esperança está silencioso. Eu estou totalmente concentrada na atividade do momento: entrelaçar fios coloridos de plástico e fazer um cordão para chaveiro. Todas nós estamos levando o trabalho a sério, menos Cassie, que está deitada na grama arrancando flores de dentes-de-leão. Ela está no meio de um cemitério de flores despedaçadas.

O objetivo da lição é simples, de acordo com Madison, fazer um chaveiro com trançado colorido usando fios de plástico e dá-lo de presente a outra pessoa junto com uma confissão sobre você mesmo. Daí então essa pessoa levará consigo uma recordação da coragem que você precisou ter para falar com honestidade sobre quem você é. No fim das contas, a ideia é mostrar que todas nós somos corajosas e capazes de fazer isso.

— Nós precisamos de coragem para superar os momentos difíceis da vida — Madison diz enquanto caminha ao redor do grupo. — Quando nós nos sentimos desanimadas, quando o medo de falhar nos deixa tensas, quando parece que o mundo inteiro está contra nós, precisamos ter coragem para nos reerguermos e começarmos de novo.

Eu traço os fios laranja, amarelo e rosa, repetindo sempre o mesmo padrão. Quando o tempo da nossa reunião está quase acabando, Madison usa um isqueiro para queimar as pontas dos trançados para impedir que se desmanchem.

Hannah vem até mim e me oferece seu chaveiro.

— Para você, Zander.

Eu tento não parecer espantada, mas algo me diz que a minha tentativa não é lá muito convincente.

— Obrigada — eu respondo com hesitação.

— As garotas pegam no meu pé — ela revela num desabafo. — As meninas da minha escola. Desde a época do jardim da infância. Eu não sei por que elas fazem isso, mas fazem, então eu acredito que deve haver algo de errado comigo, não é? *Deve haver* algo de errado comigo para que elas me odeiem tanto.

— Eu não sei. Talvez elas só sejam umas chatas.

— É, talvez. — Hannah estreita os olhos, como se estivesse considerando seriamente a possibilidade.

— É por isso que você se corta? — pergunto.

Ela abaixa a cabeça e olha para a sua blusa de manga comprida.

— Eu consigo perceber isso agora, Zander. Consigo perceber o que há de errado comigo, porque está na minha pele.

Eu faço que sim com a cabeça, sentindo-me mal por ela, e pego o chaveiro de sua mão.

— Além disso, acho que estou apaixonada pelo Kerry — ela diz.

— Kerry? Quer dizer... Kerry, o dono do acampamento?

— O próprio. Ele é tão bonito.

— E tem o dobro da sua idade.

— Eu sei. — Uma expressão pensativa se desenha no rosto de Hannah. Ela se mostra inquieta, como se alguma coisa a estivesse incomodando. — Ah, e tem mais. Quem fechou a janela fui eu.

— Quê?

— Eu fechei a janela depois que a Cassie pulou para fora. Por favor, não conte a ela que eu fiz isso. Ela vai querer me matar.

Hannah tem razão, Cassie poderia mesmo matá-la. Eu brinco com o chaveiro. Hannah precisou mesmo de coragem para fechar aquela janela. Coragem ou insanidade.

— Eu não vou contar nada para ela — respondo.

Quando Hannah se vai, eu percebo que a confissão a deixou aliviada. Vejo também que Cassie ainda está sobre a grama e então eu me sento ao lado dela.

— Cabeças vão rolar! — Cassie comprime o dente-de-leão bem no ponto onde a haste encontra a flor. A cabeça amarela se desprende da haste e flutua no ar, pousando perto da minha perna.

— É para você — eu digo, mostrando a ela o meu chaveiro.

Cassie se senta ereta e o pega.

— Sim, e agora você não tem que me confessar alguma coisa?

— Eu contei tudo a você algumas noites atrás.

— Isso é impossível, você não pode ter me contado *tudo*.

— Grover me beijou — eu digo, meio embaraçada.

Cassie endireita mais ainda as costas e olha para o chaveiro.

— Ele beija bem? — A voz dela soa tensa e eu me arrependo de ter feito a revelação. Mas não tem mais volta agora, então eu respondo com sinceridade.

— Sim.

Cassie se levanta e bate as mãos na parte de trás de seu short para tirar a poeira, mas não olha para mim. Os olhos dela estão firmemente focados em algo invisível para além da fogueira.

— Eu também não posso reclamar do Bek, sabe? Ele até que beija bem, apesar de toda aquela banha. E, pra ser sincera, eu não dou a mínima para o que você e o Grover fazem. Sejam felizes, façam filhos e tudo o mais que quiserem. Mas se eu fosse você pensaria com muito cuidado no assunto, porque as chances de vocês terem filhos dementes são enormes. — Ela abaixa a cabeça e os olhos dela se voltam para as dezenas de dentes-de-leão destruídos no chão.

Eu recolho um deles da grama e o ofereço a ela. Talvez ela sinta necessidade de destruir alguma coisa. Ela pega a flor e volta a olhar para mim.

— Quem apresentou vocês dois fui eu. Só espero que você não se esqueça disso. Eu já era amiga dele antes de você aparecer.

— Eu nunca vou me esquecer.

Nós passamos boa parte da tarde nadando no lago, com Bek e Grover nos fazendo companhia. Quando, por fim, retornamos à praia, Cassie empurra Bek contra o painel de madeira e ameaça cortar fora as suas bolas se ele tentar encostar a boca nela mais uma vez.

— Isso se eu conseguir encontrar suas minúsculas bolinhas no meio dessa banha toda — ela dispara, com as mãos apoiadas contra o peito dele.

— Você está tocando em mim — Bek diz, abrindo um sorriso largo.

— Olha, ele disse outra verdade. Querem saber? Acho que o Bek está curado — Grover declara.

Cassie resmunga, como se estivesse absolutamente enojada, e o solta. Ela pega sua nova argola amarela e a pendura com orgulho no painel.

Ela me pede que eu a ensine alguma nova técnica de natação e eu passo um bom tempo ensinando-a a movimentar a cabeça e respirar enquanto nada. Depois disso, nós passamos para a modalidade de nado de peito.

— Peito é o meu estilo favorito — Grover diz com entusiasmo. — E não pense que eu não notei seu novo traje de banho. — Ele olha para o meu biquíni com expressão de aprovação.

— Alguém aí disse *peito*? — A cabeça de Bek emerge da água.

Depois de passar todas as dicas para Cassie, nado com Grover até a plataforma, e nós apostamos para ver quem mergulha até o fundo e volta à superfície mais rápido, trazendo na mão um punhado de areia. Cassie nos observa de longe, incapaz de nadar para além das boias que marcam o limite entre as áreas amarela e verde.

Eu mergulho e avanço para baixo o mais rápido que posso. Assim que toco o fundo, encho a mão de areia e então bato os pés no chão para ganhar impulso e voltar à superfície, deixando para trás, nas profundezas do Lago Kimball, a lembrança de que teria sido bem fácil para mim permanecer lá embaixo.

— Quem chegou primeiro? — Grover grita, cuspindo água.

— Eu cheguei. — Eu espirro água nele com um movimento da mão, ainda segurando a areia.

— Cassie é quem vai decidir. — Boiando com a cabeça para fora da água, ele levanta o braço e aponta para ela.

Por um instante, Cassie parece avaliar os punhados de areia nas nossas mãos.

— Cleve ganhou — ela declara por fim.

Eu o empurro e jogo a minha areia no braço dele, mas os grãos são logo levados pela água.

— Que juíza tendenciosa! — eu reclamo.

Grover sorri e avança na minha direção. Ele me puxa pelas pernas, arrastando-me para perto dele e para debaixo d'água. Ele tenta me segurar, mas eu luto para me desvencilhar de seus braços e as minhas risadas fazem surgir bolhas ao redor da minha cabeça. Nós emergimos ao mesmo tempo em busca de ar.

Ele sorri para mim.

E eu sorrio para ele.

Nós voltamos a flutuar abaixo da superfície. Eu afundo apenas o suficiente para que a minha cabeça fique totalmente imersa. O sol cintila através do azul-esverdeado do lago quando Grover se movimenta debaixo da água para se aproximar de mim, ficando com o rosto a centímetros do meu. Ele corre os dedos pelo meu cabelo flutuante, fazendo os fios se agitarem como grama ao vento.

E então nós nos beijamos pela segunda vez. Os lábios dele pressionam delicadamente os meus e nós ficamos assim, flutuando na água logo abaixo da superfície.

* * *

Quando os garotos se retiram a fim de tomar banho antes do jantar, Cassie e eu nos sentamos na beirada do cais, com nossos cabelos ainda molhados e nossos rostos voltados para o sol.

— Antes de a minha irmã nascer, a minha mãe costumava tirar alguns dias de folga do trabalho todo verão para me levar à piscina do clube. E ela comprava aqueles picolés vermelhos, brancos e azuis no quiosque de sorvetes para mim.

— Esses picolés são cheios de xarope de milho rico em frutose.

— Eu sei. Não consigo acreditar que a minha mãe me deixava comer aquilo. — Eu sorrio ao me lembrar de um momento do qual eu havia me esquecido por tanto tempo. — O carro virava um forno depois de ficar parado sob o sol por tantas horas, mas aqueles dias eram maravilhosos.

— A minha mãe nunca fez nada por mim. — Cassie desliza os pés sobre a água.

— Isso não pode ser verdade, alguma coisa ela deve ter feito.

— Além de deixar os piolhos me devorarem viva? — Ela abaixa a cabeça, fitando as próprias mãos enrugadas depois de tanto tempo na água. Dou a Cassie mais alguns segundos, esperando que ela se sinta confortável para falar. — Bom, eu acho que ela fez uma coisa, sim. Ela me ensinou a fazer tranças. Uma garota negra precisa saber fazer tranças no cabelo.

— Você quer fazer tranças no meu cabelo?

Cassie olha para mim como se essa ideia fosse ridícula.

— Eu não sei se conseguiria. Eu só faço isso no meu próprio cabelo.

— Eu tenho certeza que você consegue. — Eu cutuco a perna dela com o cotovelo. A perna com a cicatriz. Então vou ainda mais além e me arrisco a tocá-la. Cassie se afasta por um instante, mas depois volta a perna pro lugar onde estava, encostando-a na minha mão. — Faz, for favor — eu insisto.

Ela resmunga e se levanta.

— Espere aqui.

Depois de alguns minutos, Cassie volta para o cais com um pente e um punhado de elásticos que apanhou no chalé.

— Quantas tranças você vai fazer no meu cabelo?

— Você vai ver — ela responde com um sorriso travesso.

Os dedos de Cassie trilham o meu couro cabeludo, separando o cabelo em seções que ela prende em pequenos rabos-de-cavalo. Ela trabalha um por um, trançando-os inteiramente.

Enquanto ela penteia, manuseia e toca o meu cabelo, eu permaneço calma e parada. Cassie não fala muito enquanto trabalha. Com a atividade na água, o sol e agora a sessão de penteado, eu começo a ficar sonolenta.

— Acho que eu poderia ter feito isso com a Molly — eu digo num estado um pouco letárgico. — Acho que irmãs gostam de fazer tranças nos cabelos umas das outras.

Cassie amarra a ponta de uma das tranças com um elástico.

— Sinto muito pela sua irmã, Z.

Julgando pela voz suave de Cassie ao dizer isso, eu acredito que ela está sendo verdadeira.

— Sinto muito pela sua vida, Cassie.

— Eu também.

Quando o meu cabelo já está todo trançado, Cassie se senta de novo ao meu lado na beirada do cais e contempla o Lago Kimball.

— Como é o fundo do lago, Z?

— Você sabe como é.

— Não aqui no raso — Cassie diz, e aponta na direção da plataforma. — Lá na parte mais funda.

Eu faço que sim com a cabeça, entendendo por fim aonde ela quer chegar.

— Lá a areia é mais macia e tem menos vegetação.

— Isso parece legal.

— E é.

Cassie fica um instante em silêncio.

— Eu quero tocar o fundo do lago como você fez hoje — ela me diz de repente. — Quero poder pular daquela plataforma, quero ter a argola verde! Você me ajuda?

— Claro que sim — respondo, passando as mãos nas tranças em meu cabelo.

* * *

Quando Cassie e eu estamos saindo do cais no fim do dia, Hanna vem até nós correndo, trazendo cartas nas mãos.

— Cartas de casa! — Ela entrega uma para mim e uma para Cassie. Nesse momento eu me dou conta de que nunca tinha visto Cassie receber uma carta.

— Obrigada — eu digo.

Cassie segura sua carta com força entre os dedos. Eu noto a expressão inerte em seu rosto. Os olhos arregalados parecem estar em transe.

— Cassie?

Ela desperta de repente.

— A gente se encontra no chalé — Cassie diz. — Vou fazer número dois no banheiro do refeitório. — Quando está a meio caminho da escada, ela se volta para nós. — Ah, só uma coisinha, Hannah... eu sei que foi você.

— Hein? — Hannah olha para mim com expressão de total incredulidade. — Você contou a ela!

Eu faço que não com a cabeça e hesito, sem saber o que dizer.

— Não, não contou — Cassie grita, virando novamente as costas para nós. — Você mesma acabou de se entregar.

Eu continuo olhando para a carta que Cassie está segurando com firmeza, como se temesse que o envelope fosse levado por um vento mais forte e se perdesse.

25

Querida Zander,

    Obrigada pelas suas cartas. Seu pai e eu estamos muito felizes de saber que as coisas estão correndo tão bem no acampamento, você nem imagina a nossa felicidade.

    A verdade, Zander, é que eu pensei que você estivesse preparada. Pensei que estivesse preparada para aceitar a morte da sua irmã. Mas eu não estava. Acho que os pais nunca estarão preparados para uma coisa dessas, porque nós sempre temos a expectativa de que isso não vai realmente acontecer, independentemente da situação. É tolice, eu sei. Mas a alternativa... Bem, algumas vezes a esperança é a única alternativa, porque a realidade é insuportável.

    E foi insuportável.

    Eu não podia deixar Molly partir. Quando você tiver filhos, e eu rezo para que os tenha um dia, eu espero que você não queira deixá-los partir também.

    Sei que foi errado mantê-la comigo, mas ela era o meu bebê. E eu precisei dela até o último segundo do último dia.

    Eu ainda preciso dela.

    E ainda preciso de você.

    Escrever cartas é uma coisa interessante. Eu já me sinto melhor colocando tudo isso no papel.

    Eu contei ao Cooper que você tem um novo namorado no acampamento e que você disse que esse garoto beija bem. Eu nunca gostei do Cooper mesmo. Ele come como um Neanderthal.

    Com amor,
    Mamãe

Eu aperto a carta da minha mãe contra o peito, amassando o papel debaixo das minhas mãos, e me encosto na parede do lado de fora do refeitório enquanto os campistas vão entrando na fila para o jantar. Eu não consigo interromper esse momento. Preciso manter essa carta bem perto de mim só mais um pouquinho, enquanto processo as palavras dela.

    Leio a carta mais uma vez.

    — Espero que não seja do Coop tentando reconquistar você. — Grover espia sobre o meu ombro.

Eu dobro a carta rapidamente e a enfio no bolso de trás do meu short.

— Ei, que belo penteado. — Ele toca uma trança.

— Foi obra da Cassie — eu digo, passando a mão sobre a minha cabeça. — E a carta é da minha mãe.

— Você contou a ela sobre mim?

— Talvez. — Eu abro um sorriso discreto. Nós não nos movemos. Ele pega outra trança e a gira em torno do dedo. Eu sinto arrepios percorrendo os meus braços.

Essa noite os olhos de Grover estão mais brilhantes do que de costume e ele está vestindo novamente a sua camisa com os dizeres "É divertido pra valer ir à biblioteca para ler". E quanto mais Grover olha para mim, mais aumenta o frio na minha barriga.

— Quer fazer uma coisa comigo hoje à noite, Zander?

Eu não pergunto o que ele tem em mente porque não me importa muito. Simplesmente digo "sim", e então nós entramos no refeitório de mãos dadas.

— Não desfaça essas tranças, eu gosto delas.

Cassie já está sentada na nossa mesa. Eu não a vi voltar para o chalé. Eu saí de lá mais cedo para poder ler a carta da minha mãe com tranquilidade, já que ali havia gente demais para me bisbilhotar. Mas ver Cassie agora me traz uma enorme sensação de alívio.

Quando passo pela prateleira de maçãs, eu deslizo as mãos sobre as frutas. Não preciso de uma delas hoje. A lembrança do motivo pelo qual eu não como maçãs não me sai da cabeça. Eu então sigo para a mesa e, quando me sento ao lado de Cassie, ofereço a ela o meu pãozinho.

— Não, Z, obrigada. — Cassie diz enquanto corta a sua alface com a colher.

— Nós podemos praticar mergulho amanhã — eu digo. — Posso ensinar você a fazer isso.

— Maravilha. Mal posso esperar.

Cassie não fala muito durante o jantar e a comida dela permanece quase intacta. A certa altura ela olha para Bek.

— A sua falecida mãe não lhe ensinou a comer com a boca fechada, Bola?

Bek olha para Cassie com os olhos arregalados e então engole a comida de uma só vez. Não é incomum Cassie fazer esse tipo de comentário, mas eu sinto que tem algo de diferente no tom de voz dela.

— Você está bem? — eu pergunto.

Ela finalmente olha para mim.

— Nós já falamos nisso um milhão de vezes, Z. Eu nunca estou bem. — Então ela sorri, e eu volto a ficar aliviada.

— E então, quem foi que lhe mandou a carta? — Eu tomo um gole do meu leite. Cassie golpeia um pedaço de alface com a colher.

— A minha tia Chey.

— Ah, eu não sabia que você tinha uma tia.

— Todo mundo tem uma tia, Z. — Cassie golpeia a alface novamente.

Eu suspeito que Cassie não quer levar o assunto adiante, então não falo mais nisso. Pelo menos ela me contou de quem era a carta, isso já é alguma coisa. E eu já conheço a Cassie há tempo suficiente para saber que é inútil tentar forçá-la a fazer algo.

Depois do jantar e da distribuição de medicamentos noturna, lá vamos nós de novo nos sentar em torno da fogueira para destruir as canções de James Taylor acompanhados por Hayes e seu violão. Kerry pergunta se algum de nós gostaria de cantar uma música para o grupo.

— É uma demonstração de *coragem* — ele diz. — Pra cantar sozinho diante de todo o grupo, a pessoa tem que ter peito.

Para a minha surpresa, Dori levanta a mão e aceita o desafio. Ela canta um longo trecho de "Fire and Rain". A voz dela é leve e suave. Dori provavelmente faz parte de algum grupo de coral lá em Chicago. A ideia de que logo vou ter de voltar para casa me deixa inquieta e eu me remexo no meu assento. Estou tranquila com relação a muitas coisas agora, mas quanto a ir para casa... Eu levo a minha mão até a carta no meu bolso. E isso é o mais perto que eu quero estar do Arizona nesse momento.

Quando estamos voltando para os nossos chalés, Grover surge atrás de mim e puxa a minha camisa.

— Lembre-se: você disse que faria comigo esta noite — ele sussurra.

— Eu acho que você está deturpando as coisas. Eu não entendi o que você quis dizer com isso.

— Você tem razão, deixe-me esclarecer. — Grover puxa a minha camisa de novo. — Você não se opõe a praticar arrombamento, não é?

— Como assim?

— Você vai ver. — Ele começa a correr de volta para a área do acampamento reservada apenas aos garotos. — Apenas espere por mim.

— Onde?

Ele para subitamente.

— Dããã... na sua cama, é claro. Onde mais a gente poderia fazer isso?

Todas as garotas, inclusive Cassie, pegam no sono rapidamente, mas eu continuo com os olhos arregalados, olhando para o estrado da cama acima da minha. Dou uma espiada na janela fechada do banheiro. Madison informou à equipe de manutenção que estava faltando o parafuso que mantém a janela fechada, mas eles avisaram que consertariam isso só no fim do verão. Por conta disso, nossa instrutora fechou-a provisoriamente com fita adesiva.

Eu consigo ver o rosto da Madison enquanto ela dorme. Seu cabelo longo cai pelo seu ombro, próximo da chave pendurada no seu pescoço, e, por um breve momento, eu me pergunto quais serão os dramas da sua vida. Ninguém é perfeito. Mesmo quando você tem a chave que lhe permite escapar de um quarto trancado, isso não significa que você irá usá-la. Algumas pessoas se sentem mais confortáveis presas em suas próprias armadilhas.

O tempo parece não passar enquanto eu espero por Grover, e é cada vez mais difícil controlar a ansiedade. Quando ouço a maçaneta da porta girar, eu me sento rapidamente. A porta se abre muito pouco, tão pouco que quem não está olhando para ela não pode notar nada. Mas, nesse caso, eu estou olhando. Olhando e esperando. E valeu a pena esperar.

Calço os meus tênis e caminho na ponta dos pés até a porta. Da maneira mais silenciosa possível, eu me esgueiro para fora do chalé e saio na noite.

Grover me aguarda sob a luz da lua, vestindo calça de pijama xadrez e uma camiseta branca.

— Como você conseguiu abrir a porta? — eu pergunto.

Ele me mostra uma argola gigantesca com um zilhão de chaves presas nela.

— Com uma das minhas chaves.

— E como você conseguiu isso aí? — eu digo, apontando para o molho.

— Eu roubei as chaves principais no último ano e fiz cópias depois que voltei para casa. Em caso de incêndio, é muito perigoso que nós estejamos todos trancados. Eu sei que o acampamento garante segurança aos campistas, mas eu não me sinto muito tranquilo com relação a isso.

Isso explica como ele foi capaz de sair do seu chalé sem ser visto.

— Foi com você que a Cassie conseguiu a chave para abrir o Centro de Saúde?

Grover faz que sim com a cabeça.

— Ela precisava, Zander.

— Eu pensei que a Madison tivesse a única chave. — Eu toco na argola com as chaves.

— Sempre há *mais de uma chave* para se abrir uma porta, garota. — Grover passa o braço em torno de mim. — Vamos, quero lhe mostrar uma coisa.

Enquanto nós caminhamos até o refeitório, Grover não se afasta de mim, mantendo-me ao seu lado e aninhada em seus braços. Com uma de suas chaves ele abre a porta do refeitório e, então, me puxa para dentro da escuridão. Ele não fica longe de mim nem por um instante.

Andamos um pouco e então paramos diante da porta de um depósito.

— Então quer dizer que nós escapamos dos nossos quartos para nos escondermos em um quartinho desses? — eu sussurro, e depois bocejo.

Mesmo em meio à escuridão eu consigo ver Grover sorrindo. Ele abre a porta e eu vejo surgirem as luzes de um monitor de TV ligado. No chão há travesseiros e uma tigela de pipoca.

— O que é isso?

Grover me convida a entrar no quarto.

— Isso é um encontro pra vermos um filme — ele responde.

— Um encontro. — Eu sorrio para Grover.

— Eu vi o Kerry guardar a televisão aqui e pensei: *por que não?* Infelizmente o nosso cinema tem uma variedade limitada de filmes. E também existe o risco de sermos encarcerados.

Eu me sento em um dos travesseiros.

— Tudo bem, eu aceito correr esse risco — digo.

Grover aperta a tecla que liga o aparelho de DVD e se senta ao meu lado. Eu pego um pouco de pipoca e deito a cabeça no ombro dele.

— Sei que a gente está só começando, mas eu já posso dizer que esse é o melhor encontro que eu já tive — eu digo.

— Esse é o primeiro encontro da minha vida, Zander.

— Sério?

Grover olha para baixo, para as suas mãos, e mexe no botão da sua camisa.

— Um pai esquizofrênico que, a qualquer momento, pode sair por aí sem as calças não é exatamente um ímã de garotas. A verdade, Zander, é que a maioria das pessoas têm medo do meu pai.

Eu pego na mão dele e a aperto.

— As pessoas também tinham medo da Molly. Às vezes a realidade é feia demais para ser encarada.

Grover finalmente volta a olhar para mim.

— Neste momento eu estou olhando para uma realidade que jamais poderia ser considerada feia.

As palavras dele me fazem querer rir e chorar ao mesmo tempo.

— Mas que filme esse cinema vai exibir essa noite, afinal? — pergunto.

— Um verdadeiro clássico do universo adolescente: *Clube dos Cinco*.

Eu coloco uma pipoca na boca.

— Já me disseram que esse filme é dos bons.

A trilha sonora do filme começa a tocar e nós nos acomodamos sobre os travesseiros. Grover não solta da minha mão nem por um instante. Ele a segura com força e a mantém sobre o seu coração.

Quando o filme termina, nem eu nem Grover nos movemos. A minha cabeça está apoiada no peito dele, o meu braço pousado sobre seu torso e a minha perna enganchada nas dele. Eu estou toda enrolada em Grover.

Ele brinca com as minhas tranças enquanto os créditos do filme são exibidos sobre uma imagem congelada de John Bender agitando o punho no ar no campo de futebol.

— Você acha que a rainha do baile e o delinquente vão ficar juntos quando voltarem para a escola na segunda? — pergunto.

— Espero que sim — Grover responde.

— Eu também espero. — Eu brinco com a sua camisa, enrolando-a entre os dedos. — Você é mesmo virgem, Grover? — Ele se senta, e então eu olho para ele e faço o mesmo, dando de ombros. — Bom, eles falam disso no filme como se fosse um grande tabu.

— Sim — ele responde em voz baixa. — Eu sou virgem.

As palavras dele fazem a minha respiração se acelerar.

— Você e o Cooper já... — Grover não termina a frase.

— Não, ele só gostava dos meus peitos.

— Bem, eu consigo entender o porquê.

Sei que o meu rosto está ficando vermelho, mas eu não deixo que os meus olhos se desviem dos de Grover agora. Tento me acalmar e controlar a respiração, e reúno a coragem necessária para fazer uma revelação. A coragem de que Madison havia falado mais cedo.

— Eu nunca senti realmente alguma coisa pelo Cooper quando a gente namorava, simplesmente não sentia nada. Eu só fazia isso porque assim meus pais pensavam que tudo estava bem. Se eu estivesse namorando, indo à escola e tirando notas boas era sinal de que a minha vida não estava afundando.

— Sei que é egoísmo, mas fico feliz que você nunca tenha gostado de verdade do Cooper.

Eu deslizo os joelhos para mais perto dele no chão do quartinho.

— Bem, resumindo, essa é meio que a primeira vez que eu tenho um encontro de verdade com um garoto.

— E essa é meio que a primeira vez que eu tenho um encontro de verdade com uma garota — Grover diz.

Quando ouço essas palavras, eu sei o que preciso fazer. Respiro fundo. *Coragem*. Estendo a mão na direção do bolso de trás da calça dele. *Coragem*. Procuro o caderno de anotações de Grover, mas não consigo encontrá-lo.

— Onde está o seu caderninho? — pergunto.

— Eu estou tentando sobreviver sem ele — Grover responde sem desviar os olhos dos meus.

Coragem.

Não importa quais sejam as chances de que Grover e eu fiquemos juntos no futuro; neste momento, eu tenho cem por cento de certeza de que estar aqui é exatamente tudo o que eu quero. E é isso que faz a vida valer a pena.

Eu abro o botão da minha camisa e fecho os olhos. Não quero nunca mais ficar entorpecida, de jeito nenhum. Quero ter coragem para sentir. Tudo. Eu *preciso* disso.

Eu tiro a camisa e a jogo no chão. Faço o mesmo com o meu sutiã. E então fico nua. O meu peito sobe e desce a cada respiração. A pele que recobre o meu coração e os meus pulmões e tudo o que me mantém viva agora está exposta. E os meus olhos estão bem abertos.

Grover leva alguns instantes para cair em si e então também tira a sua camisa. Eu já vi o seu peito nu antes — hoje mesmo, mais cedo no lago —, mas aqui, neste lugar, é diferente.

Eu pouso a mão sobre o coração dele e meus dedos tremem. Ele faz o mesmo, e também estremece quando me toca. Ele pressiona a palma da mão contra a minha pele.

— Pode me sentir? — ele pergunta.

Eu faço que sim com a cabeça. Sinto cada centímetro da sua mão, até os sulcos e curvas das pontas dos seus dedos, como se estivessem gravados em mim.

Eu puxo a mão dele, tirando-a do meu peito e colocando-a no meu ombro. Começo a acariciar o seu braço desajeitadamente com meus dedos, em movimentos circulares sobre a pele, Grover parece tão tranquilo. Mas eu não estou tranquila, muito pelo contrário. Eu me sinto confusa, agitada e assustada, mas não vou recuar. Simplesmente porque Grover vale muito a pena.

Ele fecha os olhos e mordisca o lábio inferior. Eu acaricio os dedos dele e então puxo a sua mão até a minha boca e a beijo. Beijo a ponta de cada um dos seus dedos e faço um desejo para cada beijo. Desejo que ele nunca fique doente. Desejo que ele se lembre disso para o resto da vida. Desejo que a vida dele seja toda baseada na realidade, seja ela qual for. Porque a realidade pode ser feia, com pessoas perdidas e desajustadas, mas essas pessoas *ainda assim* podem ser lindas.

Quando eu puxo Grover para mais perto de mim, ele abre os olhos e acaricia o meu rosto. Depois, a sua mão desliza até o meu cabelo trançado; ele prende uma trança atrás da minha orelha, mas ela escapa e volta para o mesmo lugar.

— Ninguém pode deter você — ele diz.

— Não esta noite.

— Não, Zander. Nem essa noite nem nunca.

Eu encosto os meus lábios nos dele, num beijo hesitante a princípio, mas que logo se intensifica calorosamente. Eu colo o meu corpo no de Grover e nós nos tornamos um só. Os dedos dele pressionam as minhas costas e os meus correm ao longo da sua espinha. Meus lábios devoram os dele, buscando se apropriar de todos os sabores que possam encontrar; e também de cada centímetro, de cada palavra e som que já tenham passado pelos lábios de Grover.

Nós nos deitamos sobre os travesseiros, nossas peles quentes se fundindo, e eu dou uma risada boba quando Grover mordisca o meu pescoço.

Essa noite nunca terá fim, porque em cada momento de cada dia, pelo resto da minha vida, eu vou revivê-la. Ela sempre estará boiando na superfície da minha mente.

26

A Quem Possa Interessar,
   Eu rejeito as suas regras.
   Beijos,
   Cassandra Dakota LaSalle

A minha camisa ainda está estirada no chão. Eu tateio ao meu redor à procura do meu sutiã. Levanto o braço de Grover, passo por debaixo dele e o ponho de volta com cuidado sobre o seu abdome nu.

Ele está dormindo, com a boca ligeiramente aberta, e respira ora pelo nariz ora pela boca. Eu passo a língua nos lábios, sentindo o desejo arder dentro de mim. Eu me sinto como se pudesse explodir em um milhão de maravilhosos pedacinhos disformes.

Enquanto volto a me vestir, e o tecido da minha roupa toca todos os lugares que Grover havia tocado algumas horas atrás, eu cantarolo. Meu corpo vibra cheio de vida.

Eu espio para fora do quartinho por uma fenda na porta. Uma luz púrpura e cinzenta banha as árvores, com um leve indício de amarelo. Agora já não temos mais muito tempo.

— Grover. — Eu toco o rosto dele. Ele move a cabeça, reagindo ao meu toque. — Grover — eu repito, tentando acordá-lo com cuidado.

Ele toma a minha mão e, lentamente, como faria um cego, começa a explorar o meu braço com seus dedos, mas não abre os olhos.

— Por favor, me diga que você é real. Diga que isso não foi um sonho. Diga que eu não vou abrir os olhos e descobrir que estou no meu quarto, na minha cama, com um pôster velho do Homem-Aranha pendurado na parede.

— Você tem um pôster do Homem-Aranha pendurado na sua parede?

— Bom, eu gosto dos super-heróis dos gibis. — As mãos de Grover alcançam o meu rosto.

— Eu sou real.

Os olhos dele se abrem.

— E eu acho que finalmente me encontrei.

Grover me acompanha até a porta do meu chalé enquanto o sol começa a aparecer no céu.

— Bem, então ficamos assim. Não se preocupe, eu vou ligar para você. — Ele esfrega a mão pelo cabelo quando chegamos.

— Grover, você vai me ver daqui a... sei lá, duas horas.

— Ah, entra na brincadeira. Esse é o nosso primeiro encontro, lembra?

Eu sorrio.

— Eu amei a nossa noite, Grover.

— Eu também. Quem sabe a gente não faz isso outra vez? — Grover estende a mão para mim e eu a seguro.

— Seria ótimo.

Ele me puxa, inclina a cabeça e me beija.

— A propósito... — ele sussurra ao meu ouvido — eu continuo achando que a rainha do baile e o delinquente acabaram ficando juntos.

Eu sorrio, sentindo a respiração dele em meu ouvido, e então levo minhas mãos até as costas e abro o meu sutiã. Grover olha para mim, intrigado. Enfio os braços dentro da camisa e deslizo as alças do sutiã pelos braços. Então, como um mágico puxando lenços coloridos de dentro de um chapéu, eu tiro o sutiã por baixo da camiseta.

— Eu não tenho um brinco de diamante. Isso vai ter que servir.

Eu dou nele um beijo de boa-noite (ou seria de bom-dia?) e entro rapidamente no meu chalé.

* * *

— Você parece estranha — Cassie diz atrás de mim.

Eu bocejo enquanto nós seguimos pela fila da comida. Eu quase não consigo ouvi-la.

— Bom dia, moças — Grover se anuncia, surgindo atrás de nós. Seu cabelo está úmido e ele cheira a sabonete. — Ou eu deveria dizer moça e... o que você é hoje, Magrela, garoto ou garota?

— Hoje eu sou só uma pessoa cansada.

— Bem, isso já é alguma coisa. — Grover inclina a cabeça e olha para mim. — E você, Zander, como você está?

Antes que eu possa dizer qualquer coisa, Cassie passa por mim na fila, empurrando sua bandeja contra as minhas costas.

— Ela está agindo de modo estranho.

— De modo estranho? — Grover põe o dedo na ponta do queixo, e eu me lembro de tê-lo beijado ali e de ter sentido uns pelos de barba rala com a minha língua. Esse pensamento faz os meus braços se arrepiarem.

— Ótima — eu respondo por fim. — Eu estou ótima.

— Ótimo. — Ele sorri.

— Ótimo. — Faço que sim com a cabeça.

— Ótimo — Cassie repete com voz sarcástica. — Acho que vou ali vomitar.

Grover estala a língua em sinal de desaprovação.

— Magrela, isso não combina com você.

Cassie se retira sem dizer mais nada.

Grover e eu ficamos parados, olhando um para o outro. A pele dele tem um brilho claro, quase como o da cera. A noite passada parece que não foi real. Eu levanto a mão e toco seu cabelo úmido, só para ter a confirmação. Ele faz o mesmo com uma das minhas tranças.

Kerry bate palmas três vezes e o som ecoa por todo o refeitório. Eu levo um susto.

— Nós só conseguiremos nos encontrar — Kerry grita.

Eu tiro a mão do cabelo de Grover.

— Quando admitirmos que estamos perdidos — eu digo.

— Amém. — Grover pisca. Ele pega uma maçã da prateleira de frutas e a lança no ar. Eu a apanho.

— Uma maçã por dia — ele diz.

— Nos mantém sempre saudáveis e com alegria, é o que dizem.

— Tomara que seja verdade.

Durante todo o café da manhã, Grover mantém a mão pousada na minha perna. Nenhum de nós fala muito. A minha cabeça parece pesar sobre o pescoço e sinto calor no local onde Grover está me tocando. Ele morde a maçã e ela se abre como lenha sendo rachada. Ele me oferece a fruta, mas eu recuso com um aceno de cabeça. Grover precisa disso mais do que eu.

— Arco e flecha — Grover diz quando Kerry nos dispensa. — Acho que estou interessado na atividade de arco e flecha esta manhã. Acho que a minha mira melhorou muito na última noite. Hoje eu posso realmente acertar o alvo.

— Eu também — eu digo. Cassie se levanta da mesa sem dizer uma palavra.

— E nós vamos nadar esta tarde? — pergunto a ela.

— Sim, vamos — ela diz enquanto se afasta da mesa.

Eu sorrio para Grover.

Mas quando estamos a caminho do campo de tiro com arco, algo me ocorre. Eu não vi o que Cassie comeu no café da manhã, mas ela deve ter comido alguma coisa. E as pílulas para emagrecer ainda estão na sua mochila.

Grover agarra a minha mão e me puxa. A seguir, ele me pressiona contra uma árvore e arranca uma folha verde de um galho. Ele passa a folha ao longo do meu braço, fazendo-a roçar a minha pele como se fosse uma pena.

— Consegue sentir isso?

Antes que eu tenha tempo de responder ele cola seus lábios nos meus e qualquer pensamento que eu possa ter a respeito de Cassie ou de qualquer outra coisa desaparece.

* * *

— Eu não consigo! — Cassie grita quando a sua cabeça pula para fora da água.

— Consegue, sim. — Eu levo a mão à boca e bocejo. Uma lágrima produzida pelo cansaço rola pelo meu rosto e eu a enxugo com a mão. Recorro às lembranças da noite anterior para poder atravessar o resto do dia, como se fossem doses de cafeína. Mas quanto mais tempo demora essa aula de natação, menos a minha tática tem efeito.

— Não, eu não posso! — Cassie insiste, pronunciando enfaticamente cada palavra.

Eu me sento no cais, apoiando as mãos no chão. O sol bate bem no meu rosto e é intenso. Eu aponto para o bastão amarelo de mergulho no fundo do Lago Kimball.

— Ele está bem ali. Tente buscá-lo mais uma vez — eu peço.

Cassie bufa irritada antes de mergulhar de novo na água. Eu fecho os olhos por um instante e, para encontrar forças para seguir em frente, eu uso a lembrança de Grover deslizando as pontas de seus dedos pela minha clavícula, de um ombro a outro. Meu coração se alegra com esse pensamento. Toco os meus lábios e me lembro do sal da pipoca, e do modo como os braços dele se arrepiaram quando eu beijei um ponto sensível logo atrás da sua orelha.

— Ei! Você não está prestando atenção em mim! — Cassie grita, e meus olhos se abrem na mesma hora. Ela já voltou à superfície, e está com a água na altura dos seus ombros, na zona amarela. — E se eu estivesse me afogando?

— Não faça tanto drama, Cassie! A Madison está logo ali. — Eu aponto para Madison, que está na praia, segurando uma boia salva-vidas de encontro ao peito.

— A Mads não se daria ao trabalho de vir me salvar.

— Pois é. Você devia ter sido mais legal com ela. Ela é gente boa.

— E você devia prestar atenção em mim aqui.

Eu ignoro a provocação.

— Você pegou o bastão de mergulho?

— Não. Eu não consigo encontrar esse negócio — Cassie responde.

— É só abrir os olhos debaixo d'água e você encontrará.

— Eu não vou abrir os meus olhos dentro desse esgoto. — Cassie aponta para as águas resplandecentes do Lago Kimball. — Vou pegar uma conjuntivite.

— Isso não, não mesmo. Não vai ser aqui que você vai pegar uma conjuntivite. — Eu volto a bocejar.

— Por que você está tão cansada? — Cassie pergunta.

— Eu não dormi muito bem essa noite. — Isso não é mentira, mas também não é exatamente a verdade, e isso me deixa incomodada. Eu seco as gotas de suor na minha testa e mudo de assunto. — Segure a respiração e vá soltando devagar o ar pelo nariz enquanto desce até o fundo. Quando vir o bastão, pegue-o, e depois, com os dois pés no fundo do lago, dê impulso para cima com toda a força que puder para retornar à superfície.

— Falando assim até parece fácil.

— E *é* fácil — respondo num tom de voz mais incisivo, e bufo de impaciência.

— E se eu não conseguir fazer isso?

— É só subir de volta e pronto.

— Você faz essa coisa *toda* parecer muito simples — Cassie retruca. Há tensão contida em sua voz. — Mas não é tão fácil assim ter que ficar voltando à superfície para respirar, é cansativo. E quanto mais eu desço ao fundo mais difícil fica fazer o caminho de volta para cima. Então me diga: e se eu não conseguir? E se eu simplesmente não for mais capaz de voltar à superfície?

— Você consegue fazer isso. — A minha voz não parece convincente.

— E se eu não conseguir?

— Então eu pulo na água e salvo você.

— Mas agora mesmo você estava com os olhos fechados — Cassie esbraveja. — Você não pode estar sempre aqui para me salvar, Zander. Não pode e não vai.

— Então não faça mais nada! — eu grito e me levanto. Estou exausta. O sol está queimando a minha pele, o suor embaça os meus olhos e não me ocorre uma única boa lembrança para melhorar a minha situação. — Eu não ligo!

— Você não liga? — Cassie se move para trás dentro da água.

Eu corro as mãos pelas tranças no meu cabelo.

— Que tal se a gente parasse por aqui com a aula de hoje? Vamos continuar com a prática amanhã, está bem assim?

— Você vai desistir de mim?

— Você fala como se eu a estivesse abandonando, Cassie.

— E está! — O olhar de Cassie é duro.

— Eu estou dando tudo de mim, mas você sempre complica tudo.

— Me desculpe por ser tão *complicada*.

Eu pego a minha toalha, tentando ignorar a provocação dela.

— Então você vai mesmo desistir de mim, Z?

— Mas que droga, Cassie... Por que tudo tem que acontecer apenas com você? Você não está sozinha no mundo! — eu grito mais uma vez. — Como você é egoísta!

Cassie fecha a cara.

— Talvez eu seja egoísta porque ninguém nunca deu a mínima para mim. Tenho de tomar conta de mim mesma porque ninguém se importa comigo.

Eu olho para cima e bufo irritada, deixando evidente a minha insatisfação. Estou cansada demais para esse tipo de conversa.

— Cassie, vamos voltar com a aula amanhã, ok?

Cassie sai da água.

— Certo. Tudo bem. — Ela esbarra em mim com o ombro enquanto caminha pelo cais, resmungando alguma coisa sobre o dia de hoje ser tudo o que temos, mas as palavras dela se perdem depressa na minha mente, desaparecendo numa nuvem de exaustão.

27

Cher Papa,
J'ai embrassé une fille et je l'aime.
Cordialement,
Alex Trebek

Quando eu volto para o chalé, Dori está dormindo em sua cama no beliche. Eu também desabo na minha. Dori dorme bastante, mas eu não acredito que nós estejamos cansadas pelo mesmo motivo. Dori revelou em uma sessão de terapia em grupo que está literalmente cansada da vida. Então ela dorme para não ter de lidar com as coisas. Mas hoje eu estou cansada pelo motivo oposto.

O travesseiro abraça confortavelmente a minha cabeça e eu puxo o meu detestável lençol até a altura das minhas orelhas, pensando na discussão que acabei de ter com Cassie, mas logo eu esqueço disso e me concentro em lembranças agradáveis — Grover passando vagarosamente os dedos sobre cada uma das vértebras das minhas costas. Eu enchendo-o de beijos, desde a testa até os lábios, depois descendo até o queixo e então até o pescoço. O calor do meu corpo se transfere para o colchão duro, aquecendo a cama. Eu procuro por mais lembranças: a minha língua explorando a boca de Grover e depois ele beijando o meu abdome.

E então o sono chega.

Eu acordo perto do horário de jantar e me levanto cheia de preguiça. Minha cabeça dói, porque fiquei muito tempo na mesma posição, e as minhas tranças se transformaram num grande emaranhado.

Eu desfaço as tranças e lavo o rosto antes de ir para o refeitório.

Vejo Cassie do lado de fora do refeitório, marchando de um lado a outro do deque como um soldado armado montando guarda. Quando me aproximo dela, percebo que está lendo alguma coisa.

— Essa é a carta da sua tia? — pergunto.

Cassie se vira rápido e amassa o papel nas mãos.

— Como se você ligasse. — Cassie olha para o meu cabelo. — E você tirou as tranças.

— Elas estavam se desfazendo e machucando a minha cabeça — respondo com voz apática. Meus olhos se desviam de Cassie o tempo todo e eu simplesmente não consigo evitar isso.

— Sei. — Ela enfia a carta no bolso, passa por mim e entra no refeitório.

A tensão entre nós não diminui quando nos sentamos para comer. Grover olha para Cassie e para mim na mesa.

— E então, como foi a aula? — ele indaga.

— Não foi — Cassie diz. — A Zander ficou entediadinha e resolveu tirar uma sonequinha.

— Eu estava cansada. — Olho para Grover com o canto do olho.

— Claro. depois de ficar acordada a noite inteira — Bek diz, intrometendo-se na conversa, com a boca cheia de comida. Ele estende a mão sobre a mesa e pega o meu achocolatado. Meus olhos se fixam na bandeja. Não tenho coragem de olhar para Cassie.

— Quê? — Cassie exclama realmente surpresa.

— O Grover e a Zander passaram a noite juntos. — Bek toma um gole da minha bebida.

— Me dá isso de volta! — Eu arranco o copo da mão de Bek. Há pequenos restos de comida flutuando no achocolatado. — Ah, seu porco. — Devolvo o copo a ele.

— É mentira dele? — Cassie pergunta num tom nada amigável de voz.

— Você contou pra ele, Grover?

— Ele acordou justo quando eu estava voltando ao chalé, não tive como inventar uma mentira. Seria como se eu concordasse com o ato de mentir, e eu não concordo. Seria como dar o meu aval para o Bek começar a mentir de novo.

— Você escapou de noite sem mim? — Cassie arrasta a sua cadeira para trás e eu olho zangada para Bek, mas não digo nada. — Então você não conseguiu me ensinar hoje porque passou a noite fazendo uma merda de um boquete no Grover? Você prometeu que me ajudaria.

— E o que você acha que eu tenho feito todo o verão? — eu respondo sem pensar, golpeando com o garfo o macarrão com queijo no meu prato.

— Então você me vê como uma pobre coitada que precisa da sua caridade?

— Não foi isso que eu disse, Cassie. Pare de distorcer as minhas palavras.

— Não sei quem é o maior mentiroso aqui: Bek ou Zander.

— Eu não menti pra você — respondo.

— Não, você só se esqueceu de me incluir, o que é ainda pior do que mentir.

Cassie se levanta e empurra a cadeira com força para debaixo da mesa. Nós todos ficamos sentados em silêncio enquanto ela sai andando de queixo erguido do refeitório. Eu olho para Grover e depois para Bek, cansada de sair correndo atrás de Cassie sempre que ela tem um ataque. Grover parece incomodado, mas, no fim das contas, ninguém vai atrás dela.

Só quando levamos as bandejas para descartar as sobras é que eu percebo que não havia nenhuma comida na bandeja de Cassie.

28

Tia Chey,

Coragem: reunir toda a valentia que existe dentro de nós. Fazer uma coisa que você jamais acreditou que pudesse fazer. Encarar a verdade. Agir com confiança. E, finalmente, reconhecer o que a sua vida é e sempre será. Ver o fim e entender que ele chegou.

Cassie

Nessa mesma noite, quando retorno ao chalé, encontro o agasalho da Universidade do Arizona e a colcha de Molly na minha cama. Eu os enfio na minha mochila e guardo tudo debaixo da cama do chalé.

Cassie segue em silêncio. Ela não diz uma palavra a nenhum de nós, nem mesmo a Grover. Um dia se passa, e então mais outro. Meu lado inflexível volta à tona — o lado que me manteve calma por tantos anos ao lado de Molly. O lado que me tornava uma menina apagada. Cassie e eu nos sentamos na mesma mesa durante as refeições, mas eu mantenho a boca fechada. Guardo tudo para mim. Passo o tempo praticando tiro com arco e participando das atividades artísticas.

E Grover observa tudo isso. Ele massageia a minha perna debaixo da mesa, na tentativa de acalmar as minhas emoções, mas eu permaneço em silêncio.

No chalé, eu escrevo cartas aos meus pais e converso com Dori sobre os planos dela de confrontar a mãe quando voltar para casa.

— Vou pedir a ela que me deixe ir morar com o meu pai — ela diz. — Não me importo com o fato de ter que me mudar para o outro lado do país e fazer novos amigos. No final das contas, eu só tenho amigos babacas mesmo.

Eu olho para a Cassie, que está removendo o esmalte das unhas dos pés.

— Esse plano parece bom — comento.

— Eu estou cansada de estar cansada — Dori explica. — Mas e você, Zander? O que vai fazer quando voltar para casa?

— Casa? — Eu não gosto nem de pronunciar essa palavra. — Eu ainda não pensei muito nisso.

Pela manhã, eu encontro Grover encostado em uma mesa de piquenique do lado de fora do meu chalé.

— Grover, você não devia estar aqui — Madison avisa.

— O que seria da humanidade se todos fizessem apenas o que deveriam fazer? Jesus *deveria* ter sido carpinteiro. O que teria acontecido se ele não quebrasse as regras e se tornasse o Filho de Deus?

Madison balança a cabeça e ri.

— Eu não vou entrar na sua conversa logo pela manhã.

Eu me sento na mesa de piquenique ao lado de Grover e ele pega na minha mão.

As outras garotas do chalé saem caminhando na direção do refeitório, mas Cassie, atrás de todas elas, anda devagar de propósito e fica olhando para mim e para Grover quando passa por nós. Eu retribuo o olhar.

— E a luta pelo poder continua — ele diz.

Eu ignoro o comentário.

Ele levanta a minha mão e a coloca em cima da dele. Seus dedos são consideravelmente mais longos que os meus. Eu pressiono a palma da minha mão contra a de Grover até que nossas mãos fiquem perfeitamente unidas, e então a raiva que eu sinto de Cassie vai embora. Eu suspiro e encosto a cabeça no braço dele.

— Que tal uma partida de espirobol antes do café da manhã? — ele pergunta.

— Com você? — Grover faz que sim com a cabeça e então eu sorrio. — Vamos nessa.

Nós andamos até a quadra de espirobol perto do refeitório. A bola está pendurada no poste, balançando ao vento.

— Pode começar — Grover diz.

Eu pego a bola das suas mãos, determinada a acabar com a raça dele. Nós nunca tínhamos jogado um contra o outro, mas eu ganhei de Bek na semana passada. E Bek tinha me informado que liderava o ranking de espirobol do Canadá.

— Posso começar? — eu pergunto.

— Pode.

Eu jogo a bola para o alto e então bato nela com toda a força. Grover salta quando a bola chega ao seu lado da quadra e a faz parar com uma das mãos. Logo a seguir devolve a bola para mim. Ela sobe acima da minha cabeça e fora do alcance do meu braço. Quando a bola volta para o lado dele, ele a acerta mais uma vez, e outra, e mais outra, até que a bola se enrola inteira no poste e ele ganha.

Eu ponho as mãos no quadril com uma cara de decepção.

— Melhor de três — eu aviso.

Grover desenrola a bola do poste, sorrindo.

— Fechado. Você pode começar de novo.

Eu dou novamente o saque e o jogo recomeça. Quando a bola fica toda enroscada no poste, sacramentando a segunda vitória de Grover, eu bato o pé no chão, inconformada.

— Isso não é justo. Você é mais alto que eu e tem mãos grandes.

— Nossa, obrigado. — Ele pisca para mim. — Mas por que afinal é tão importante para você ganhar esse jogo?

— Não é.

— Não?

— Não... — Eu saio da quadra e então a adrenalina produzida durante a disputa começa a desaparecer. — Eu acho...

— Acha o quê?

— Acho que você roubou no jogo.

— Como assim?

Eu me sento no chão e Grover se senta ao meu lado. Ele pega a minha mão de novo e brinca com meus dedos. Eu não quero que esse verão termine nunca mais.

— Alguém tem que ser o melhor. — Ele pressiona a palma da mão contra a minha.

Eu reclino a cabeça no ombro de Grover, que continua mantendo sua mão sobre a minha.

— Certo. Mas você poderia ter me avisado que era tão bom nisso antes — eu replico.

— Eu não diria isso. Além do mais, eu gosto de ver você jogar.

Eu dou um beliscão nele.

Dentro do refeitório, eu paro com a bandeja na mão atrás da nossa mesa. Cassie está de costas para mim. Grover encosta a sua bandeja nas minhas costas, como que dando um impulso para que eu continue em frente. Eu me sento perto dela, tentando não mostrar a minha contrariedade.

Eu como metade da comida que está no meu prato e desvio o meu olhar para Cassie de tempos em tempos. Ela toma alguns goles de água enquanto descasca uma laranja sem pressa. Quando tira toda a casca, ela corta a fruta em vários pedaços, mas não coloca nenhum deles na boca.

— Você não vai comer isso? — eu pergunto.

Cassie não diz nada. Em vez disso, ela bate com a mão no prato, esmagando um pedaço de laranja e fazendo o suco espirrar bem no meu rosto. Eu me limpo com um guardanapo e então digo a ela:

— Você precisa comer, Cassie.

— Você não é a minha mãe. — Ela esmaga outra fatia.

— Estou vendo que você resolveu fazer suco de laranja esta manhã, Magrela. A sua saúde agradece — Grover comenta. — Ouvi dizer que vitamina C é uma maravilha.

Cassie não diz uma palavra.

— De acordo com Maslow, comer é importante — eu digo, tentando mostrar descontração.

— Eu quero que o Maslow se dane.

— Então faça isso por mim.

Cassie me fita com os olhos faiscando.

— Por que é que eu faria alguma coisa por você?

Eu respiro fundo. Durga, Durga, Durga. E digo a mim mesma: *não se esqueça de que você é uma guerreira*.

— Porque eu me importo com você — respondo.

Cassie solta uma tremenda gargalhada, jogando a cabeça para trás. Ri como se eu tivesse acabado de contar a piada mais engraçada que ela já ouviu na vida.

— Não mesmo! Você não está nem aí pra mim.

— Isso não é verdade. — Eu toco o braço dela.

— Não encoste em mim. — Cassie sorri com os dentes cerrados. Não é exatamente um sorriso; parece mais uma maneira de me desafiar e se divertir à minha custa. Ela levanta a mão, chamando por Kerry.

— Sim, Cassie? — ele diz.

— Eu gostaria de admitir uma coisa essa manhã. — Cassie diz isso em voz tão alta que todo o refeitório fica em silêncio e volta a atenção para a nossa mesa.

— Você gostaria de admitir uma coisa... — ele repete as palavras de Cassie como se não tivesse entendido direito o que ouviu.

Cassie faz um aceno de confirmação com a cabeça e fica em pé, encostada na sua cadeira.

— Eu sei por que a Zander foi mandada para esse acampamento.

No instante em que as palavras saem da boca de Cassie, tudo começa a girar ao meu redor e eu fico paralisada na minha cadeira. Não consigo nem levantar o braço para agarrá-la e impedi-la de continuar falando.

— Cassie, essa não é a... — Kerry tenta argumentar, mas sua fala é encoberta pela voz poderosa dela.

E então uma avalanche de palavras desaba sobre a minha cabeça.

— Ela quase se afogou em uma piscina porque estava abatida demais com a morte da irmã, que se engasgou com uma maçã. E o treinador bundão da Zander teve que fazer respiração boca a boca nela. Eu estava certa. Ela é uma figura patética e morta por dentro... exatamente como a irmã dela.

Os olhos vazios de Cassie não se desviam de mim. Sinto uma lágrima rolar pelo meu rosto e cair no meu joelho. E Cassie observa tudo com total indiferença.

Eu corro para fora do refeitório, empurrando as portas com toda a minha força, e saio em disparada na direção do campo de tiro com arco. Quero desaparecer na mata e me esconder entre as árvores. Um grito estrangulado escapa da minha garganta quando eu tropeço na raiz saliente de uma árvore, mas Grover segura o meu braço e impede que eu despenque no chão. Eu não sabia que ele estava atrás de mim.

— Como ela pôde fazer isso? — eu digo num fio de voz. — Como ela pôde?

Grover me levanta, me aperta em seus braços e então me beija no rosto, na testa, no nariz.

— Eu sinto muito! — ele diz ao meu ouvido. — Sinto muito mesmo.

Ele tira o meu cabelo da frente dos meus olhos e envolve o meu rosto com suas mãos. A revolta me consome por dentro enquanto tento processar a atitude de Cassie. As palavras dela continuam me machucando.

— Eu fiz o que você pediu. Eu me preocupei única e exclusivamente com as necessidades da Cassie. — Eu ando de um lado para o outro na frente de Grover. Quanto mais eu falo, mais aumenta o tom da minha voz. — Mas e quanto a mim? Eu me sinto feliz pela primeira vez em anos, talvez pela primeira vez na vida. Eu estou feliz! E ela está arruinando isso. Está arruinando a minha felicidade. — Eu paro subitamente de andar e a realidade surge com clareza na minha mente. — Ela é um caso perdido, Grover. Eu não posso salvá-la. Você não pode salvá-la. Ninguém pode salvá-la. Ela está perdida e vai continuar assim para sempre.

Depois que as palavras jorram da minha boca, o som de alguém se aproximando chama a minha atenção.

Eu me volto e vejo Cassie de pé entre as árvores, com uma expressão de desgosto, a mandíbula projetada para a frente.

— Eu vim para me desculpar — ela diz.

Eu fico sem ação.

— Mas acabo de descobrir que você acha que eu estou perdida... para sempre. — Cassie devolve para mim as minhas próprias palavras. Eu tento me aproximar dela, mas ela se afasta. — Quer saber? Eu não estou nem aí para você. — E então ela sai correndo.

* * *

Grover e eu finalmente conseguimos alcançar Cassie na praia. Ela é rápida quando quer e vai direto ao encontro de Madison.

— Eu quero fazer o teste para nadar na zona verde, Mads.
— O quê?
— Ficou surda? Quero o teste para a zona verde.
Eu agarro o braço de Cassie.
— O que você está fazendo? — eu digo.
Ela puxa o braço com força e se solta de mim.
— Eu não preciso de você, Zander.
— Magrela...
— Nem de você — ela diz, apontando para Grover.
— Tem certeza de que quer fazer isso? — Madison pergunta.
— Certeza absoluta. — Então Cassie passa por nós e caminha na direção do cais. Madison hesita por alguns instantes, mas acaba pegando os bastões de mergulho no galpão de equipamentos e seguindo ao encontro de Cassie. Eu permaneço na praia ao lado de Grover, roendo as unhas.

Cassie tira as roupas e fica de maiô. Quando eu não consigo mais suportar essa situação, seguro a mão de Grover e o puxo comigo para o cais.

— Não faça isso, Cassie! — eu grito para ela.
— Pode jogar o bastão no lago! — Cassie brada para Madison.

E Madison joga o bastão. Eu fico pasma, olhando para Cassie como se ela estivesse louca. A garota vai se afogar e Madison sabe disso. Cassie não foi capaz de pegar o bastão numa profundidade de dois metros, que dirá numa de quatro!

— Está tudo bem, Zander, eu não vou deixar que nada aconteça — Madison diz. E se volta para Cassie. — Você precisa pegar o bastão e trazê-lo de volta até a superfície.

Cassie faz que sim com a cabeça e coloca as mãos na cintura.
— Por favor, Cassie... — eu tento uma última vez.
Ela olha para mim, mas seus olhos estão vazios.
— Você não acredita em mim — ela me diz. E depois pula na água.

Eu puxo o ar com força pelas narinas quando o corpo dela atinge a água. Grover aperta a minha mão. Fico observando o maiô cor-de-rosa de Cassie desaparecer rumo ao fundo do lago. Conto os segundos mentalmente. Um... dois... três... Eu seguro o ar firmemente nos meus pulmões. Quatro... cinco... seis... Tento enxergá-la dentro da água e minha ansiedade aumenta cada vez mais.

— Vamos lá — eu sussurro. — Vamos!
Mas os segundos vão passando e nada de Cassie retornar à superfície.
— Isso não é bom — Grover diz.

Madison tira a camisa que está por cima do seu maiô.

— Vou ter que resgatá-la. — E ela mergulha atrás de Cassie sem hesitar.

Eu aperto a mão de Grover e rezo. Rezo a Santo Antônio de Pádua para que o que foi perdido seja encontrado. Para que a alma seja livre. Para que a vida seja duradoura. E para que Cassie volte sã e salva à superfície.

Quando eu termino de dizer essas palavras pela terceira vez, Madison aparece trazendo Cassie nos braços. As duas estão muito ofegantes. Madison arrasta Cassie até o cais e Grover ajuda a puxá-la. Cassie desaba no chão, tossindo e soltando água pelo nariz e pela boca.

— Tudo bem com você? — eu pergunto, enxugando a água do rosto e do cabelo de Cassie.

— Eu não consegui! — ela diz, e tosse. — Não consegui.

— Não faz mal, Cassie. — Eu continuo secando a pele dela, mas ela se esquiva do meu toque e fica logo em pé. Os joelhos estão tremendo e ela respira com dificuldade.

— Faz mal, sim. — Ela me tira de seu caminho acertando o meu braço com tanta força que chega a me derrubar.

Ainda resfolegando, Madison se senta na beirada do cais, com expressão de choque no rosto.

— Meus Deus, ela quase se afogou — Madison diz. — Não posso acreditar que ela quase se afogou!

Vejo Cassie subir rápido as escadas, com as pernas vacilantes e pingando água. Ela rapidamente desaparece entre as árvores que cercam o refeitório.

* * *

Eu não volto a ver Cassie até a hora do jantar. Espero por ela no chalé, girando na mão o chaveiro que Hannah me deu. A ponta da trança começa a se desfazer e o chaveiro vai se destruindo aos poucos.

Madison disse que a coragem pode se manifestar de várias maneiras. Que você não precisa realizar feitos incríveis de salto ou de mergulho ou coisa do tipo para demonstrar sua coragem. Que para algumas pessoas o simples ato de se levantar da cama todos os dias já é um grande ato de coragem; e que um pequeno gesto pode produzir um grande efeito.

Eu tiro o agasalho da Universidade do Arizona da minha mochila, sinto como se o tivesse roubado de Cassie. É algo que pertence a ela e ela precisa tê-lo. Num pequeno gesto de coragem — eu coloco o agasalho na cama dela.

Cassie não está no refeitório quando eu chego para jantar. Eu passo pela fila e me sento, mas não tiro o olho da porta, esperando por ela. Quando ela finalmente aparece, eu toco a perna de Grover.

Ela pega uma bandeja e entra na fila da comida, seu corpo parece diferente. Cassie costuma andar ereta, com o peito estufado, mas esta noite seus ombros estão caídos. Até o pescoço dela parece pender para baixo. Ela passa por todos os alimentos e não coloca nada na sua bandeja.

Eu aperto a mão de Grover com força e fico esperando que Cassie venha se sentar conosco na nossa mesa. Quando chega no fim da fila, ela se vê diante do refeitório cheio de campistas. Muitos estão olhando para ela, provavelmente já sabendo dos últimos acontecimentos, já que essas notícias costumam correr rápido.

Cassie pisca e passa os olhos por todo o ambiente, e então caminha na direção de Madison. O refeitório está tão silencioso que todos conseguem ouvir o que ela diz.

— Eu não estou me sentindo bem, Madison. Posso voltar ao chalé para dormir? — Uma expressão de completa surpresa se estampa no rosto de Madison, que hesita em responder. — Posso? Por favor.

Madison faz que sim com a cabeça. Cassie coloca a sua bandeja vazia na mesa e vai embora do refeitório.

— Eu já estou com saudade dela — Bek diz, olhando para a cadeira vazia de Cassie.

— O que nós vamos fazer? — Eu olho para Grover.

— Acho que não podemos mais ajudá-la. — Grover suspira. — Talvez nós nunca a tenhamos ajudado.

Quando eu volto para o chalé, Cassie está lá, dormindo com as costas voltadas para o meu beliche. O agasalho da Universidade do Arizona foi colocado de volta na minha cama.

Ninguém diz uma palavra enquanto escovamos os dentes. Só as costas de Cassie se movem, subindo e descendo no ritmo da respiração. A todo instante eu dou uma espiada nela.

Quando a luz do chalé é apagada e eu estou na cama, digo boa noite a ela, mas ela não responde. Eu aperto o agasalho dela contra o meu peito e o meu nariz. Ele ficou com o cheiro de Cassie.

* * *

Um pesadelo me faz acordar, ou uma lembrança, e eu me sento na cama no meio da noite.

— Ela a chamou de Madison — eu murmuro. — Madison!

Eu sinto o estômago revirar. Olho para a cama de Cassie e vejo que ela não está ali. A janela do banheiro está aberta e uma leve brisa entra no chalé pela pequena abertura. Eu puxo a mochila de Cassie de debaixo da cama dela e abro o compartimento lateral com as suas pílulas para emagrecer. Elas desapareceram. Todas. Meu coração está batendo tão forte que soa como um tambor nos meus ouvidos.

— Preciso da chave! — eu grito, e ao mesmo tempo sacudo Madison para acordá-la. — Eu preciso da chave!

Madison olha para mim, confusa e assustada. Ela dá um puxão na chave pendurada em seu pescoço, arrancando-a da corrente, e a entrega a mim.

Eu corro para a porta, em meio à agitação que começa a tomar conta de todas no chalé, e tento enfiar a chave na fechadura, mas as minhas mãos não param de tremer.

— Me deixem sair daqui! — eu berro. No mesmo instante, Madison aparece ao meu lado. Ela pega a chave e a enfia na fechadura com facilidade. A porta se abre e eu não peço permissão para sair. Corro o mais rápido que posso na direção do lago, como se os meus pés tivessem vida própria.

— E rezo para que o que foi perdido seja encontrado. Que a alma seja livre. E que a vida seja duradoura.

Passo pelo refeitório e avanço escadaria abaixo em direção à praia. Meu dedão bate em alguma coisa pelo caminho, mas eu quase não sinto a pancada. Tudo o que eu sinto são as minhas mãos apertando o agasalho com toda a força enquanto eu corro.

Quando os meus pés alcançam a areia, eu acabo perdendo velocidade, mas continuo em frente.

Madison disse que algumas vezes as pessoas não valorizam a coragem.

Eu corro até a beira da água.

Às vezes as pessoas fazem coisas prejudiciais e perigosas porque estão com medo, ou sozinhas, ou desesperadas.

Eu olho para o Lago Kimball, com as mãos paralisadas e o coração prestes a explodir dentro do peito. Lágrimas correm pelo meu rosto.

Há frascos boiando na superfície da água. Frascos de pílulas.

Então eu a vejo. O agasalho escapa da minha mão e cai no chão. Cassie está boiando perto dos frascos, com o rosto voltado para baixo.

Perseverança

29

Mamãe e Papai,

    Quando a Molly foi para o hospital pela primeira vez, vocês me levaram para vê-la. Eu entrei no quarto dela com todas aquelas máquinas. Faziam mais barulho do que eu imaginava. Eu perguntei a vocês o que deveria fazer e vocês me disseram para conversar com ela como eu sempre fiz. Disseram que ela podia me ouvir.

    Conversar com ela como sempre fiz? Mas eu nunca conversava de verdade com a Molly, a não ser quando eu ajudava a mamãe a alimentá-la. Eu dizia a Molly "abra um bocããão", e então fingia que a colher era um avião descendo para pousar.

    Ela parecia tão pequenininha naquela cama de hospital. Eu toquei as pernas dela e me dei conta de que elas jamais voltariam a andar. E então eu pensei em todas as palavras que nós não poderíamos dizer uma à outra, porque a Molly nunca acordaria. Por mais que vocês se recusassem a admitir isso, sabíamos que ela nunca acordaria.

    A certa altura eu fui retirada do quarto e vocês me deixaram sozinha no corredor. Eu fiquei sentada, encostada na parede fria do hospital, e a imagem das perninhas da Molly não saía da minha cabeça. E como doía saber que ela nunca mais na vida voltaria a andar! Eu só conseguia pensar nisso. A dor era tanta que eu tinha vontade de arrancar as minhas próprias pernas e oferecê-las à minha irmã.

    Mas em vez disso eu me enrolei como uma bola. Abracei e apertei as minhas pernas contra o meu peito e cerrei os dentes com força. Fechei os olhos tão vigorosamente que pensei que as minhas pálpebras fossem se quebrar. E prometi a mim mesma que jamais voltaria a sofrer tanto assim. Eu jamais voltaria a sofrer tanto assim.

Eu jamais voltaria a sofrer tanto assim.

Amo vocês,

Z

Eu entro na água e nado o mais rápido que posso, como nunca nadei na vida em competição alguma. Viro o corpo de Cassie para cima. Seu rosto está inerte em meio à escuridão que nos cerca e os seus olhos estão fechados. Só o que brilha na noite escura é o seu maiô cor-de-rosa. Eu trago Cassie comigo para a margem.

Eu a arrasto até a praia e começo a gritar o nome de Grover. Eu grito, grito várias vezes. E então começo a aplicar a respiração boca a boca. Não sei exatamente o que estou fazendo. Eu assopro ar na boca de Cassie e pressiono o seu tórax, porém nada acontece.

Eu grito Grover mais uma vez.

Alguém agarra o meu braço. Eu tiro o cabelo molhado da frente do meu rosto e vejo Madison. Ela me afasta de Cassie, mas eu ofereço resistência e luto contra ela. Grito palavras rudes para Madison, algo que eu jamais pensei que pudesse fazer, e ela me empurra para que eu não me aproxime.

— Você está se lixando pra ela! Você quer que ela morra! Você quer que ela morra!

Madison me ignora e empurra o cabelo de Cassie para trás a fim de realizar uma reanimação cardiopulmonar da maneira como deve ser feita.

Sentada no chão, eu choro, e as minhas lágrimas se misturam à água nas minhas roupas e à areia. Eu volto a gritar por Grover.

E finalmente ele chega. Grover me envolve em seus braços e me pergunta o que aconteceu.

— Você devia ter tomado conta dela — eu lhe digo. — Você disse que tomaria conta dela!

— Eu sei, Zander. Sinto muito. — Grover segura o meu rosto com as duas mãos, mas eu preciso ver Cassie. É *Cassie* que eu preciso ver.

Eu o empurro para o lado e tento chegar perto de Madison, mas Kerry também está aqui agora, bloqueando o meu caminho. E Hayes. E todas as campistas do meu chalé.

Luzes brilham no topo da encosta na área do refeitório — luzes vermelhas e azuis se agitando na escuridão. Homens uniformizados descem para a praia, bloqueando ainda mais a minha visão. Eu preciso vê-la.

Grover tenta me conter quando eu forço a passagem por entre as pessoas e grito. Era isso que todos queriam. Eles queriam que eu sentisse e gritasse e chorasse, e agora que estou fazendo isso ninguém me dá ouvidos.

— Eu *preciso* vê-la, Grover — eu insisto, ofegante e com voz esganiçada. Eu me agarro à camisa dele e a torço, enrolando-a nos meus pulsos. — *Eu preciso vê-la!*

— Eu sei, Zander. — Ele tenta me envolver em seus longos braços e então eu desabo em prantos sobre a areia.

Cassie é colocada em uma maca longa e os paramédicos a carregam escada acima rapidamente. Eu me arrasto pela areia e pego o agasalho.

— O agasalho dela! Ela precisa do agasalho! — eu grito para eles. — Ela vai sentir frio quando acordar.

Kerry entra na minha frente, quando estou prestes a subir as escadas, e me faz parar.

— Você não pode fazer isso, Zander. Tem que deixá-los trabalhar.

— Mas ela precisa disso. — Eu mostro a blusa dela, mas Kerry não compreende a situação. Ele apenas permanece em pé na minha frente, sem sair do lugar. Eu respiro fundo, tentando me acalmar. — Por favor, eu preciso ir com ela.

— Sinto muito, mas eu não posso permitir isso.

— Por favor, Kerry! — Eu me agarro a ele, como me agarraria a uma boia salva-vidas, como se fosse a única coisa que pudesse me manter boiando.

— Eu vou levá-la comigo — Madison declara, surgindo de repente. — É a coisa certa a fazer, Kerry.

Ele leva a mão à testa e bufa, e nesse instante eu percebo que as minhas chances são mínimas, talvez eu jamais volte a ver Cassie.

Então Kerry acena positivamente com a cabeça.

— Tudo bem, mas você vai ter que se responsabilizar por ela, Madison. Eu encontro vocês no hospital — ele diz.

Eu subo correndo as escadas atrás de Madison e só paro para dar uma espiada em Grover, que está sentado na praia com a cabeça entre as mãos. Quando ele soca o chão, sinto o meu coração se partir em um milhão de pedaços.

Madison e eu atravessamos as pontes que separam o Acampamento Pádua do resto do mundo quando o sol está começando a nascer.

30

Mamãe e Presidente Cleveland,
 Eu fracassei. Devo sofrer impeachment.
 Seu filho,
 Grover Cleveland

Todos os hospitais têm um cheiro parecido: bolas de algodão empapadas numa mistura de álcool e morte.

Os médicos não vão me deixar vê-la, eles dizem que ela nem acordou ainda.

Eu me sento ao lado de Madison, em uma das desconfortáveis cadeiras da sala de espera, e ficamos as duas em silêncio.

Minhas roupas já secaram e o meu cabelo pende sobre a minha cabeça, duro e sem movimento. Exatamente como estava o corpo de Cassie.

— Ela vai morrer?

— Eu não sei — Madison responde, cruzando os dedos.

— Eu não quero que ela morra.

— Ao contrário do que você pensa, eu também não.

— Me desculpe — eu digo. — Eu fiquei apavorada. Não quis dizer aquelas coisas a você.

— Tudo bem. — Madison afaga as minhas costas com a mão.

— Por que você tolerou os desaforos da Cassie esse tempo todo? — eu pergunto.

Madison dá um longo suspiro antes de responder:

— Todos nós temos as nossas loucuras, Zander.

— Você não parece ter — eu digo.

Madison balança a cabeça numa negativa.

— Na última primavera, eu passei o recesso escolar na ala de um hospital psiquiátrico com a minha mãe. Foi a quarta vez que mandaram me chamar na faculdade para ir cuidar dela. Meu pai desistiu dela há alguns anos, mas eu não consigo fazer o mesmo.

Eu tento não me mostrar surpresa, mas o fato é que estou. Madison parecia tão perfeita.

— Você se lembra de quando me perguntou qual era o meu lance? — eu digo, e Madison abre um sorriso. — Agora eu sei qual é. É a Cassie.

— Não se esqueça de dizer isso a ela mais tarde. — Ela se levanta. — Vou pegar um café na cafeteria. Quer um?

— Café?

— Eu acho que a gente pode beber alguma coisa um pouco mais estimulante, já que não estamos no acampamento.

— Dori considera café uma "necessidade básica". Ela disse exatamente essas palavras.

— Acho que eu concordo com ela, pelo menos em dias como o de hoje.

— Vou querer duas xícaras.

— Eu trago pra você. — Madison exibe um sorriso, mas ele não alcança os olhos dela, que parecem injetados e cansados. Ela dá um tapinha no meu ombro. — Quando a Cassie acordar, lembre-se de dizer a ela o que você me disse.

— Qual parte?

— A parte em que você disse que não quer que ela morra.

Eu começo a chorar de novo, mas faço que sim com a cabeça mesmo com lágrimas escorrendo pelo meu rosto.

— E avise a ela que eu disse a mesma coisa — ela conclui, já caminhando pelo corredor para ir em busca da nossa necessidade básica.

Depois de algumas horas, Kerry chega ao hospital. Ele não parece bem. Na verdade, a aparência dele é péssima. Seu cabelo está todo desgrenhado e o seu rosto está cheio de manchas vermelhas. Os médicos aparecem e começam a conversar com ele. Kerry balança a cabeça, passa as mãos pelo cabelo e seus ombros caem ainda mais. Não tenho ideia do que eles estão dizendo, e isso me deixa ainda mais louca do que eu já estava.

Antes que eu tenha tempo de me levantar da cadeira, os médicos conduzem Kerry através das grandes portas automáticas por onde haviam passado com Cassie assim que chegamos. Madison dá um tapinha na minha perna e aponta para as cinco xícaras de café na mesa diante de nós.

Kerry se ausenta por um longo tempo — longo demais. Eu bato o pé no chão sem parar, fazendo a minha cadeira balançar incontrolavelmente. Quando Kerry finalmente retorna ele vem direto até nós, e então olha para as xícaras.

— Nós precisamos disso hoje — Madison diz antes que ele faça algum comentário. Kerry faz um aceno positivo com a cabeça.

— O quadro dela é estável — Kerry informa.

Quando eu ouço essas palavras, sinto o meu corpo se derreter. Fico inerte na minha cadeira, prostrada, depois de passar por tanta tensão. Eu me sinto zonza e por um momento acho que vou desmaiar, mas Madison pega a minha mão e a aperta com firmeza.

— Eles fizeram uma lavagem estomacal para retirar as pílulas. Ela teve um tipo de contusão no peito e uma costela foi fraturada durante o processo de reanimação cardiopulmonar.

— Não parece tão ruim — eu comento.

Kerry olha para mim com os olhos arregalados. Ele sem dúvida ainda não contou tudo.

— Houve danos ao coração dela, Zander. A Cassie toma uma quantidade enorme de pílulas para emagrecer, quantidade grande demais para um corpo tão pequeno. E, ainda por cima, não come quase nada há dias. Ela acabou tendo um leve ataque cardíaco.

— Mas ela vai ficar bem, não vai? — Eu projeto o corpo para a frente na minha cadeira.

Kerry balança a cabeça para os lados, como se não pudesse responder a pergunta com convicção.

— Espero que sim — ele diz. — Peço a Deus que tudo dê certo e ela fique bem.

Madison telefona para o acampamento, para dar ao pessoal de lá informações sobre o que está acontecendo, e Kerry conversa com outros médicos, que avisam que Cassie terá de ficar no hospital por pelo menos três dias para passar por exames físicos e psiquiátricos. Eu espero sentada na minha cadeira até que eles me autorizem a vê-la.

Finalmente, Kerry vem me buscar. Eu me levanto na hora, como se a minha cadeira tivesse molas.

— Ela está sedada — ele avisa. — Mas você pode entrar para vê-la.

Quando atravessamos as portas automáticas, é como se entrássemos em um mundo diferente. Pessoas andando de um lado para o outro em uniformes cirúrgicos; enfermeiras rindo como se estivessem numa reunião entre amigas; portas se abrindo para quartos cheios de pessoas deitadas em macas e conectadas a máquinas. Eu olho feio para as enfermeiras que parecem estar alegrinhas demais. Não há nada de engraçado aqui.

— Isso não parece real, não é? — Kerry pergunta.

Eu balanço a cabeça em sinal de concordância e olho para ele. Algo me diz que ele sabe do que está falando. Ele olha direto para os meus olhos e, de repente, eu percebo algo que nunca havia percebido antes, por incrível que pareça — primeiro foi Madison e agora é Kerry - ele também carrega um trauma.

Quando nós dois parecemos reconhecer o significado desse momento, ele começa a falar:

— Charlie, o meu irmão, era um verdadeiro viciado em atenção. Fazia qualquer coisa para que os outros o notassem. Eu acho que era porque ele adorava estar em evidência. Ele era o melhor ator entre os estudantes quando estávamos na escola secundária. — Kerry esfrega a nuca. — Foi só mais tarde que eu percebi que o que ele realmente adorava era fugir da realidade.

— Adorava? — Não me passa despercebido o uso do verbo no passado.

— O Charlie se enforcou quando eu cursava o segundo ano da faculdade. Ele tinha dezessete anos.

— Ah, meu Deus.

Kerry se encosta na parede branca do hospital antes de continuar.

— Charlie era uma pessoa difícil. Ele me deixava maluco às vezes. — Kerry suspira e abaixa a cabeça por um instante. — Tudo mudou para mim depois que ele morreu e eu soube qual seria o meu caminho na vida. Eu já estava na área de psicologia, e então as coisas se encaixaram. Eu precisava evitar que adolescentes como o meu irmão cometessem o maior erro de suas vidas.

— E foi por isso que você fundou o acampamento. — Eu apoio as costas na parede ao lado dele.

— Se eu pudesse voltar no tempo, eu diria ao Charlie que ele não estava sozinho. Eu diria ao meu irmão para esperar e não desistir, mesmo que se sentisse perdido. Porque, se ele esperasse e perseverasse, acabaria se encontrando. — Kerry volta a abaixar a cabeça e olha para as suas próprias mãos. — Mas ele se foi. E eu nunca tive a chance de lhe dizer nada disso. — Ele balança os ombros e sorri. — O Charlie teria adorado o nosso acampamento.

Num piscar de olhos, Kerry parece se distanciar completamente do momento compartilhado por nós. Ele endireita o corpo, voltando a assumir a postura de líder que me acostumei a ver durante todo o verão, e aponta para um determinado quarto.

— A Cassie está no 271. Você tem cinco minutos.

Eu sorrio de satisfação. Se só pudessem me conceder um segundo eu aceitaria de bom grado.

Kerry põe a mão no meu ombro antes que eu me afaste para ir até o quarto.

— Você é uma boa amiga, Zander. Você salvou a vida dela.

Eu engulo em seco, sentindo um nó na garganta.

217

— Você também é um bom irmão. Eu acho que todos nós fazemos loucuras nessa vida.

— Obrigado — Kerry responde, sorrindo para mim sem muito entusiasmo.

Eu entro no quarto de Cassie. Os equipamentos eletrônicos estão zunindo. Um deles registra os batimentos cardíacos de Cassie. Outro mede o consumo de oxigênio dela. Até mesmo o computador está emitindo sons.

Eu costumava adorar esses sons. Eles indicavam que ainda havia vida na minha casa. Que Molly ainda estava comigo. Agora, eu odeio esses aparelhos em torno de Cassie. Hoje, eles representam a morte.

Eu puxo uma das cadeiras giratórias do quarto até perto da cama dela e me sento. Cassie está com as mãos presas. Eu encosto nelas. Aquelas amarras não vão impedi-la de se ferir, só vão evitar temporariamente que isso aconteça.

Toco a pele quente de Cassie e envolvo as mãos dela com a minha mão espalmada, sentindo o seu pulso. Sinto sua pulsação sob o meu polegar.

Ela está viva.

Eu inclino a cabeça para baixo diante da cama, como se estivesse me preparando para rezar. Como se estivesse diante de uma santa da minha devoção e precisasse da ajuda dela.

— Por favor, me perdoe — eu digo a Cassie. — Na verdade, sou *eu* quem preciso de você. Pensei que fosse o contrário, mas estava enganada. *Eu* é que preciso de você. — Eu repito essas palavras de novo, várias e várias vezes, até que Kerry bate na porta para me chamar. — E Grover também precisa de você. E Bek. Todos nós precisamos de você.

— O tempo acabou, Zander. — Kerry me leva para fora do quarto e nós voltamos para a ala de espera. — E agora, Zander, já é hora de você voltar para o acampamento.

Eu dou um passo para trás e olho para ele com expressão séria.

— Eu não vou voltar, não sem ela. — Kerry parece cansado, e seus olhos estão fundos. — Se fosse o seu irmão, você o deixaria aqui? — eu pergunto. É um golpe baixo, eu sei, mas é só o que eu tenho.

— Certo, você venceu — ele diz por fim, balançando a cabeça resignado. Ele se vira e sai andando pelo corredor em direção à saída.

Volto para o assento que eu havia ocupado durante horas. O agasalho de Cassie está pendurado no encosto do assento. Passo as pernas por cima da lateral da cadeira e relaxo. As minhas pálpebras começam a pesar e ameaçam se fechar, eu resisto e as mantenho abertas. Eu esfrego o nariz e me remexo sobre a cadeira.

Cubro-me com o agasalho de Cassie e imagino como Kerry era quando jovem, e imagino também como Charlie devia ter sido. Começo a chorar por mim e por Kerry. E antes que as lágrimas sequem no meu rosto, eu já estou dormindo.

* * *

Eu acordo com a voz de Kerry. Por um momento eu me esqueço de onde estou, mas quando os meus olhos se abrem, eu me deparo com a cor branca das paredes e com as xícaras de café ainda em cima da mesa, e então caio em mim.

Sento-me rapidamente, com as costas doloridas por terem passado um bom tempo comprimidas contra o braço da cadeira enquanto eu dormia. Kerry está em pé em um canto da sala, conversando com um policial.

— Ela não tem família — o policial diz, apontando para uma pasta na sua mão.

— Não temos nenhuma alternativa? — Kerry pergunta.

O policial balança a cabeça numa negativa.

— Mas e a tia dela? — eu digo abruptamente, intrometendo-me na conversa deles. Os dois olham para mim.

— Zander... — Kerry começa a dizer, mas eu o interrompo.

— A Cassie recebeu uma carta da tia. Eu ouvi quando ela disse isso. — Meu rosto parece esticado depois que tantas lágrimas secaram sobre ele, como se a minha pele estivesse desidratada. Eu devo ter perdido toda a água do meu corpo.

Kerry se despede do policial e vem se sentar ao meu lado.

— A Cassie não tem nenhuma tia, Zander.

— Mas ele disse que recebeu uma carta da sua tia Chey.

— Cassie recebeu uma carta da mãe adotiva com quem ela vive, chamada Cheyenne — Kerry diz. — A escola dela em Detroit me passou essa informação ontem mesmo.

— A escola dela em Detroit?

— Cassie chegou ao Acampamento Pádua através de uma bolsa concedida a jovens que não podem pagar pela estada no acampamento. A escola dela entrou em contato comigo alguns anos atrás para solicitar essa bolsa, na esperança de que isso pudesse ajudá-la.

— Quê?

— Parece que a mãe adotiva dela, a Cheyenne, não consegue mais lidar com a Cassie e a está mandando de volta — Kerry diz.

— Mandando a Cassie de volta para onde? — eu pergunto. A tristeza que sinto com aquela descoberta faz a minha voz ficar embargada. Lágrimas brotam dos meus olhos, para a minha surpresa, pois eu acreditava que não havia restado nem mais uma gota em mim. Quando eu penso que as coisas não poderiam ficar piores do que já estão, descubro que ainda estamos longe de atingir o fundo do poço. — Para onde ela vai ser mandada, Kerry?

— Para um lar para meninas órfãs.

— Não! — eu grito, chamando a atenção do policial. — Ela vai morrer se for pra lá!

Kerry olha de um lado para o outro e me faz sinal para falar baixo.

— Zander, Cassie passou por dez casas diferentes nos últimos dez anos. Nenhuma delas foi capaz de mantê-la.

— E daí as pessoas simplesmente desistem dela? Simplesmente a colocam de volta em um sistema desajustado para pessoas desajustadas?

— É a melhor opção para ela.

— Isso não é uma opção. — Eu aponto o dedo indicador para Kerry. — Isso vai matá-la.

— Não há nada que possamos fazer.

— Mas você sempre diz que todos nós podemos nos encontrar. Você diz isso. — Eu enxugo as lágrimas que correm pelo meu rosto. — Eu rezei pra Santo Antônio durante o verão inteiro e agora você vai voltar atrás? É isso o que você está fazendo com ela. Cassie estará perdida para sempre. Você disse que queria salvar jovens como o Charlie, mas está matando a Cassie!

Eu não espero para ouvir os argumentos de Kerry em sua defesa. Saio apressada pelo corredor na direção da portaria, incapaz de ficar mais um minuto sequer no hospital. Não suporto ficar dentro dessas paredes de concreto brancas com máquinas que mantêm as pessoas vivas.

Quando chego à saída, atravesso as portas do hospital e me deparo com um estacionamento. Carros passam velozes na rua. Tudo ao meu redor é concreto; estou cercada por concreto. E eu não quero concreto. Quero o acampamento. Quero insetos e árvores e o som da água do Lago Kimball. Quero ouvir Cassie tirando onda com Hannah. Quero ouvir as mentiras de Bek. Quero que Grover me beije e faça todo esse pesadelo desaparecer. Quero que a realidade vá para o meio do inferno.

Eu aperto os braços de encontro ao peito o mais forte que posso. A minha respiração é rápida, superficial. O ar está pesado devido à poluição.

Corro os olhos pelas imediações do hospital e encontro uma árvore. Uma única árvore — verde, coberta de folhas e cheia de vida — num mar de cinza. Disparo na direção dela como se a minha vida dependesse disso.

Quando alcanço a árvore e me vejo debaixo da sombra dela, caio de joelhos. Os galhos frondosos da árvore bloqueiam o sol e eu me acomodo sobre a terra. Apanho uma folha do chão e a pressiono contra o meu nariz. Ela não cheira como as folhas do Acampamento Pádua. Eu fecho a mão em torno da folha e ela se quebra facilmente.

Nenhuma criatura viva permanece intacta.

Tudo um dia se quebra.

Depois de algum tempo, eu me levanto do chão. Eu queria ficar mais, mas mesmo sob a sombra da árvore o sol fere os meus olhos. Eu saio caminhando pelo quarteirão, arrastando os pés pelo cimento. Eu me sinto impotente e odeio isso.

Mas quando eu vejo uma farmácia perto da rua do hospital, fico mais animada. Não posso voltar para o hospital, não ainda, mas posso fazer uma outra coisa.

Na farmácia, eu pego uma cesta de compras e caminho entre as prateleiras de mercadorias. Não demoro a encher a cesta com todas as coisas de que preciso. Quando eu chego diante do caixa, ele me lança um olhar preocupado.

— Tudo bem com você, moça?

— Não, eu nunca estou bem.

O olhar dele agora é vago. O rapaz registra as minhas compras e me diz que são 15,74 dólares. Eu havia esquecido que as coisas custam dinheiro aqui fora, então eu faço a única coisa que me vem à mente nesse instante. Eu conto a ele o que aconteceu. Cada detalhe sangrento. Os meus erros e os de Cassie. Conto para ele e para a fila de clientes logo atrás de mim. Todos me escutam com atenção. Quando eu termino, o caixa olha para mim, comovido.

— Fico feliz por saber que a sua amiga está bem — ele diz.

— Ah, ela nunca vai ficar bem. O coração dela está partido agora. — Eu balanço os ombros. — Mas ela já não estava bem antes, então...

A mulher logo atrás de mim na fila entrega ao caixa uma nota de vinte dólares e diz:

— Há cura para corações partidos. Eu sou médica. Já vi isso acontecer.

— Obrigada. — Eu sorrio para ela e olho para a fila de pessoas que cresce atrás de mim. — Querem saber? Esse foi a melhor sessão de terapia em grupo que eu já tive.

31

Prezados administradores do Hospital Gerber,

As camas de vocês são duras. Seus lençóis são ásperos. E se alguém me oferecer gelatina só mais uma vez, eu meto um processo nessa espelunca.

Beijos,

Cassie

Quando eu chego à sala de espera do hospital, Kerry bufa de irritação:

— Por onde diabos você andou, garota?

— Eu precisei fazer umas coisas — respondo, exibindo as minhas compras.

— Jesus, Zander!

— É só Zander, para os amigos, mas gostei da consideração. Nós sabemos que não se deve tomar o nome do Senhor em vão.

Ele inclina a cabeça, com uma leve expressão de censura no rosto, e então pega o agasalho que eu havia deixado sobre a minha cadeira.

— Você esqueceu isso, Zander. — Ele me entrega a roupa.

— Eu preciso ver a Cassie de novo.

— Antes você vai ter que fazer algo para mim.

— Tudo bem.

— Coloque essas coisas em algum lugar.

Eu faço o que ele pede e coloco a sacola de compras e o agasalho numa cadeira.

— Fique em pé em uma perna só — Kerry diz. — E então abra os braços lateralmente para se equilibrar.

Olho para ele como se não o estivesse reconhecendo, mas a essa altura dos acontecimentos, não posso negar que nós todos já ficamos meio malucos. Então eu sigo as instruções dele e levanto uma perna. No início eu balanço um pouco, mas assim que começo a abrir os braços consigo me manter equilibrada.

— Independentemente do que acontecer, não ponha o pé de volta no chão até que eu lhe diga para fazer isso. Se puser o pé no chão antes da hora você não vai ver a Cassie. Se o seu pé tocar o chão você volta no mesmo instante para o acampamento.

Eu devo estar ridícula equilibrando-me como um flamingo em uma perna só, no meio da sala de espera de um hospital, mas trato de manter as costas retas e não me mexer muito.

— Eu já volto. — Kerry sorri para mim, e então começa a se afastar.
— Quando? — grito para ele.
— Não encoste o pé no chão. — Ele fala, e logo desaparece no corredor.

Eu respiro fundo e olho para a parede. Depois de algum tempo a minha perna levantada começa a doer. E então a outra perna também começa a doer. E os meus braços também. Eu começo a suar. Tento cadenciar a respiração e ficar totalmente concentrada, mas no final o meu corpo todo dói. A gravidade é como um aparelho de tortura me pressionando e me fazendo tremer inteira. Mas eu me lembro de Cassie naquela cama de hospital e me lembro de que preciso muito vê-la. Preciso *demais*.

Depois de um tempo, que me pareceu uma eternidade, Kerry retorna. Estou quase sem forças e à beira das lágrimas. Ele abre um largo sorriso e bebe um gole de café fresco. Eu cerro os dentes e olho de novo para a parede.

— Pode pôr o pé de volta no chão.

No instante em que os dedos do meu pé tocam o chão, eu desmorono.

Kerry se senta em uma cadeira e bate de leve na cadeira vazia ao lado. Eu me arrasto até ele engatinhando.

— A perseverança é uma das últimas qualidades de que falamos no acampamento. É uma habilidade muito importante na vida.

— Entendo. — Eu sacudo as minhas pernas.

Ele se inclina na minha direção.

— Charlie não acreditava que tivesse essa habilidade. E ele deu fim à própria vida prematuramente, antes que pudesse descobrir que *tinha*. — Kerry aponta para as minhas pernas. — Mesmo que doa. Mesmo que pareça que nós não conseguiremos prosseguir. Faça o que puder para que a Cassie compreenda isso. Diga a ela que pode ser difícil demais, que ela talvez tenha que penar, mas que ela é capaz de seguir em frente. Ela vai ouvir você.

Kerry volta para a estação das enfermeiras, e poucos minutos depois eu sou novamente conduzida ao quarto de Cassie. Até que enfim.

Eu me sento na cadeira giratória mais uma vez e coloco a sacola e o agasalho na cama dela. A enfermeira fecha a porta, deixando aberta apenas uma pequena fresta. Eu suspiro, aliviada por estar sozinha com a minha amiga.

Os olhos dela ainda estão fechados e as máquinas estão trabalhando, mas eu ignoro esses detalhes. Retiro da sacola da farmácia um frasco de removedor de esmalte e algumas bolas de algodão. Levanto a mão de Cassie e a examino. Assim como eu imaginava, seu esmalte está todo descascado.

Pego os dedos dela, um por um, e os esfrego com cuidado com uma bola de algodão cheia de removedor. Faço isso até retirar todo o esmalte.

Passo para o outro lado da cama e faço a mesma coisa com a outra mão de Cassie. O cheiro do removedor de esmalte encobre o cheiro de morte que invade o quarto através da fresta da porta.

Eu apanho dentro da sacola o esmalte roxo que escolhi para Cassie e começo lentamente a pintar as suas unhas. Tomo bastante cuidado para não borrar o dedo. Quando erro, limpo a pintura e começo de novo.

Eu assopro as unhas de Cassie depois que termino, inspirando o ar e devolvendo-o a ela em seguida. A seguir, eu estendo o agasalho de Cassie sobre o pequeno corpo dela e volto a me sentar na cadeira ao seu lado.

Ninguém aparece para me levar embora, então eu permaneço sentada onde estou. Recosto a minha cabeça na cama e me deixo embalar pelos pequenos sons das máquinas do quarto.

Em dado momento eu pego no sono, mas ele não dura muito. Eu acabo acordando assustada quando a cama de Cassie se move.

— Por que é que este lugar está cheirando a salão de beleza de quinta categoria? — ela diz com voz áspera.

Eu me levanto e chego mais perto dela para ter certeza de que não é a minha imaginação me pregando uma peça.

— Fale mais alguma coisa — eu peço.

— Bek disse que eu iria para o inferno, mas isso aqui parece mais um hospital.

Eu rio e me lanço sobre ela. Cassie recua, gemendo de dor.

— Desculpe. — Eu me afasto.

Aos poucos, Cassie parece se dar conta da realidade. Ela puxa com força as amarras que prendem suas mãos.

— O que aconteceu? — A aflição se estampa no rosto de Cassie.

— Os médicos já vão explicar tudo a você. — Eu toco o braço dela.

— Você trouxe o meu agasalho — ela diz. Eu sorrio quando ela toma posse do moletom novamente, feliz por tê-lo. — E também pintou as minhas unhas?

— Você estava precisando.

Cassie dá uma boa olhada nas suas mãos.

— Eu já estraguei uma.

— E daí? — eu respondo, e nesse momento os médicos entram no quarto. — Isso ia acontecer mesmo, mais cedo ou mais tarde. Nada se mantém perfeito pra sempre e eu prefiro que seja dessa maneira.

— Você não vai me deixar, não é, Z?

Eu balanço a cabeça em negativa.

— Não, Cassie. Eu não vou deixar você. Mas você tem que *prometer* que também não vai me deixar.

Cassie olha para o teto e faz que sim com a cabeça, lentamente.

Eu tiro uma caixa de pastilhas de limão da sacola e a coloco na mão dela.

— Use em caso de emergência.

Cassie olha para mim. Uma lágrima rola por seu rosto.

— Valeu, Z.

32

Prezados Senhores,

Estou escrevendo esta carta para comunicar a vocês o meu desapontamento em relação aos serviços prestados por sua companhia aérea. Há muitos anos não viajo de avião, mas confesso que fiquei horrorizada com a experiência de viajar em um de seus aviões. Foi grotesca a falta de respeito e de senso de humanidade que os seus funcionários demonstraram. Quando eu digo que preciso chegar a um determinado lugar, então eu preciso mesmo chegar a esse lugar. Vocês podem tomar a decisão de atrasar um avião, mas não de atrasar uma vida. Não se pode retardar uma vida.

Peço desculpas se minhas palavras foram duras. Se tiverem filhos, os senhores entenderão.

Cordialmente,

Nina Osborne

Nessa noite, eu durmo numa cadeira da sala de espera e depois passo para o chão. Uma televisão ligada na CNN martela notícias na minha cabeça a noite inteira. Kerry desiste de tentar me convencer a voltar para o acampamento. Em vez disso, ele me traz um cobertor, cedido por uma das enfermeiras. Ele também acaba ficando e dorme em uma cadeira, com os braços cruzados sobre o peito e as pernas esticadas.

Pela manhã, mais uma vez eu demoro alguns instantes para me lembrar de onde estou. Então, surge diante de mim o que parece ser uma dupla visão — uma miragem alta, magra e linda com outra gorda e redonda agachada ao seu lado.

Eu me sento, e Grover se aproxima e se ajoelha diante de mim.

— Eu adoro ver você acordar.

Eu me atiro sobre ele e o abraço, desequilibrando-o. Grover não recua por estarmos em público; pelo contrário, ele também me abraça, e com mais força do que nunca.

— Me desculpe — ele sussurra ao meu ouvido. — Eu sinto tanto por ter deixado isso acontecer. E foi justo no dia em que eu decidi não observá-la.

Eu ignoro suas palavras e me aninho mais ainda a ele. Encosto o nariz em seu peito e inspiro. Grover tem o cheiro do acampamento.

— Eu estou vendo tudo — Kerry diz em tom de censura ao acordar sobre a sua cadeira. Quando Grover levanta o dedo para argumentar, Kerry o impede. — Nem comece com isso. Eu acabei de acordar, e você não está no acampamento.

— Bem, nesse caso... — Grover se inclina e me beija. O beijo é rápido e suave, mas me desperta com mais eficiência do que as três xícaras de café que tomei ontem.

Bek se atira em uma das cadeiras da sala de espera.

— *Mon amour. Comment va-t-elle?*

— Ela está bem — respondo. — Pelo menos neste momento.

— Bek convenceu a Madison a nos trazer aqui — Grover sussurra para mim.

— Ele entrou em greve de fome.

— O Bek recusou comida?

Grover faz que sim com a cabeça.

— Ele disse que estava apaixonado, e isso, de acordo com o Bek, causa dores, náusea, vômitos ocasionais e um processo movido pelo seu pai, que é prefeito de Toronto. E então ele exigiu que nos trouxessem para o hospital a fim de buscar uma cura. A Madison cedeu, e disse que um garoto como Bek precisava ser muito perseverante para recusar comida.

Dou uma espiada em Bek, que está olhando para o teto e tamborilando com os pés no chão.

Depois de mais algumas horas, nós finalmente recebemos permissão para ver Cassie. Quando chegamos ao quarto, ela está olhando pela janela.

As mãos dela não estão mais presas. Fico aliviada que Grover e Bek não a tenham visto com as mãos atadas. Bek se senta na beirada da cama e Cassie olha para nós com expressão de espanto. Sem sombra de dúvida ela não estava esperando que todos nós aparecêssemos. Bek toca os pés dela, que estão cobertos por algumas camadas de cobertores. Mesmo cheia de cobertas, Cassie parece ter frio.

— Puxa, Magrela, esse foi um desempenho e tanto. Não foi exatamente o que eu esperava, mas você sempre me surpreende no final das contas. O que, aliás, é o que eu amo em você — Grover diz, enfatizando a parte final: "o que eu amo em você".

Sentado na extremidade da cama, Bek, que já estava chorando, começa a soluçar. Ele se inclina e beija os pés de Cassie várias e várias vezes.

— *Mon amour. Mon amour. Mon amour* — ele repete.

O rosto de Cassie se enche de horror, mas ela não o repele. Grover toca na mão dela.

— Não se pode mentir sobre o amor — ele diz. E então nota as unhas dela. — Aliás, muito bonita essa cor. Combina muito com você.

Eu sorrio para ela, e Cassie sorri para mim também, da maneira mais linda possível.

Quando o nosso tempo de visita termina, eu peço aos garotos para me darem um minuto a sós com Cassie.

— A gente se vê em breve, Magrela — Grover diz a Cassie. — E agora repita o que eu disse.

— A gente se vê em breve, Cleve.

— Promessa é dívida — ele diz.

— Promessa é dívida — Cassie repete.

Grover sorri, emocionado, e então deixa o quarto, acompanhado por Bek.

Eu puxo a minha cadeira giratória para perto da cama dela. A cadeira na verdade pertence a um dos médicos, mas acabou se tornando a minha cadeira favorita. Vou devolvê-la de bom grado ao médico se ele me prometer que Cassie nunca precisará voltar para cá de novo.

— Por que você mentiu pra mim sobre a sua tia?

Cassie olha na direção da janela.

— Porque isso não é problema seu.

— Não é problema meu o caramba — respondo, elevando a voz.

Ela olha para mim novamente.

— O que você quer fazer, Z? Apagar o meu passado? Transformar a minha vida? O passado pode ter ficado pra trás, mas não desapareceu. E você não pode fazer nada a respeito disso.

— Se você tivesse me procurado, eu poderia pelo menos ter ouvido você.
— Isso não mudaria nada.
— Pare de agir como se você estivesse sozinha! — eu esbravejo e me levanto, começando a chorar de novo. — Você não está sozinha. Você me fez te amar e agora eu preciso de você! E preciso que me diga nesse instante que você não vai me abandonar mais uma vez. Mesmo que a dor pareça insuportável pra você. Você não pode desistir. E você não vai se livrar de mim tão fácil assim.

Cassie me fita com os olhos arregalados e então solto o meu corpo de volta na cadeira.

— Nossa, Z, como você é egoísta. — E então ela coloca a mão sobre a minha. — Você precisa de mim, é? — Eu balanço a cabeça para cima e para baixo sem parar, e lágrimas caem na minha camisa. — Nunca ninguém precisou de mim antes.

— Pois vá se acostumando com a ideia — eu digo.
— Z, quer saber de uma coisa?
— O quê?
— É óbvio que você não superou a sua fase lésbica, espero que o Cleve saiba disso.

Eu faço que sim com a cabeça, enxugando uma lágrima no meu rosto, e sorrio.
— Ele pareceu bem excitado com essa possibilidade.
Cassie ri de novo e o quarto todo se ilumina.
Quando estou prestes a sair, eu me volto para Cassie e repito as palavras que ela própria disse à Dori apenas algumas semanas atrás:
— Não dá pra acreditar que você tentou se matar com pílulas. Que merda de suicídio mais babaca.

Cassie sorri.
— Obrigada, Z.
Quando eu chego à sala de espera, sinto um cheiro diferente. Eu inspiro o aroma novamente. Perfume de rosas. Corro os olhos pelo lugar, verificando as pessoas ao meu redor. Grover e Bek estão sentados, assistindo à televisão.

Finalmente eu descubro a fonte do perfume. O susto me faz engasgar e gritar ao mesmo tempo.

Minha mãe está aqui.

Esperança

33

Prezada Equipe da Escola Infantil de Detroit,
Nós rejeitamos as suas regras.
Cordialmente,
A melhor amiga de Cassandra Dakota LaSalle, Zander... e a sua mãe

A minha mãe está parada ao lado das cadeiras. No instante em que ela me vê seus olhos se iluminam, e o mesmo deve estar acontecendo com os meus.

Eu corro para abraçá-la e me choco com tanta força contra o seu corpo magro que quase a derrubo.

— Mãe! É tão bom ver você aqui. — Eu afundo o rosto no pescoço dela. O contato com a pele dela me traz a sensação agradável de estar debaixo da luz do sol. É como se ela trouxesse junto consigo o vento seco do Arizona.

Minha mãe segura o meu rosto com as duas mãos e o levanta. Ela me examina e passa um dedo logo abaixo do meu olho.

— Você está chorando — ela diz com a voz embargada.

Eu então começo a derramar mais lágrimas ainda.

— Pois é. Sinto muito por ter demorado tanto para fazer isso.

Ela me agarra, balançando-me de um lado para o outro.

— Está tudo bem, querida. Eu também sinto muito.

Nós continuamos nos abraçando, paradas na sala de espera. No final das contas, acho que é possível encontrar a felicidade até mesmo em um hospital, se você permanece nele por tempo suficiente.

— Eu estou tão feliz por ver você — ela sussurra ao meu ouvido.

— Eu também. — E é a mais pura verdade.

Alguém dá um tapinha no meu ombro e eu me viro.

— Eu posso me apresentar à minha futura sogra? — Grover diz, meio sem jeito.

Minha mãe estuda novamente o meu rosto sorridente. A expressão no rosto dela é de incerteza, como se ela não pudesse acreditar nos seus próprios olhos.

Ela examina de alto a baixo o garoto comprido ao meu lado.

— Você deve ser o Grover.

— Às suas ordens, mãe da Zander.

— É um prazer conhecê-lo, Grover. Que nome interessante esse seu.

— Você nem faz ideia — ele responde, piscando para a minha mãe. E em seguida pega o seu caderninho. Pelo visto, é mesmo difícil deixarmos certos hábitos de lado. — Vou precisar lhe fazer algumas perguntas.

* * *

Madison leva Grover e Bek de volta ao acampamento. Kerry também retorna por algumas horas para tomar banho e dormir. Mas eu fico com a minha mãe. Nós nos sentamos e eu decido me acomodar na mesma cadeira de sempre. Fiquei sentada nela durante tanto tempo que seu assento ficou afundado.

— Você está mesmo aqui! Eu ainda não consigo acreditar — digo.

Mamãe retira uma barra de granola da sua bolsa. Não é a marca que ela costuma comprar. Ela examina a embalagem e balança os ombros, conformada.

— Era tudo o que eles tinham no aeroporto, filha. — Ela quebra a barra em dois pedaços e me dá um. Ela dá uma mordida e eu sorrio. — O pessoal do acampamento entrou em contato comigo quanto tudo aconteceu. Eles disseram que você insistiu em acompanhar a garota e que foi você quem tirou a sua amiga da água. — Minha mãe morde mais um pedaço da granola e mastiga lentamente. — Eu não podia mais ficar plantada lá no Arizona, precisava ver você.

Eu conto tudo a ela. Começo desde o início, do exato momento em que Cassie entrou pela porta do chalé.

— Ela disse o quê? — minha mãe diz, chocada.

Eu continuo contando, sem deixar de lado o menor detalhe sequer, até chegar a Grover. Dessa parte eu não falo. Isso só diz respeito a mim, a ele, a um quartinho e à minha memória.

Conto a ela sobre a noite da quase tragédia. Conto como eu fiquei assustada, triste e arrasada. Eu volto a chorar, e a minha mãe olha bem fundo nos meus olhos. Ela afasta o cabelo caído no meu rosto e faz um aceno afirmativo com a cabeça.

— Eles vão colocá-la em um lar para meninas órfãs e ela vai ficar sozinha de novo. Mas a Cassie não pode ficar sozinha, mãe. — Eu começo a soluçar incontrolavelmente. — Ela não pode!

— Vai ficar tudo bem, meu amor. — Ela me abraça.

— Não, nada vai ficar bem — eu sussurro ao seu ouvido.

Quando a minha mãe me diz que precisa fazer algumas ligações, principalmente para o meu pai, eu aproveito para passar sorrateiramente pelas portas automáticas e seguir pelo corredor até o quarto de Cassie.

Ela está dormindo em sua cama, mas as máquinas continuam apitando ao redor dela. Eu observo as pernas de Cassie, esperando que uma delas se mova. Ela está cheia de vida. Eu sei disso.

Cassie rola para o lado e suspira profundamente. Eu faço o mesmo.

Lentamente, um dos olhos dela se abre só um pouco, sua mão se ergue, e ela agita o dedo médio no ar. Sim. Ela está cheia de vida.

34

Querida Molly,

A vida é estranha. Eu não sei por que as coisas acontecem do modo como acontecem. Mas sei que estar vivo é assim. É um verbo. Uma ação.

Em francês, vivre.

Viver.

Eu fui trazida de volta à vida neste verão.

Eu me encontrei.

E isso é tão bom.

Com amor,

Zander

Cassie volta para o acampamento no último dia da temporada. Kerry para o carro diante dos portões e olha para o banco de trás. Eu seguro a mão de Cassie. Os olhos dela estão cansados e seu corpo parece tão frágil que poderia ser derrubado por um vento um pouquinho mais forte, mas ainda assim ela resiste. Tem força suficiente para superar tudo, inclusive o seu coração quebrado.

Kerry faz um aceno de cabeça para Cassie e ela o retribui. Então o carro avança, atravessando a fronteira entre o mundo real e o acampamento.

Eu ajudo Cassie a sair do carro. Há campistas por todos os lados, abraçando seus pais e carregando mochilas. Alguns olham para nós, mas Cassie não tira os olhos do chão.

Eu a acompanho até o chalé, dando a Cassie apoio para andar, assim como ela fez comigo semanas atrás.

Quando passamos pela porta do chalé, todas estão sentadas em suas camas, esperando. Cassie olha nos olhos de cada uma delas. Percebo um lampejo de medo na expressão da minha amiga. E então todas as garotas, uma a uma, vêm até ela para lhe oferecer seus respectivos chaveiros com cordões trançados.

— Para que você se lembre de quem é — Katie diz.

— E que a vida seja um trabalho em equipe. — Hannah coloca o chaveiro na mão de Cassie.

Dori se aproxima dela em seguida.

— E que a verdade não seja uma palavra tão ruim, afinal de contas — ela declara.

Madison é a próxima. Ela põe a estátua de Santo Antônio de Pádua na palma da mão de Cassie.

— Para que você se lembre de que a vida exige que tenhamos perseverança para superar os momentos difíceis, mas sempre existe uma saída.

Cassie abraça todas elas com força, e fica em silêncio por um momento, olhando para as próprias mãos.

— Obrigada por salvar a minha vida, Madison.

— Pra ser sincera... — Madison cutuca Cassie no ombro. — Eu prefiro que você me chame de Mads.

O chalé em peso cai na gargalhada. Instantes depois a porta do banheiro se abre e minha mãe sai de dentro dele, levando na mão um dos *micro tops* de Cassie.

— Isto é completamente inaceitável — a minha mãe comenta, jogando a peça na lata de lixo.

— O que você está fazendo? — Cassie olha para mim espantada, e sinais de irritação começam a surgir em seu semblante. — Ela está jogando as minhas coisas no lixo? Quem é essa mulher?

Quando dou por mim, Cassie já está cruzando o quarto, zangada por ver minha mãe revirando a sua gaveta.

— Só quero ter certeza de que você não guarda mais pílulas.

— Alguém pode me explicar o que está acontecendo aqui? — Cassie esbraveja.

Minha mãe interrompe o que está fazendo e olha para ela.

— Regra número um: você vai comer o que eu cozinhar. Regra número dois: você vai vestir o que eu lhe disser para vestir. Regra número três: de agora em diante, você só vai tomar os remédios que os médicos lhe prescreverem. Médicos de verdade. E pode ter certeza de que você irá ao médico.

— Você é a mãe da Zander, não é? — Cassie diz.

— Cassie, se você estiver disposta a viver de acordo com as minhas regras, nós temos um quarto vago na nossa casa. — Minha mãe sorri para mim à distância. — Já é hora de termos alguém para ocupá-lo.

Cassie arregala os olhos por um momento, mas a sua atitude ainda é de desconfiança.

— E quanto ao lar para garotas órfãs? — ela pergunta.

— Bem, esse é um detalhe que nós ainda teremos de resolver — a minha mãe responde. — E isso vai exigir um pouco de luta. Cassie, você está pronta para lutar? — Cassie faz que sim com a cabeça, olhando para a minha mãe como se ela fosse um fantasma ou, quem sabe, uma santa. Minha mãe dá um tapinha nas costas de Cassie. — Isso é bom, porque eu não desisto das coisas facilmente. Se for preciso, vou lutar até o último segundo.

Eu vou até Cassie e sussurro ao ouvido dela:

— Toda essa esperança acabou servindo para alguma coisa, não é?

Ela olha para mim e depois para a minha mãe.

— Eu não acredito nessa palavra — Cassie diz.

— Bom... — Minha mãe passa o braço sobre o ombro de Cassie. — É uma boa hora pra começar a acreditar.

Mais tarde, quando estou arrumando as minhas coisas, eu abro a minha mochila e encontro o parafuso da janela que Cassie havia me dado na primeira noite no acampamento. Vou até o banheiro e coloco o parafuso de volta em seu lugar. Porque escapar com facilidade não tem graça.

* * *

De pé sobre o deque com vista para o Lago Kimball, nós apreciamos toda a beleza ao nosso redor. As águas cintilam sob a luz do sol que já vai enfraquecendo. Uma leve brisa sopra sobre o meu cabelo, fazendo-o balançar.

— É uma pena que você não tenha conseguido a zona verde — eu digo a Cassie.

Ela olha para o lago com uma expressão pensativa.

— É, mas eu consegui uma coisa muito melhor — ela responde.

— Amém. — Grover sorri.

Uma voz se ergue atrás de nós e todos nos voltamos para ver Bek atravessar o deque correndo, seguido de perto por um homem baixo e louro.

— Pessoal, eu quero que vocês conheçam o meu pai — ele diz, ofegante.

— Este é o seu pai? — Cassie diz, olhando para o homem.

— Sr. Trebek — ele se apresenta, estendendo a mão gorducha para um cumprimento.

Todos nós rimos. Até mesmo Cassie.

E quando o sol desaparece no horizonte e a noite começa a surgir, Grover aproxima os lábios dos meus e me beija.

— A chance de um relacionamento a distância dar certo é de apenas uma em 50 — ele me informa.

— Eu sempre odiei essa história de probabilidades — eu digo.

— Por incrível que pareça, eu também — Grover comenta.

— Fico feliz que você finalmente tenha tido a coragem de reconhecer isso. — Eu sorrio para Grover. Mas e aí, você vai escrever pra mim?

— Para onde eu devo enviar as minhas cartas?

Eu tiro o caderno de anotações de Grover do bolso traseiro dele e o abro na página em que eu escrevi semanas atrás. Nessa página eu escrevi meu endereço e meu e-mail. Eu aponto a ele as anotações que eu mesma fiz.

— Estava bem diante do seu nariz o tempo todo.

Ele aperta o caderninho contra o peito.

— Eu adoro a realidade, Zander.

— Nós temos uma última coisa a fazer — Cassie diz. Ela tira do bolso o garfo que havia roubado há tanto tempo. Todos a observamos enquanto ela vai até a cerca de madeira do deque. Usando o garfo, ela grava uma palavra na madeira. E todos nós fazemos o mesmo, um por um, registrando as nossas iniciais, deixando os nossos nomes gravados para sempre no Acampamento Pádua.

Depois disso, nós quatro nos despedimos do Lago Kimball e iniciamos a longa caminhada até os nossos carros.

— E então, a gente se vê no ano que vem? Mesma hora, mesmo lugar? — Grover pergunta.

— Podem contar comigo — Bek avisa.

— Comigo também. — Eu sorrio para Grover, e ele passa o braço em volta da minha cintura.

— E você, Magrela? Vejo você ano que vem?

Ela vira a cabeça e olha uma última vez para a palavra que acabou de gravar na madeira: *esperança*.

— Pode ter certeza que sim. — Então ela pega na mão de Bek. — Isso não significa que eu gosto de você.

— Claro que não gosta — ele responde, sorrindo com vontade. — Você me ama.

— Bem, vamos para casa — eu digo, pondo o braço ao redor das costas de Cassie.

Enquanto nos distanciamos, eu olho de relance para trás e flagro Grover erguendo o braço e agitando o punho no ar num gesto de vitória.

Fim

Agradecimentos

Antes de mais nada, um "muito obrigada!" enorme e cheio de amor à Jessica Park. Você sempre me ajuda a encontrar um rumo quando estou perdida. Você se dispôs a falar por telefone com uma completa estranha alguns anos atrás, e olhe para nós agora — somos almas gêmeas. Este livro é o que é por sua causa. Obrigada.

À minha agente e amiga, Renee Nyen — você adorou este livro desde o início. Passamos por momentos complicados, mas superamos tudo juntos. Sou muito grata a tudo o que você fez. Obrigada.

Ao meu editor, Jason Kirk — eu não poderia desejar uma pessoa melhor para cuidar desse livro e fazê-lo ganhar asas. O seu entusiasmo é contagiante.

A todos os meus leitores, amigos, familiares e fãs, que promovem o meu trabalho e os meus livros, que me convidam para eventos literários e para palestras em suas escolas, que se sentam na minha sala para perseguirmos incansavelmente nossas ideias. Obrigada! Muito obrigada!

Por fim, meu agradecimento a Anna, que disse: "Por que você não dá a ele o nome de Grover Cleveland?"

O resto é história.

LEIA TAMBÉM:

O GAROTO QUASE ATROPELADO
Vinícius Grossos

Um garoto sofreu com um acontecimento terrível.

Para não enlouquecer, ele começa a escrever um diário que o inspira a recomeçar, a fazer algo novo a cada dia.

O que não imaginou foi que, agindo assim, ele se abriria para conhecer pessoas muito diferentes – a cabelo de raposa, o James Dean não-tão-bonito e a menina de cabelo roxo – e que sua vida mudaria para sempre!

Prepare-se para se sentir quase atropelado de uma forma intensa, seja pelas fortes emoções do primeiro amor, pelas alegrias de uma nova amizade ou pelas descobertas que só acontecem nos momentos-limite de nossas vidas.

Estar vivo e viver são coisas absolutamente diferentes!

ASSINE NOSSA NEWSLETTER E RECEBA INFORMAÇÕES DE TODOS OS LANÇAMENTOS

www.faroeditorial.com.br

ESTA OBRA FOI IMPRESSA EM SETEMBRO DE 2021